中国政府出版品国际营销平台精选图书·文学书系　　王昕朋 主编

短篇
小说集

刘学安◎著

浮在水面的秤砣

The Weight Floats
on the Surface of Water

中国言实出版社

图书在版编目(CIP)数据

浮在水面的秤砣 / 刘学安著 . –– 北京：中国言实
出版社 , 2021.9
ISBN 978-7-5171-3852-5

Ⅰ . ①浮… Ⅱ . ①刘… Ⅲ . ①短篇小说—小说集—中
国—当代 Ⅳ . ① I247.7

中国版本图书馆 CIP 数据核字（2021）第 181071 号

浮在水面的秤砣

出 版 人：王昕朋
责任编辑：史会美
责任校对：王建玲

出版发行　中国言实出版社
　　　　　地　　址：北京市朝阳区北苑路180号加利大厦5号楼105室
　　　　　邮　　编：100101
　　　　　编辑部：北京市海淀区花园路6号院B座6层
　　　　　邮　　编：100088
　　　　　电　　话：64924853（总编室）　64924716（发行部）
　　　　　网　　址：www.zgyscbs.cn　E-mail：zgyscbs@263.net

经　　销　新华书店
印　　刷　徐州绪权印刷有限公司
版　　次　2021年12月第1版　　2021年12月第1次印刷
规　　格　880毫米×1230毫米　1/32　10.375印张
字　　数　250千字

定　　价　48.00元
书　　号　ISBN 978-7-5171-3852-5

有风骨 讲美学 接通全球

——"中国政府出版品国际营销平台精选图书·文学书系"总序

王昕朋

中国言实出版社是国务院研究室主管主办的国家级出版单位，出版定位是：主要出版党和国家重大政策的研究成果以及相关的辅导读物。1995 年成立以来，我们一直坚持这一出版定位，围绕党和国家中心工作开展出版活动，因而，国内外读者很少见到由中国言实出版社出版的文学类图书。但是，近几年文学界对中国言实出版社已不陌生。这源于出版理念的一次变革。习近平总书记在文艺工作座谈会上的重要讲话指出："一部小说，一篇散文，一首诗，一幅画，一张照片，一部电影，一部电视剧，一曲音乐，都能给外国人了解中国提供一个独特的视角，都能以各自的魅力去吸引人、感染人、打动人。"这给了我们启示、启迪，文学也是讲好中国故事、传播中国好声音的重要途径。所以，我们也用心、用功、用力打造文学板块，并将它推向世界。2018 年 8 月，由中国言实出版社出版的李春雷报告文学作品《朋友——习近平与贾大山交往纪事》获第七届鲁迅文学奖，同时入选"丝路书香"出版工程在国外出版，于是文学界发现，中国言实出版社在文学出版领域同样有不俗的表现。中国言实出版社的文学图书品种少而精，中国文学的声音在通过中国言实出版社持续传播到海外，承载着文化和文学信息的《温文尔雅》翻译成英文、日文、俄文、德文、法文、意大利文、西班牙文、葡萄牙文、阿拉伯文等多种语言向全球推介，英文版、中文繁体版荣获第十三届"输出版引进版优秀图书"奖，长篇小说《京西胭脂铺》一举登榜"中国图书世界馆藏影响力图书 20 强"。付秀莹、金仁顺、乔叶、魏微、滕肖澜、叶弥、戴来、阿袁等 8 位"当代中国最具实力女作家"的作品集同时推出，之所以在名称中冠以"中国"二字，是出于对外推介的考量，其中付秀莹、魏微、戴来等人的小说集后来入选"经典中国"项目在美国出版，产生良好反响。

近年来，中国言实出版社加快国际出版步伐，与英、美、日等多家国外出版单位建立战略合作关系，近百名当代中青年作家的作品陆续推介到美国纽约、日本东京、德国法兰克福等多个国际书展，被多个国家的图书馆收藏，图书受到国外图书界关注，连续 6 年入选中国图书世界馆藏影响力百强出版单位。2015 年经财政部批准立项，中国言实出版社建设并主办中国政府出版品国际营销平台，为推动"文化走出去"提供支持。2020 年，有感于体量庞大的中国当代文学无法快捷地被全球关注所带来的传播学遗憾，有感于年度文学选本出版周期较长，有感于众多具有潜力、实力、影响力的青年作家的作品没有很好的对外传播渠道，中国言实出版社整合资源，决定专门为中国政府出版品国际营销平台的文学板块打造出一种比年度选本出版周期短、对当代文学创作反应更为灵敏的季度文学选本。《中国当代文学选本》应运而生，书名由王蒙题写，选稿编委梁鸿鹰、李少君、王干、付秀莹、古耜皆为业内名家行家，所选作品为国内新近发表的文质兼美的力作。作为一种有公信力的季度文学选本，《中国当代文学选本》因"让国外读者快捷阅读当代中国文学精品"的窗口作用，以及"为中国作家走向世界铺筑交流合作桥梁"的桥梁作用，受到作家、汉学家、国内外读者一致好评。《中国当代文学选本》传播中国声音，讲述中国故事，产生良好社会效益。有鉴于此，中国言实出版社决定打造这套"中国政府出版品国际营销平台精选图书·文学书系"。

出版社并不承担培养作家的使命，但是这套"中国政府出版品国际营销平台精选图书·文学书系"的入选作品多是出自青年作家之手，原因在于，我们始终关注着中国当代文学最具活力与实力的鲜活部分，求取风骨与审美的统一，始终在精心遴选极具当代性的中国文学好声音，始终把推动中国当代文学与全球接通作为出版人的责任，这套"中国政府出版品国际营销平台精选图书·文学书系"的入选作家和作品便是如此。有风骨、讲美学，是选取这套丛书的思考维度。"有风骨"是要对民族精神有所反映，要为人民而文学，要关怀民生，帮助读者把无病呻吟、凌空蹈虚的作品以独特筛选眼光来淘汰掉；而"讲美学"是指中国言实出版社遴选书稿时看重作品的文本质量，内容和形式互为表里，是为美。美为作品飞向全世界插上翅膀，中国言实出版社人始终认为，美是全人类可通融的共同语言，有风骨、讲美学才能接通全球，成为文学精品。这些优秀作品里，都跳动着时代的脉搏，展现着当代中国日新月异的面貌，蕴含着深厚的文化自信。出版是文学生产的终端，对于中国言实出版社而言是文学传播的开始。中国言实出版社将始终秉持"好作品主义"，重视名家不薄新人，盘点、整合中国文学资源，积极开展对外译介和推广工作，自觉地将有风骨、讲美学的文学精品作为永不改变的出版追求。

2020 年 12 月

序 | 微山湖畔踏歌声

故乡土地对一个作家的影响是莫大的,甚至会成为一个作家的文学创作的灵感来源,或者是独特的文学创作资源。刘学安的乡土情结就来源于他的故乡——微山湖畔的那一片苏北平原。对农村和农民,刘学安始终有着特殊的深厚的感情。这种感情,是儿女对母亲的赤诚,是绿叶对根的情意,是生命对春天的呵护珍惜。对刘学安来说,微山湖西岸不仅是生他养他的地方,也是他创作的精神家园,一个来自灵魂深处、骨子里体验生命痛感和走出欲望的最原始的出发点……

作为一个生于故土长于故土的作家,刘学安对故土的爱是深沉的,也是真诚的。这么多年来,他始终关注农村,关心农民,关注着农民的衣食住行、喜怒哀乐、生老病死、乡风民俗、老屋炊烟,耳闻目睹着百姓的欢乐、期盼、哀痛、幽怨,用脚步丈量着他们的憧憬和希望，思绪紧随着他们的所思和所愿。"我手写我心"，笔触须臾不曾离开过他所生活和熟悉的这片土地。在他的笔下，乡村的社会、生活、场景、人物、故事、情感，甚至某种气息，都得到了尽情的渲染和完美的呈现。这一点，无论是在他的小说集《你说我是谁》，还是在长篇小说《龙兴镇》里，都可以找到注脚。故乡人、故乡事、故乡情"真实得让人魂牵，细腻得让人陶醉，美丽得让人心碎，感动得让人落泪"。

《浮在水面的秤砣》这个集子，是刘学安写作上的又一次挑战、又一次拓展和又一次突破。我曾经不止一次地听刘学安谈起这部小说集子的创作设想，从人物到故事，从结构到语言，甚至一些具体的细节，都有很严谨很完善的规划。可见他对这部作品的重视。我自然是非常期待，因为，正值年富力强的刘学安，小说创作也同样处于旺盛期和成熟期。生活上，他积累了那么多熟悉的人和事；写作上，他进行了那么多的思考和探索，此时不放手一搏更待何时？

刘学安的小说，写的大多是普通底层人物，写他们的基本状态，写他们的生活场景。不存心设局，不刻意铺垫，从细节入手，写实实在在的人，状实实在在的事，让读者获得如临其境、如见其心的阅读美感。《浮在水面的秤砣》这部小说集，概括起来，我以为，具有以下几个方面的突出特色。

一是丰富多彩的人物群像。一部小说能否站得住，往往取决于一个作家塑造的人物能否立得住。何其芳先生曾经说过：

看一部长篇小说是否成功，就看有多少人物能够给人留下难忘的印象，这样的人物越多，说明作品越成功。刘学安塑造人物很少描写人的外在，如五官长相、穿着打扮等，也很少表现人的现实的、具体的、功利的目的，而是把着力点放在刻画人的精神体验、心路历程和个人追求上。如《邂逅》《张飞》《喜鹊》《歌声》《笛子王传奇》《旷日持久的爱情》等，笔调都指向人物的内心世界和精神追求。他习惯和擅长于先构筑一个现实场景，再将所要刻画的人物集中到现实场景中来，让现实中的场景和理想中的人物发生摩擦、争执、冲突，从而自然而然地显现出蓄积在人物身上的正义、达观、执着、宽宏、坚韧……他用细腻的笔调抽丝剥茧地调动情绪或者转折，给人一种如临其境的阅读感受，并能像磁铁一样紧紧抓住读者，进而提振读者的阅读兴趣。这很不容易。

二是安闲恬淡的叙事风格。小说家詹姆斯曾略带夸张地说："讲述一个故事至少有五百种方式，选择什么样的叙述方式、叙述结构，是作家主观能动性的表现，而作家叙述方式、叙述结构的不断调整，则是作家对叙述艺术不断探索的表现。"刘学安的叙事风格自然、细腻、朴实、柔美，他很少设置和营造不可调和的矛盾和大开大合的气势，更多是用一种行云流水般的文字淡淡地铺展故事的发展脉络，像《婆婆手中的书》《进城陪读的父亲》《稻花》《哥是妹的根据地》等，平实而含蓄，生动且隽永。小说的语言基调是以叙述为主，融描写于叙事，实现了形态可见、情思可感的审美境地。这样的叙事，与其说是在多视角地记录琐碎的家长里短，不如说是在娓娓道来时代背景下的风云变迁。"大大小小的事在这里尽情铺排，形形色色的人在这里登场。别具匠心的建构、异彩纷呈的语言和对当代乡村的切切关照、殷殷情怀，不仅体现了学安对小说叙事的刻意追求，还让人多了不少阅读的耐心和思考的宽阔深邃"（著名作家范小青语）。景与物，都在文中活脱脱地呈现，你无须想象就可以触摸到、感觉到并与之共鸣。

三是明丽温暖的语言魅力。汪曾祺说过："语言不只是技巧，不只是形式。小说的语言不是纯粹外部的东西。语言和内容是同时存在的，不可剥离的。"刘学安的文笔雅洁、凝练、明丽、乐观、昂扬，文字、意象都经过长期酝酿、修改和打磨，很有点杜甫"为人性僻耽佳句，语不惊人死不休"的劲头。这得益于刘学安对生活的态度，也得益于他的审美情趣和创作理念。刘学安的文字在岁月的打磨中已不再跳跃激扬、怒气迸射，更多的是趋于内敛、自省、深刻。在《哥是妹的根据地》中，刘学安讲了这样一则故事：哥的儿子金榜题名，要远赴外地求学。临行前，嫂催促哥给妹打电话，讨要欠债，在外打工的妹却没有接。送子返回途中，妹打来电话，说知道侄儿上学的事，想等拿到工钱再联系，没想就错过了，让哥别生气。哥说知道妹难，就事先没告诉妹，让妹别怨。哥感觉妹话里有话，似乎还有事。妹也确实有事，想再向捉襟见肘的哥借点钱。可旧债未还怎好再添新债，终是没说。寥寥数语，"状可见，声可闻，意可察，情可感"，没有修饰，没有润色，没有技巧的波澜，没有刻意的烘托，几乎是白描，但兄妹的自强、自尊、独立、坚韧和责任却呼之欲出。人生的困顿，生活的煎熬处处可感，却觉不到世事暗淡、人情冷淡。相反，心窝里竟有一丝暖意在流动着。这丝丝暖意，来自主人公身上散发出的人性之光，来自不离不弃的真情，也来自作家笔触里流淌出来的浓浓的人文情愫。可以说，这本小说集是刘学安"出自乡村，走出乡村，超越乡村"的小说叙事的又一次集中展示。

四是在歌声中深情叙事。这部小说集最显著的特色是每篇小说中都有一首歌。我不知道这是不是刘学安的刻意为之，在歌声中刻画人物，在歌声中营造气氛，在歌声中推进情节，抑或在歌声中寄予某种情感，既随手拈来，又那样自然熨帖，恰到好处，每每展读，总感觉是在微山湖畔踏歌而行，似感受到"从灵魂深处喷薄而出的血液中流淌着乡野之韵""字里行间氤氲着一股悲天悯人之气"。

刘学安写小说有不少年头了，所有作品都是用心而写，故而文质兼美，十分耐读。但是，古人讲，做人要端正，做文要放荡。这里的"放荡"，指的不是行为，而是思想的开阔，思维的驰骋。从这一点上来说，这部小说集中有的篇章就显得有些"老实和拘谨"了。从另一方面说，这也体现了一个文学创作者的文风、骨气和情怀，体现了当今日益浮躁喧嚣的文学界难得的不讨巧、不市侩、不功利，甘于平凡、甘于寂寞、甘于在创作中另辟蹊径做可贵探索的文学气质，体现了他对文学的敬畏

之心。正所谓：锦绣文章，字里行间展才智；笔墨人生，呕心
沥血见精神。

衷心期待学安在文学之路上越走越好，越走越远。

2021 年 7 月 5 日于北京

目 录
CONTENTS

邂　逅

　　按节气，小暑已过，昭佩从县城下了车，连家也没回，就大步流星匆匆赶往青墩寺。

　　相传，青墩寺原是一座佛教古刹。"江南燕子矶，江北青墩寺"，与燕子矶相比，青墩寺虽没有它俯瞰江水滔滔的豪迈壮阔，却地处城南丰饶腹地，有绿野、村落环抱，更有别处难得的幽静。查阅相关史料可知，青墩寺建于汉朝，明清时期规模最大，占地百余亩，内有大佛殿、三圣宫、鲁班祠，等等。在参天苍松翠柏的掩映下，正殿与配殿犄角相抱，青砖绿瓦间，竹影婆娑，晨钟暮鼓里，紫烟缭绕，木鱼声和诵经声声声高扬，更显肃穆庄重，远远望去，就像平畴万顷中耸起的一个常年葱郁蓬勃的土墩形山峰。1905 年，青墩寺附近的孟楼乡绅朱才全利用寺里闲置房舍开了私塾，一年后又自筹资金扩大校基、增修校舍，创建了青墩寺高、初两等学堂，当时县知事曾亲书"热心兴学"匾额，褒其兴学之功。民国纪元，青墩寺小学被定为市立第一国民学校，因学校规模大、设施先进和教学质量高而名冠周边四省。昭佩就是从这里走出的农家子弟。

1913 年，十一岁的昭佩进入因战乱停办后又复课的青墩寺小学。在国民初小的四年里，他被车胤囊萤、孙康映雪、匡衡凿壁偷光、祖逖闻鸡起舞和苏秦头悬梁锥刺股的故事所深深吸引，回家后不仅给左邻右舍的小朋友绘声绘色地讲，还暗下决心以他们为榜样长大做个有本事的人。升到高等小学，他又听丁老师讲解了"一屋不扫何以扫天下""老吾老以及人之老，幼吾幼以及人之幼""先天下之忧而忧，后天下之乐而乐"，还有"天下兴亡，匹夫有责""以天下为己任""驱除鞑虏，恢复中华"，等等，更觉得眼前一亮，曾经立下的志向有了更具体的表达，生命的张扬有了更形象的展示，胸怀也更加开阔。为了给家里节省花销，他每天往返二十多里。他要求自己所学功课必须样样名列前茅；在学校举行的各种公益活动中，要积极冲在前头，表现出别人没有的热情。在 1917 年的全县体育运动会上，昭佩还取得了百米赛跑第一名的好成绩。

时光荏苒，转眼已是 1921 年。去年，他以青墩寺小学高才生的身份升入江苏省立第十中学。一年来，跟丁老师通过几封信，知道学校发生了很大的变化，至于变化成了什么样，一直在想象，却想象不出，只知道张绪泰校长去了县劝学所任了督学，新派来的校长姓沈，还新来了几位博学多才、思想进步的青年老师，丁老师在信中把他们说得那样好，但能好成啥样呢？真想见见，更想交交。

拐向通往学校的那段沙土路，绕过迎面的花池，首先映入眼帘的就是一座写有"中山堂"的高大建筑，这一定是丁老师在去年十月信中说的学校大礼堂，朝东望去是一大片树林，这必定是丁老师今春告诉我的，为庆祝中华民国成立十周年按"中山"二字新辟的柏林，可咋没人呢？丁老师早在放假前就说，这个暑假他不回家，要在周围的村里做些事，如果有兴趣就回来参与，他是不是又去了附近的村子呢？

按说，接信后放假时他就能回来，可他必须带头参加学校师生自发组织的活动，一而再，再而三，就拖延到了现在。其间，恐丁老师挂念，或是对自己有别的想法，就想把活动的事致信给丁老师，但转念一想，丁老师曾多次告诫，有些事绝对不能写在纸上，特别是参加的社会活动，于是就决定等回来后再作解释汇报，没想到连个人影都没见，是不是先回家看看呢？

正犹豫着，从丁老师宿舍方向走来一位个头高高穿着黑裙白短衫的白净女孩，留着齐耳短发，不禁一愣，这可是寺庙啊，这女孩子家咋一个人进来了？在他的记忆中，这之前，青墩寺的学堂是不收女生的，是不是他离开后开始收了？等走近了，仔细一看，心陡然提起，咋这么面熟呢？是不是在哪里见过？一定在哪里见过。

女孩双手端着一个花盆，冠状的粉色花朵映得脸上像匀了层胭脂，如三月里的桃花更显妩媚好看。昭佩在努力地回忆，试图在极短的时间里回想起这个曾经见过的女孩，然而大脑的运转速度让他格外生气，任凭他快马加鞭地不停加速，都不能让他满意。这是一个多么熟悉的女孩，这是一个多么漂亮的女孩，他想起了曾读过的一本诗集的名字，《女神》，简直是个从天上下凡的女神。她有盆中花一样的颜色，花一样的亭亭玉立，花一样的娇美可人，一定也有花一样的芬芳。她是为谁而来呢？在这个幽静的古寺、明丽的上午，一切都是那么让人心情舒畅，一切都是那么令人美好，一切都是那么让人意想不到。这女孩是因我而出现的吗？我昭佩急着往这里赶是为见她吗？她到底是谁呢？是在哪里见过呢？

女孩走到了昭佩跟前，昭佩又仔细看花，茎细细的、直直的、密密的，每根茎上都擎着一朵眨着眼睛的小星星，清香四溢。再看叶，心形的，每三片紧紧叠贴，衬在花下，好像在哪里见过。又是在哪里见过呢？

女孩没像昭佩一样呆愣住，可也就在刹那，惊喜地叫起来，你、你……随即脸上更红，你找谁？昭佩赶紧答道，我、我，我找丁健之老师。女孩说，丁叔到孟楼去了，临走还说，从孟楼回来还要到北边的曹庄看他的一个学生从南京回来没有，估计中午是回不来了，你是等他们来了再找，还是帮我做了午饭吃了等着？昭佩听这女孩说话有趣，心里就想等，可不好出口，就伸手接过花说，我帮你端着，你说端哪去吧。女孩笑笑说，不端哪去，只是想让它晒晒太阳，太阳一晒，它一定会开得更艳。昭佩笑笑说，你就不怕它被晒蔫了？女孩脸一正，它难道就这么娇气吗？昭佩又笑笑说，还不至于，一定是越晒越好看。女孩展开笑脸说，这还差不多，看你也是走了很远的路，快把花放在花池里进屋歇着吧。说完转身就回了屋。

　　昭佩走到丁老师门前，见那女孩已倒好了一碗凉开水，可屋里再没了别人，又犹豫了起来。女孩看见，说，为什么不进来？我是老虎吗？能把你吃了吗？都啥年代了还这么保守？天这么热，快进来，隔壁我爸在写文章，别惊动了他。

　　昭佩进屋一气喝完女孩递的水，左右上下瞅了瞅丁老师的房间，还是以前那样，又瞅着女孩问，你是这里的学生吗？女孩答，还没听说这里招收女生。昭佩又问，你在哪里上学？女孩又答，在北京。昭佩腾地站起，你在北京上学？女孩盯着他说，不可以吗？就值得你有这么大的动静吓人一跳吗？昭佩不好意思地笑笑，虽不甘心放弃，可再直奔主题，说不定人家一恼会把他赶出去，就坐下说，我认识一个北京女学生。女孩笑笑问，是不是今天才认识的？昭佩答，两年前就认识了。女孩仍笑着说，该不会是我吧？昭佩道，跟你长得很像。女孩问，你们是怎么认识的？昭佩道，说来话长。女孩见昭佩不再说，就问，你不是书馆说书的先生吧？昭佩疑惑地答，不是。女孩笑笑说，那卖什么关子呢？昭佩豁然明白过来，说，怕你不感兴趣，故意试探试探。女孩说，人不大，还挺有城府的，可以快快道来吗？昭佩不敢怠慢。

　　1916 年 6 月初，昭佩从县城回来，已是黄昏。青墩寺小学的师生大都已回家，寺住持正领着两个和尚在三圣宫里准备着晚上的特殊法事。寺外的打谷场上，村民正在合伙拉着石磙转圈碾压，准备迎接麦子进场。石磙转动发出的吱嘎声像一声声鸽哨在村子上空欢快地嘹亮，远处还不时地送来几声布谷的叫声。按往常，麦子早就堆垛成山，可去年的一场秋雨自寒露直下到立冬过后，致使秋播一再推迟成了春种。推迟就推迟吧，只要收成好，比啥都强。

　　正帮村民拉石磙的丁老师见同学们在校门口把昭佩围了起来，就把肩上的绳子给了别人，快步走到跟前。没想到昭佩双手捧着茶碗大的一个小土盆，盆里有几根比绿豆芽还细的茎聚在一起顶着簇在一起的心形绿叶，问，这是什么？昭佩答，花。丁老师接过转着圈看了看，啥花？昭佩摇摇头。丁老师看着昭佩问，你不知道，还带回来干啥？哪来的？昭佩答，县城。丁老师又问，你知道派你去县城干啥吗？昭佩答，作为学校代表参加县里捣毁日货商店、焚烧日货行动。丁老师问，既然知道去干啥，就不该有这闲情逸致。昭佩说，是领头的那个戴眼镜的老师发的。丁老师道，咋发这个？昭佩答，在城南关烧完"兴和成"商号的日货，领头的就从全县不同方向来的代表中选了八个，让每人到附近的花店里带一盆回去，说这花看似不起眼，但散开如星，聚之如霞，就像我们的革命行动，只要我们好好呵护，总有一天它会盛开在我们县的每一个角落，到那时，国家强大了，老百姓的日子也好过了。丁老师看着花问，他没说这是什么花？昭佩答，可能是他认为大家都知道，发时没说，后来有人问他，他刚要说时，见我们身后远远地拥来好多县警备营的步兵队，就一扬手让大家快撤了。丁老师立即抬起头盯着昭佩问，有被捕的吗？昭佩答，跑出城后，我也担心那些跑得慢的同学，就想折回去看看，可端着花盆去，万一被县警备营的人看见，岂不是自投罗网？正愁没处藏，迎面走来了个女学生，见她好奇地瞅着我，我问了她在哪上学，就把花委托给她，没想她挺爽快，定好见面的时间后，我就一转身箭一样射了出去。到商号附近一打听，警备营只是驱散，没有抓人。丁老师说，既然这样，咱就把它栽到学校的花池里，好好养起来。昭佩说，既然这花散开如星，聚之如霞，有人问，就说是星星花，再竖个牌子。丁老师说，就按昭佩同学说的办。

　　女孩听到这，笑着问，回来又见到那女孩没有？昭佩说，没想到她真守信，那天的天儿比今天还热，等我到了，她还在原地等着。女孩又说，是不是接了人家手里的花，连个谢字也没说就跑了？昭佩一愣，又腾地站起，那天真的是你吗？女孩也站起说，你说又会是谁呢？昭佩两手互相揉搓着说，这两年来，我好几次都梦见你，可就是不知道这辈子还能不能再见到你，没想到今天又见到了。女孩说，后来呢？昭佩说，栽好花吃罢饭就去听丁老师讲屈原的《招魂》和《国殇》。这天听完后我才明白，为啥丁老师年后就开始教我们这些了。女孩问，为啥？昭佩答，他想传承屈原"路漫漫其修远兮，吾将上下而求索"的精神。就此，我还领悟了一个道理。女孩又问，啥道理？昭佩又答，革命不是一个人去战斗，而是通过个人的努力把更多的人号召起来。女孩说，你说得真好。昭佩说，这是丁老师说的。女孩又说，可花在池里栽得好好的，为啥又跑到了丁叔屋里？昭佩问，你是说刚才那花吗？女孩说，我记得很清楚你当时端的花的样子，再结合你对花开的描述，就是丁叔屋里的这盆花，这之前，我可没看见花池里有这花。昭佩答，那一定是丁老师瞒着我们把花养了起来。女孩又道，为啥瞒着你们？昭佩说，我还是先帮你做饭吧，不能因此让你爸埋怨你。女孩嘴一撇，昭佩低下了头。

饭很简单，白水煮青玉米，另炒了一盘小白菜。昭佩负责烧火，女孩在锅上忙。不知道的，还以为是一对才另立锅灶的小夫妻。饭摆上桌，昭佩让女孩去叫她爸，女孩先是说咱先吃，昭佩不同意，女孩才又说，刚才骗你的，其实我爸不在学校，也跟着丁叔出去了，我恐你不进屋，才说了假话，你可不能以为我不诚实。昭佩笑笑说，理解，理解，谢谢，谢谢，谢谢你的真诚和热情。

饭罢收拾好，女孩问，你是不是该继续了？昭佩说，我至今不知道那花叫啥名字，你能告诉我吗？女孩说，你先告诉我。昭佩说，第二天来到学校，花还好好的，引来好多同学挤着围观，我心里万分高兴，原来新生事物对大家有这么强的吸引力。可上完下午最后一节课，我去给那花浇水时，却发现牌子没了，花也没了，心一惊，赶紧放下水桶去找丁老师，办公室没有，又来宿舍。丁老师见我腾腾地奔他而来，立即迎出门问，出啥事了？我伸手把丁老师拽进屋说，花没了。丁老师平静地说，张校长一贯做事谨慎，知道花是从县城那种情形下带来的后，恐栽在学校里招风惹麻烦。昭佩说，不让栽在学校，我拿回家去，可花呢？丁老师脸一正，你拿回家就不惹麻烦了？这也是我昨晚没考虑周全造成的，革命就像那花，现在还并不强大，凡事不能太张扬。它今天没了，但只要条件成熟，明天还会有，从今往后，你不要再提那花，你现在的任务是安心读好你的书，快回家吧。

昭佩见女孩还瞅着他，又说，这两年，我一有空就想花哪去了，很多次，我都以为让张校长拔了扔了，就是没想过丁老师会暗暗养着它。女孩说，其实你并不了解丁叔，很多事，丁叔都是做了不说，就是有人错怪他，他也不辩解，仍按心里想的坚持着。昭佩问，你这么了解丁老师，你们到底啥关系？丁叔是我爸的朋友。昭佩又问，你家在哪里？女孩答，我家在县城。昭佩紧跟一句说，你家在县城，你咋在北京上学？女孩说，我爸一直想在县城开个女子学校，但负责教育的守旧势力总是反对，又不忍心耽误了我，就把我送到了北京的姥姥家。那年咱见面，是因为北京乱，姥姥让舅把我送回来，今年，我回来过暑假，听说青墩寺是座有名的古寺，便趁我爸到这里写书的机会缠着来了，没想到会在这里再见到你。昭佩说，我也没想到会在这见到你，可见这是我们前世修来的缘分。女孩脸一红，嗔怒道，就你瞎说，我能跟你有什么缘分？昭佩脸也一红说，也也也，也算萍水相逢吧？女孩说，用词不准确。昭佩说，那那那，那就是邂逅，这回是邂逅之后的不期而遇。女孩扑哧一笑说，没想到你还真会说，那次以后，我以为再也见不到你了，更别说那花。昭佩说，你快告诉我那花叫什么名字。女孩摇摇头说，不知道。昭佩说，你也不知道？可不可以让我知道你的名字？女孩脸又一红说，不可以。昭佩一怔，随即心里一动，立刻明白，她的拒绝不是冷漠，也不是拒他于千里之外，这是女孩在特定情景中口是心非的惯常表现，就像写字时逆锋起笔，欲横先竖，不仅不让人生气，反而增了几分亲近。更明白，这两年一直在心里挂念的不仅是花，还有眼前这个漂亮而俏皮的女孩。刹那间，心中似有千言万语要对她说，可说什么呢？昭佩在飞快地想。

七月的乡下确实热得要命，顶着大太阳的中午更不用说，好在青墩寺小学的房舍都掩映在树下，相对来说比较清凉，可门前屋后的树上，不识趣的知了扯着嗓子直叫，聒得人心里很是烦躁，又没有一丝风，昭佩的脑门上在不停地冒汗。

女孩出了屋又马上回来，先递给昭佩一条刚浸了凉井水的湿毛巾，等昭佩说了声谢谢擦完汗，又随手把丁老师床头桌上的纸折扇给了昭佩。扇子面是白色的，昭佩展开一看，愣住了，又立即翻过来，上面用隶书写着"革命尚未成功，同志仍须努力"，昭佩又立马翻过来，指给女孩说，你看。女孩探过头来，说，这不是正晒太阳的那盆花吗？昭佩指着落款说，民国八年七月，这一定是丁老师第一次看到花开后画上去的。女孩说，光知道丁叔字写得好，还不知道他会画。昭佩说，丁老师不仅能写会画，还会武，他平常总是教导我们要文武双修。女孩问，你按丁叔说的做了吗？昭佩答，还做得不够好。女孩说，不够好就努力往好里做，你读新诗吗？昭佩说，我才读过《女神》。女孩笑笑说，我也才读过，你最喜欢里面的哪一首？昭佩答，我最喜欢《天狗》，还最喜欢里面的"我如烈火一样地燃烧！我如大海一样地狂叫！我如电气一样地飞跑！"女孩兴奋地说，我也是，你还喜欢谁？昭佩脸唰的一红，瞅着女孩没答话。女孩红着脸往后捋了一下头发赶紧又说，你还喜欢哪个诗人？昭佩说，我还喜欢刘半农，这两年，每晚睡觉前，我都读他的诗。女孩一愣，问道，是他在伦敦大学写的那首吗？昭佩瞅着女孩答，是。女孩笑笑又问，为什么？昭佩答，因为，因为，因为……反正我总是想读。女孩收起笑容说，每当夜深人静，我也常读《教我如何不想她》，说白了只是一种寄托和排解，可往往又是"抽刀断水水更流"，也因此，我更喜欢秋瑾。昭佩说，我也是。女孩说，秋瑾生前常以花木兰自喻，能文能武，是我们女中豪杰，更是我最敬重的女侠。昭佩问，你喜欢她的诗吗？女孩说，喜欢，你听这首：幽燕烽火几时收，闻道中洋战未休；膝室空怀忧国恨，谁将巾帼易兜鍪。昭佩说，这是她的《杞人忧》。女孩又道，不惜千金买宝刀，貂裘换酒也堪豪。一腔热血勤珍重，洒去犹能化碧涛。昭佩说，这是她的《对酒》，我最喜欢。女孩说，在北京，我们经常在晚上聚集在

一起朗诵她的诗，还因此认识了冰心、庐隐、石评梅等。昭佩
问，读过她们的文章吗？女孩说，我是先读她们的文章，后来
才陆续见到了她们，遗憾的是没跟她们说过话，只是远远地听
她们朗诵。昭佩问，在那里听说过闻一多、高君宇吗？女孩说，
当然听说过，他们在五四运动中表现很突出，闻一多还是个写
诗的，我读过他的《西岸》，我不知道高君宇写不写诗，听说他
去年跟李大钊、陈独秀、邓中夏等建立了北京共产主义小组，
我以为他们宣传的共产主义最让人向往，不知咱这有没有。昭
佩说，咱县目前还没有，这次在徐州下车，听先回来的几个同
学说，徐州已有马列主义研究会，前些时候还成立了中国共产
党徐州支部。女孩说，他们跟丁叔的信仰不同。昭佩说，这没
什么，都是以不同的角度寻求中国的出路。女孩问，既然这样，
你为啥不在咱这建个支部？昭佩答，我现在还不是这个组织的
人，还不知道该如何去做。女孩说，那就去北京上学吧，在那
里，你想看到的都会看到，你想知道的都会知道，你想得到的，
通过努力也会得到。昭佩说，好。女孩笑着说，到那时，我在
北京也有个老乡了。昭佩说，可我至今还不知道你的名字，真
去了，到哪里去找你呢？女孩说，你没找，咱不是也见过两次
了吗？至于名字嘛……我想，你也会知道的。昭佩说，我有办
法了。女孩抿嘴一笑，你有啥办法？昭佩说，咱们是因花认识，
不如就把丁老师养的那花一分为三，到时候我在北京前门外端
着花等你。女孩立即收了笑说，快去把花端回来，别晒坏了，
说完就往花池跑，昭佩紧跟在后。可两人到了跟前，盆里花没

了，贴着土像被谁割了去。昭佩四下一瞅，见一只老绵羊正往校门外晃悠着。

女孩端起花盆急了，都怪我，我要不端出来……昭佩说，既然根在，我想，它还会发出来的。女孩说，要是发不出来呢？昭佩笑着说，我相信自己也会找到你。随后就把花根分成了三份。

刚分好，丁老师和女孩她爸进了门，昭佩一看，惊喜地对丁老师说，他就是那年在县城抵制日货的带头人。丁老师对女孩她爸说，这就是我说的孟昭佩。女孩她爸瞅着昭佩点点头说，我记得，你当时表现很突出，还让你带来过一盆花。没等昭佩答话，女孩就说了花的遭遇及她和昭佩的打算。丁老师说，好，就这样，我相信这花一定命大，只可惜至今还不知道这花叫啥。女孩她爸说，这花叫太阳花，来自国外，是舶来品，喜光，耐贫瘠，就是在干燥的沙土里也能生长，散开如星，聚之如霞，它象征着光明、热烈、忠诚。女孩瞅了昭佩一眼，兴奋起来，说，谢谢爸，您让我们终于知道了这是什么花。

附记：

根据《百年青墩寺》记载，孟昭佩于1924年秋考入北京交通大学；1925年"五卅"惨案后弃学回乡在青墩寺任教；1927年春赴武汉中央军事政治学校学习并加入中国共产党；1928年春按照组织派遣重回青墩寺小学任教；1929年夏在学校柏林里建立了中共沛县特别支部，任特支书记，同年秋，任沛县中学校长；

1931 年春去西安任杨虎城部新编第十旅中校参谋主任，因策动一骑兵团起义，被国民党察觉逮捕；1932 年 6 月 24 日被枪杀于甘肃省平凉县早胜镇，尸骨被当地中学生募捐集资运回，安葬在家乡曹庄。

2016 年 5 月的一个双休日，笔者因为撰写此文绕道沛县县城驱车前往青墩寺。当穿过歇山重檐、恢宏大气的学校大门楼时，有歌声迎面扑来：

> 天上飘着些微云，
> 地上吹着些微风。
> 啊！
> 微风吹动了我的头发，
> 教我如何不想她……

这不是刘半农的《教我如何不想她》吗？我循声向院门西侧走过去，看到革命英烈塑像群里，孟昭佩位居正中。塑像前有个方形大花池，里面清一色的太阳花，在朗朗晴空下，正粉艳如霞，烂漫如丽。

花池前站着一位年近六十的挺拔男子，白短袖衬衫扎在藏蓝色长裤里，见我走近，友好地点点头。等他手里的赤红色微型播放机唱完，我问他，您喜欢这歌吗？他说喜欢，然后指着池里的花说，更喜欢这花。我问为什么，他说，姑奶和她的朋友都喜欢。我又问，您姑奶呢？他答，"五卅"惨案时，在北京上街声援，中了军警的枪，再没醒来。我心里一震，咋这么巧呢？赶紧再问，您姑奶叫什么名字？他指着孟昭佩的塑像说，你问他。见我一愣，又说，其实名字并不重要，重要的是你这一生做了什么，留下了什么。说完关了播放机转身就走。我跟出了大门，他却头也不回地开车走了。我又问旁边坐在小马扎上瞅着我的鹤发老者，你认识这人吗？那老者说，他年年这时候来这里，站着放完歌就走，但不知他是谁。

浮在水面的秤砣

已是晌午吃饭时间，牛行人还没回家。

虎子娘心里有些躁了，出门向东望望，村口一个人影也没有，手搭凉棚再顺着出村的路看看，都看到分岔路口了还是没有，就回了屋，对虎子说，你先吃。虎子说，不，我等爹。虎子娘一咧嘴，心里就笑了，说，还是俺虎子孝顺，那咱就再等等。门外蝉声聒耳，虎子娘开始坐立不安。

虎子突然箭一样射了出去，虎子娘以为牛行人来了，就起身盛饭。可饭、菜、馍都在案板上摆齐了，也没见爷儿俩进门，就准备出屋看看，却与满头大汗的虎子撞了个满怀。虎子娘给擦了汗说，看你热的，哪去了？虎子道，我去村头迎爹没迎着。虎子娘又向外看看说，你爹可能在集上跟人家下馆子了，咱吃饭。

　　牛行人不是牛市上的行人，是傍湖集粮食市上的，因为姓牛，大家都叫他牛行人，当然其中也有说他做行人牛的意思。其实傍湖周围十里八村的人都知道，集上最牛的行人是牛市上的，牛交易是大买卖，利厚，能把大买卖做成的人才是牛行人。更何况傍湖地处苏鲁交界，偏僻得很，又不是产牛地，而且多年兵荒马乱，连内蒙古，甚至安徽的牛贩子也不来了，交易仅限于本地大户，说白了都是面上走的有身份的人，跟有身份的人打交道能不牛吗？可虎子爹不做，并不是不懂，他打小就跟着爹在集市上转，不仅知道集上各市的行规，还懂各行的行话，比如在徐州一带常用的十个数字，鸡鱼行是水、哑、木、封、土、天、腥、山、火、金，牛行是横子、弹子、品子、方子、满子、挠子、镊子、叠子、勾子、叉子，粮食行是九个，旦底、抽工、扁川、谓回、缺手、断大、毛根、入开、弯子，泾渭分明，用起来不能有丝毫差错，用错了，不仅交手的行人笑话你，买卖双方若因此感觉吃亏上了当，以后也很难再找上你。即使这样，虎子爹也不在活物市上混，认为那凭的是眼力和手段，也不是自己没有，他最忌讳人家平白无故说他糊弄人，所以他只在粮食行做。每到单日傍湖逢集，牛行人就肩扛着爹留下的一杆能钩起百斤的大秤早早地来到粮食市，一旦买卖双方讲妥价格，他秤一钩，提绳一提，直到双方认为公平合理才放下，从不短斤少两欺行霸市，按他的话说，这叫"不做亏心事，只拿明白钱"，因此名声好，收益也丰。集一散，他秤一扛就回了家，顺便给儿子买一两炒花生。有时，同行或要好的想在集上馆子里喝二两，他也欣然应允，但必让村里人捎个话回去。

今天确实有些反常了，牛行人不仅没有从集上捎话来，而且，这时候，按说牛行人赶集回来饭后补一觉都该醒透了。这还不说，最反常的就是虎子妈，饭吃不下，心不在家，豆大的汗珠子总从脸上扑扑朝下落，也不知道擦，还有些呆傻。虎子也跟以前不一样，往常这样的时候总是磨蹭着等爹来，如今却是三口两口就把碗里的饭扒完了。吃完见娘呆愣着，摸不着头绪，就小声喊了声娘，可娘没应，又大了声喊，娘。虎子娘一个愣怔，腾地起身，三下两下把碗筷收了，说，虎子，走，快跟娘去集上，你爹是不是喝醉了，咱去看看。

出了村走过一片豆子地，就到了分岔路口。一条是往年去集上的老路，弯弯曲曲下了东北，一条是才修没几年的官道，一条线射向村北，是由傍湖奔县城的大道。虎子娘在岔口稍一愣就上了老路。牛行人喜欢走这条路，不仅去集上近，路旁还有他苦心经营的一块儿地，去时瞅一眼见没啥异样，一上午心里都会踏实，回来再瞧瞧，若仍没发现什么，这下半天就没了牵挂。对门的王大胆见他总是走这条路，就问他，就不怕乱葬岗子的鬼缠你？牛行人说，我要是怕鬼缠，还在他们的头上动土？刚巧路过的黑三说，时候没到，不信等着瞧。牛行人说，等着瞧就等着瞧，那也比让你缠上强。黑三说，那你就等着让鬼缠，最好别让缠没了。王大胆说，黑三，有你这样跟哥说话的吗？黑三头一歪，我这样说话碍你啥了？闲得皮痒痒了是不？牛行人说，黑三，要是有种去外面使，别在村里充好汉，我最看不上。说完就离开了。当然，这是往年的事了，咱不提。

老路两旁先是一片才抽穗的高粱地，密不透风，像走在蒸笼里，又是入伏后一天中最热的时候，没几步，身上全是汗不说，还头皮发麻心里瘆得慌。要是平常，没人陪着，虎子娘打死也不敢走，路上杳无人迹，静得只有自己的喘气声。出了高粱地，就是以前的乱葬岗子，接着就是傍湖镇的苇子地，沿路看不到头，不时还有野兔从跟前嗖地蹿过，吓人一跳。这片苇子地还有一个让她不敢接受的事实，收麦前，听说日本人占了县城，谁知这麦忙才过，又从湖东坐船过来一群鬼子，不但把傍湖集占了，还扛着枪四处乱窜，名义上说是为了中日亲善打造什么"大东亚共荣圈"，其实比土匪还坏。万一走着走着像野兔子一样冒出来一个……想到这，虎子娘步子就慢了，不仅脑门上爬满了密密的汗珠，后背上还冷气飕飕，正一路小跑跟着的虎子慢下来抬头瞅瞅娘，正想问，娘又扯了他像鬼撵似的往前赶。

虎子喜欢这路边的河沟子，每年秋后水少了，他都跟爹在这沟里逮好多鱼。这条丈把宽的沟是从村里伸出来的，依着路北漫过乱葬岗子接上纵穿南北的村、镇界河，又七扭八拐地从傍湖集北向微山湖去了。每到雨季，沟水涨满，微山湖的鱼就成群结队逆水而来。虎子娘却不想这些，一心只求以最快的速度赶到集上，把牛行人寻回来。

正走着，虎子突然站住，往水里一指，娘，鱼，一大群。虎子娘连看也不看，右手往前一拉，快走。虎子立马意识到娘让快走的原因，没敢再吭声，脚下速度变快了。可走着走着，虎子又慢了下来，且再也不走了。虎子娘停下来顺着虎子的眼一看，头轰的一声就炸了。水面上浮着一个系着红绳的秤砣。

尽管这时的水面被阳光照得分外刺眼，砣在水里也只露半个身子，可娘儿俩还是一眼认出，那就是牛行人赶集带着的葫芦状秤砣。可秤杆呢？虎子眼尖，又给娘向沟坡上一指，说，娘，您快看。秤杆顺着水边躺在草上，旁边还有一只褪了色的男式方口黑布鞋。虎子又说，娘，就是咱家的。说完就要下沟去捞。虎子娘一把拽住说，走，咱回家叫人。

眨眼工夫，就跟着来了一大群，还有手里拿着长把抓钩带着绳的。大伙站在路上只是看，连大气也不敢喘。不知是谁的脚触动了沟沿的一块土坷垃，土坷垃骨碌碌滚到水里溅起了一片水花，待水花没了，秤砣却开始动起来，先是上下荡，接着就旋转着向东，人呼啦一下直往后退。虎子娘见秤砣已离开秤杆丈把远，且还在向东走，就哇地哭起来，孩他爹……这一哭提醒了对门的王大胆，王大胆指着秤杆说，快用抓钩捞，好歹也得让见个面吧。

几把长抓钩并排着相继下去，水底的杂草还有乌黑的稀泥带上来不少，可就是不见人，那砣偏又一荡一荡地直往东跑。王大胆又提议先把秤砣捞上来，再试试秤砣下面。他左边的豁嘴也随声附和，说不定他真在砣下面。右边的长脸说，他人高马大的，水又不多深，就是掉下去也至多到大腿，他还会水，这水能淹着他？真是邪乎了。豁嘴又道，他要是在集上喝多了

酒呢？一头栽下去，说不定就栽到泥里上不来了。长脸说，既
然栽到了泥里，他还能跟着砣走吗？王大胆说，你见过秤砣浮
在水面上吗？又是那么大一个砣，说不定还真带着他呢，这里
可不是别的地方，好出邪乎事。长脸说，光站着咋呼有啥用？
所有的人再也没了话，都瞅着虎子娘。正俯身哭着的虎子娘感
觉周围突然静了，就抹干泪站起身，见都瞅着她，便说，那砣
也不会平白无故地浮在水上，还是别惊动它，万一谁再有个好
歹，我担不起。转脸又对虎子说，你爹个没良心的，既然走了
都不让见，咱索性就不见。说完，拿了秤杆拽了虎子就回。

　　虎子跟着走了两步，突然挣脱，冲开人群朝那秤砣跑去。
虎子娘不敢怠慢，扔下秤杆急转身腾腾几大步就把虎子抓住，
然后眼一瞪，你是不是也想狠心离开娘？

　　牛行人遭水鬼的事没过两天整个傍湖集都知道了。唏嘘罢，
又都叹惜被撇下的母子俩。可如今这年月，谁又能顾得上谁呢？
　　牛行人的衣冠冢才圆罢，村里的黑三这天早饭后就带着宫
本一郎进了门。虎子娘先是一愣，随后赶紧把虎子揽在怀里，
看了看两人，又看了看两个鬼子抬进来的一个白布袋。黑三说，
你们不要害怕，宫本太君听说牛行人遭了水鬼不幸身亡，很可
怜你们娘儿俩，今天特地来看望，还给你家送来五十斤小麦。
宫本一郎点点头，从兜里掏出一把糖块儿走到虎子跟前，见虎
子不接，就放到了案板上，回头又向黑三嘀咕了一阵。黑三哈
哈腰又对虎子娘说，宫本太君让我告诉你，皇军是来傍湖建立

"大东亚共荣圈"的，特别善待良民百姓，你家以后要是有啥困难就跟我说，我一定及时向宫本太君报告。说完就跟着宫本一郎走了。

黑三也姓牛，大号牛宝，自小就在驿庙村游手好闲，逢集就到傍湖转转，再不就到县城走走，回来不仅带了大包小包吃穿，还满嘴村里人不知道的新闻。1931 年才入秋，虎子出生没几天，黑三跟牛行人大吵了一架，从那时起就离开了村，不知去向。谁知日本人一来，他也跟着冒了出来，还成了宫本一郎的翻译官，集上人见了就叫他牛翻译。牛翻译像多年的酸秀才中了皇榜，在日本人刚来傍湖的第二天，就骑了匹枣红马"衣锦还乡"，围着驿庙转了一圈又一圈，后来还在一天晚上到牛行人家坐了坐，单独跟牛行人叽叽咕咕说了不少话，说完就走了。虎子娘见牛行人一张脸紧绷着，没敢问两人叽咕的啥。黑三从此再没来过。没想到牛行人才殡罢，他就又上门，这让虎子娘很是纳闷。

黑三再次走进虎子家门，是三天后。他把提来的一斤纸包炒花生放在案板上就问虎子娘，乱葬岗子那地咋还没用锄耪？再不耪，草就起来了。虎子娘说，还没来得及。黑三说，要是忙不过来就转手吧。虎子娘一惊，转手？随即就想到黑三出走前跟虎子爹吵的那一架，转眼都 1938 年了，难道他黑三还打着这地的主意？

乱葬岗子这地有五亩多，原是一片荒草地，牛行人见村里一直没人过问，就在一年秋后自作主张收拾起来种上了小麦。

本是没多大指望，只是觉得荒着可惜，哪想头一季收成就还不错，正准备借犁深耕了点黄豆，黑三来了，说地是村里的，不能一人独吞了，牛行人没理，照旧耕种。但等又快要收时，黑三领着傍湖乡公所的人来了，牛行人不能再不吭声，就说，地是村里的，他只是负责管理，收了是和村里分成的。一打听，牛行人不仅把所收给了村公所一半，余下的还隔三岔五地接济给了村里吃不上饭的，乡公所的人就走了，可黑三仍不罢休，非要也种一半，牛行人自然不答应，黑三就说去上告，但走了之后再没下文，如今又提这地，必定是仗着有日本人撑腰。虎子娘小心地试探，问，转给谁？黑三说，转给皇军，让皇军安排人管理。虎子娘说，俺不想转。黑三说，转不转，现在皇军说了算。虎子娘说，我地种得好好的，他们这是插的哪一杠子？黑三说，实话告诉你，皇军看上了这块地，想另作大用。虎子娘说，既然想另作大用，那我做不了主，等我问问村里再给你回话。黑三说，我本来是要直接去跟村里要的，念着咱同姓同族的情分才来给你打个招呼，你可别不识好歹自找难看。你看虎子这孩子长得多壮实，宫本太君很喜欢他，你可千万看好了别再让他有啥事。虎子娘把虎子往身后一拉，躲开黑三伸来的手，说，只要村里同意，我没二话，权当这几年使的力气打发狗了。黑三说，我劝你以后有话还是好好讲，祸从口出，你不是不知道。

　　第二天天刚亮，黑三就带人把牛行人这块地上的豆苗铲了。当早起的王大胆要把这消息告诉虎子娘时，却见虎子家的门上了锁，问谁都不知道他娘儿俩去了哪里。

黑三先是在这块地上建了一个砖窑，然后用烧的砖把傍湖镇围了起来，城墙四角建了炮楼，打开的北门和南门安了卡哨。集市被移到了南门外。

虎子娘再次出现在驿庙村口，已是日本人投降的那年秋后。

沉浸在胜利的喜悦中的驿庙村人围着她不停地问东问西，听了她不厌其烦的对答后才知道，原来这些年她一直生活在湖里的船上。问她虎子呢。虎子娘说，先还是跟着她，后来就跟着他爹了。王大胆问，他爹？你是不是又找了人家？虎子娘笑笑摇了摇头，村里人这才恍然大悟，原来威震傍湖这一带的牛司令是牛行人呀。虎子娘又笑笑说，恐怕给村里人带来麻烦，就改了名。王大胆听了再也存不住气，就说，大妹子，你就别让我们东一榔头西一棒槌地问了，你干脆细细地说给我们听吧。

虎子娘说，还记得那年秤砣浮在水里吗？众人点点头，虎子娘接着说，那之前，宫本见虎子爹个高体壮，在集上人缘还好，就让黑三笼络他当保安队长，虎子爹不愿意，就又让他当维持会长，他还是不干，宫本就不高兴了，可初来乍到不好硬来，就在集上有意捉弄虎子爹。出事那天上午，虎子爹放下秤帮买粮的往车上抬口袋，远远看着的黑三就派人趁这空当把秤砣给拿走了，当时有不少人看见，但都没敢吱声。虎子爹回头一见秤砣没了就四处找，找了有两袋烟的工夫仍没找到，就提了秤杆去了南门东旁修秤的地方，想再配个。修秤的一看秤杆就摇摇头，说没这么大的，下个集吧，虎子爹就起身回家。可刚抬步，就被黑三挡住了，说皇军有请。虎子爹本不想去，但宫本一郎站在一旁，两个持枪的鬼子又断了去路，只好跟着进了南门。走进宫本一郎办公室，黑三又老话重提，虎子爹还是那句话，不干。宫本一郎就变了脸，把虎子爹关了起来。人是关起来了，但逢集，集上认得虎子爹的人挺多，他们恐我去要人，撕了他们名义上搞"大东亚共荣圈"的假脸，就想出了秤砣浮在水上的主意骗我，后又以收乱葬岗子的地为名逼我带着虎子离开家，以为这样就能断了虎子爹的念想，一心一意为他们卖命，可虎子爹就是荤素不吃他们那一套。宫本一郎就给虎子爹用了刑，先是打板子，接着是打杪子。王大胆问，啥是打杪子？虎子娘说，就是把全身衣服扒光用细竹条猛抽。王大胆提高音量说，我的个娘，那不全身都是血条子？虎子娘说，那可不是？这还不算，他们见虎子爹还不应，就用火燎。王大胆瞪大了眼问，咋个火燎法？虎子娘答，就是把虎子爹仰绑在长板凳上，让人把两条胳膊拉成一条线，然后用点着的一把子香往胳肢窝里燎，燎得虎子爹胳肢窝吱啦啦冒烟滴油。王大胆说，这帮龟孙，还真够毒的。虎子娘说，毒的还在后边呢。王大胆问，还有比这更毒的？虎子娘说，火燎的第二天又给灌三鲜。王大胆又问，啥灌三鲜？虎子娘答，用竹板子撬开嘴，把辣椒面、胡椒粉和水搅拌在一起，用三大铁壶往嘴里灌。王大胆说，牛兄弟能受得了？虎子娘说，啥得受了受不了？虎子爹后来告诉我这灌三鲜可不是人受的，三大铁壶灌下去，肚子鼓鼓的，还呛得鼻子和嘴都出血。接着日本人又用绳将虎子爹倒提起来空，鲜红的辣椒、胡椒水就又从鼻子、嘴里哗哗流出来，难受得虎子爹昏过去，又给冷水泼过来，昏过去又给冷水泼过来。见还不答应，他们就一天换一种花样，连着又上了三天刑。王大胆说，还真够牛兄弟受的。随后又问，又上了啥刑？虎子娘说，第五天用的是轧杠子，他们把虎子爹跪绑在悬空的铁索链上，两腿下各垫一块砖，派两人用杠子猛打两腿，虎子爹说，那钻心的疼简直没法说。王大胆说，那钻心的疼当然没法说。虎子娘说，虎子爹当时想，就是疼得没法说也要硬撑着，不撑，就得像黑三一样给小日本卖命当汉奸。王大胆说，再疼也不能当汉奸。虎子娘说，确实撑不住了，就唱"大刀向鬼子们的头上砍去"。王大胆说，唱这个就是止痛药更提精神，唱死他们这些龟孙羔子。第六天呢？虎子娘说，第六天睡老虎凳，第七天跑热鏊子，七天过后，虎子爹还是不松口，宫本一郎就让黑三去查虎子爹是不是共产党，没想到这一查，就让湖上游击队知道了，他们趁一个黑夜全部出动把虎子爹救了出来。见伤得厉害，就又打听到我们娘儿俩躲的地方，赶紧接了去照顾，去了才知道，虎子爹早就是游击队的人了。

王大胆对着众人说，早就看出牛兄弟跟咱们不一样，那湖上游击队的都是啥人？个个都是钢筋铁骨的绿林硬汉，不然，这七种大刑谁能受得了？虎子娘说，虎子爹也说了，再硬的汉也知道皮肉疼，但最主要的是心里要有杆秤，碰上事能立马掂量出哪轻哪重。围着的都说，那是当然，谁不知道当汉奸是祖宗八代都要挨骂的事？王大胆说，黑三偏就掂不出轻重。虎子娘问，黑三现在哪呢？王大胆说，不知道，说不定跟着日本人回东洋了。虎子娘牙一咬说，他到哪也得不了好死。王大胆说，要是再让牛兄弟碰见，非活剥了他不可。虎子娘说，赶明儿，我就给虎子爹捎信，要是碰上就将他碎尸万段。王大胆说，碎尸万段都不解恨。他爷儿俩咋没跟你一起回来？虎子娘说，又要打大仗了，他们一起随大部队下了徐州。王大胆说，虎子也有十好几了吧？虎子娘说，虚岁也算十五了，个子可比他爹还高，他爹让他跟着经经事。王大胆又问，这么多年，你就没问问牛兄弟，他知不知道黑三他们咋让秤砣浮在水里的？虎子娘说，问了，可虎子爹说不知道有这事，一听我说完，他就奇怪了，秤砣咋能浮在水里呢？等哪天逮着宫本和黑三俩狗日的，一定问。王大胆说，一定得问问。说完就大踏着步唱着"大刀向鬼子们头上砍去"走了。可小日本一投降，俩狗日的就都不见了。

再提起秤砣的事已是虎子退休之后。虎子从广州军区师长的位置上离开回到徐州市区安了家。2015 年 7 月的一天，王大胆侄孙王效牛以傍湖镇党委书记的身份去了虎子现在的住处，邀请虎子参加镇里将在 9 月 3 日举行的湖西抗日纪念碑落成典礼。虎子爽快地说，好，就算我提前半个月过生日吧。接着在闲聊中，听王效牛提到了当年的秤砣一事。虎子略作停顿，说，这也是爹后半生一直想解开但最终抱憾而去的谜。王效牛说，哦？他老人家原来也在一直想着这事。

虎子说，爹在临去世的前几个月，常犯夜游症，一夜游回来，就兴奋地说又杀了好几个鬼子，可惜的是宫本一郎又溜了，还天天念叨回老家看看。当时对越反击战刚结束，我又有了新的工作安排，抽不开身不说，回去又恐给老家政府部门招来麻烦，就让儿子牛豹悄悄开车带他回了一次。没承想，在傍湖南门外的滨湖招待所住下的那天晚上，他又犯了夜游症。牛豹一觉醒来，见对面床上空空的，一摸被子凉凉的，知道他爷爷夜游症又犯了，再往外一看，天还没亮，几十年没回来了，爷爷还能不能找到这家招待所呢？牛豹不放心，就赶紧起床，哪知刚一开门，他爷爷就一身露水地进来了，进来就笑着告诉他，他牛行人顺着当年赶集的路往家走，刚到乱葬岗子那块地的东头就碰上了宫本一郎，宫本一郎横着东洋刀挡在路中间，不但不让他回家，还要杀了他，他先是心头一喜，既而又觉不对头，这宫本不是回东洋了吗，咋又来这里了？不可能吧，要是他，咋还像以前那样年轻呢？别是他的子孙吧？想着想着，随即火就腾地上来了，大骂宫本一郎太他娘的不是东西，战败了还不思悔改，教唆子孙后代重蹈历史覆辙，今天不管你是谁，我决不让你得逞。骂完深吸了一口气就冲，结果一冲就冲了过去，冲过去了还不甘心，又回头准备来个你死我活，谁想那家伙倒地后再没起来，上去一看，原来是他娘的纸老虎不经碰，心里一高兴，连驿庙都没去，就直接回来了。

王效牛说，看来他老人家一直不能忘怀那段历史，还一直沉浸在那段历史之中。虎子说，多少父老乡亲的鲜血和生命呢，哪能不铭心刻骨？最遗憾的是当年没能杀了宫本一郎。王效牛问，咋没杀得了呢？虎子说，宫本一郎在傍湖据点不到一年就去了徐州南，又不断换防，越换越远，就是有心去找，也没那时间，咱湖西游击队整天不是湖东湖西就是南村北屯地跟鬼子周旋。日本宣布投降后，听说他被遣返回了国。王效牛问，他在傍湖时，你们咋就一次也没机会呢？虎子说，起初倒有机会，可每次都让他溜了。王效牛问，咋能让他溜了呢？虎子道，宫本一郎鬼点子多是一方面，最主要的是他后来感觉湖西游击队对他们的打击越来越猛烈，就缩在乌龟壳里很少出头露面，据说，他睡觉的房间差不多是一天一换。王效牛说，黑三也应该知道。虎子说，日本投降前，黑三在一夜之间没了踪影，新中国成立那年，黑三在连云港偷渡时被遣返回原籍清查。接到娘从家里寄来的信时，我跟爹正在云南剿匪，就给当时的县委书记去了封信，请他在审问黑三时附带问一问秤砣浮在水上的真相，可等信辗转到了，黑三已被处决。王效牛问，所以也就一直没弄清那秤砣的事？虎子起身去了书房。

虎子出来时，手里多了一张本地的晨报。王效牛不知道虎子为啥要拿这张报出来，又不好问，就瞅着虎子。虎子坐下后把报给了王效牛，王效牛一看，是这个报社策划出版的纪念抗日战争胜利70周年系列特刊之一的C4版，他前几天也翻看过，只因工作忙，还没顾上细读。虎子说，秤砣为啥能浮在水上的问题，也一直悬在我心里，本以为不会再有线索，没想到读了这一版的头题后豁然开朗，这么多年，我咋就没往这上面想呢？王效牛听后，就翻阅起了报纸。这是一个日本人写的文章，文章记述了他爷爷当年在徐州北部湖边一个小镇据点的经历，还说他爷爷晚年一直拿着一个秤砣和一块薄梧桐板在水里做实验，但无论如何努力，至死都没让秤砣在水里浮起来，临闭眼时还说，不知是那场战争最初的顺利激发了他当时的才智，还是战后一直持续的忏悔阻止了他的再次成功。最后又强调他爷爷做实验的秤砣是从那个小镇带回来的，很想知道那个被他害惨的秤砣主人一家后来怎么样了。王效牛读到这，猛一抬头，问，那秤砣当时不是一直浮在水里吗？虎子说，那天回家后，我趁村里人帮着搭灵棚，娘顾不上的机会又去了事发地点，可秤砣没了。顺水向东看时，发现前面不远处，宫本和黑三一行正打马向傍湖而去，我立即断定他们当时就藏在附近的高粱地里。

笛子王传奇

收完麦插好秧，笛子王组建艺术团的消息不胫而走。

同行中，讲究的缄默不语，不讲究的背后就有了毒话，敲边鼓跑龙套帐前听差的命，也想穿龙袍扯大旗另立山头？谁听说过他王家的宅子有这个风水？谁见过年届六十又枯木逢春？何况大半辈子耍弄的只是半截竹筒子，你再查查十八般乐器，竹筒子何时又风生水起过？

可在草庙村，一夜之间，笛子王又成了大家最兴趣盎然的谈论焦点，就像当年已被人断言一辈子打光棍的他，而立之年偏偏交上了桃花运。村里年纪相仿的见了笛子王说，老王，好事啊，你早就该这么做。岁数大的聚在树凉影里道，建国不晚呀，姜子牙八十才领兵呢。收拾好家里家外围到麻将桌上的媳妇们，手里忙着嘴也闲不住。这段时间人们一开口也是笛子王，说别看笛子王以前日子不景气，自分了地农闲时重操旧业进了唢呐班，人家的日子那才叫时来运转。你看，也就眨巴眼的工夫，三十年河东就转了河西，穿戴迎时自不用说，走到人家门前，扭头往里一看，宽敞的水泥大院子里耸着一座龙凤呈祥飞檐翘角的漂亮小楼，里面的摆设那叫一个气派。虽说一对儿女没考上大学，可人家有钱，闺女送到戏校学戏，儿子送进音乐学院学起了流行乐，听说没出校门就已成了什么戏花、歌王，毕业时公家的剧团、歌舞团请都不去，都像笛子王那样这里走穴那里客串，票子那真是哗哗地没时间数啊，索性给你个账号打进去吧。有的说，前两年，笛子王闺女跟一个同学结了婚，如今儿子也谈了个同学，都在县城买了房，现在看看，比考上大学强多了。有的说，照理，儿女出息了，手里又有钱，岁数也大了，就待在家里享享清福吧，可人家不，人家过日子的心盛着呢，给人家打工哪如自己当老板，看情形，他倒是越王勾践卧薪尝够了胆，现在是苦尽甘来鹞子要翻身。有的接道，人家这一翻可就高喽，连名字都不叫唢呐班了，笛子王艺术团，听听，多大气。还有的道，说一千道一万，咱跟笛子王到底是一个村，以后村里有了艺术团，谁家有事，那不是近水楼台先得月吗？等他一成立，咱走亲戚串朋友也替他宣传宣传推荐推荐。

村里孟主任一听说这事就上了门，郑重其事地对笛子王说，这可是咱村精神文明建设的又一成果，镇文化站注册的事就不

用你过问了，你可得把这事做成啊。笛子王说，建国这么难都
过来了，啥事还能难过咱建国？站在一旁的老伴说，八字还没
一撇，你又开始吹了。

孟主任一走，笛子王就反问老伴，我这是吹吗？老伴说，
不是吹是啥？是显摆你本事大。笛子王说，人家好心来问又热
心帮忙，我难道不能给人家一句准话？老伴说，给人家准话也
不能那样说。笛子王有些生气道，你说咋样说？这不是我的口
头禅吗？老伴说，要不是这口头禅你能这样吗？笛子王说，要
不是这口头禅我能这样吗？说完自己却笑了，老伴见他一笑也
笑了。在一旁坐着的笛子王爹说，江山易改本性难移，孟主任
又不是不了解他。笛子王笑着接道，就是，孟主任又不是不了
解我。笛子王老伴收住笑，他都这么大岁数了，您还替他说话。
笛子王爹听了脸一正，说，建国，你给我听仔细，以前说过你
多少次，凡话不能说满，凡事量力躬行，只做不说，多做少说，
不做不说，你咋就记不住呢？如今大事当前，才刚起步，就惹
荷花生气，罪加一等，转脸又对笛子王老伴说，荷花，你说，
咋罚他？荷花笑着说，爹是咱家的包青天呢，啥事不公正严
明？我看这次就免了，您爷儿俩还是接着商量咱的大事吧，孩
子们眼看就要到了，我得赶紧做饭去。笛子王见荷花转身，就
对爹说，您说咋办就咋办，建国这么难都过来了，啥事还能难
过咱建国？刚抬脚的荷花立马身子一转，指着笛子王说，看看
看看，又犯贱了。笛子王笑笑说，这话不对外人，就有了另一
层意思。荷花说，那也不行。转脸看笛子王爹，笛子王爹笑笑

说，非常时期，他又重任在肩，我看，咱就再免他一次，他刚才说的确实也有另一层意思。荷花说，好，听爹的，咱就再免他一次，事不过三，他要是再犯，您可得按家法用重典，看他长不长记性。

　　已是方圆几十里出名的唢呐王建国爹，在县城戏楼前参加完县里组织的庆祝新中国成立的活动回到家，已快半夜十二点。前脚刚跨进屋，建国奶奶就告诉他，孩子生了。建国爹嘴一咧说，啥孩？面南坐着的建国爷爷说，男孩，名字也取好了，就叫建国。建国爹听后嘴里建国建国地叫着，一琢磨，马上对爹说，这名字好，这名字好呀，您咋想出来的？建国奶奶说，这孩子从你昨天一去县城就没安生，一直折腾到今天下午，我和你爹正商量着咋办，谁知院外麦场的收音机里毛主席刚宣布新中国成立，这孩子就生了，你爹说叫建国，我觉得这名字，中。建国爹说，这名字中，这名字中，我进去看看。

　　建国爹一眼就喜欢上了建国这孩子，对建国娘说，来之不易，来之不易啊，我这唢呐王有传人了。可周岁抓生时，尽管建国爹专把自己用的唢呐像塔一样耸在建国跟前，建国却偏偏跨山过海抓起了离他最远的笛子流着口水直笑。建国爹瞅着全家人说，看看，这孩子钱不碰，书不摸，连我的唢呐也不瞧，就看上了这半截竹筒子，不行，让他重新抓。说完就夺建国手里的笛子。让建国爹没想到的是，建国这孩子双手紧抱着笛子不放，刚一使劲，建国咧嘴就要哭。建国娘赶紧抱起儿子边哄边对建国爹说，哪有重抓的？哪有你这样当爹的？建国奶奶说，抓生图个喜庆，吃奶的孩子懂啥？已是村里农协主席的建国爷爷说，新社会了，以后不兴这个，再说了，孩子将来成什么，一是孩子的兴趣，二嘛，最重要的是当爹娘的咋样引导。建国爹说，您讲的是官话。建国爷爷说，我说的是道理，你看，我平常最爱二胡，你周岁时抓的是饭碗，现在你喜欢的却是唢呐。建国爹说，我想的是，万一这孩子真的喜欢上笛子，你我虽会，但也只是个皮毛，恐他将来学不好。建国爷爷说，建国真要喜欢，咱也可以让他跟你一样拜师学。建国爹说，家里现成的，还犯得上到外面去拜师？您难道不知看人家脸色行事受的那个罪？要是自己再不下功夫，学成可就难了。建国爷爷说，建国难吗？难！五四运动，八一南昌起义，五次反"围剿"，两万五千里长征，抗日战争，还有解放战争，这么难都过来了，以后啥事还能难得过咱建国？

　　让建国全家没想到的是，建国这孩子从此还真离不开笛子。睡觉时，建国必须搂着睡，吃饭时，经了多次哄劝才同意放在饭桌上看着。建国爹摇过几次头就下了决心，世上三百六十行，行行出状元，既然孩子喜欢，那就让孩子学会它的用处，决不能让人家认为孩子手里拿的是根烧火棍。孩子小，又不懂乐理，一有机会，建国爹就用建国手里的那支笛子吹曲子，等建国想学时，他就从最基础的，扎扎实实地让建国一点点学起。建国五岁时掌握了笛子吹奏的要领；六岁时村里人惊呼建国爹的唢呐有了传人；八岁时建国已能拿着爷爷的那把二胡在学校里独奏《让我们荡起双桨》；十岁时建国对人说，他最爱的还是笛子，在学校里学的所有歌曲，他都能用笛子吹出来。十三岁时，建国爹让建国学听曲记谱，问建国有没有难度，建国一本正经地学着爷爷的口吻说，建国这么难都过来了，啥事还能难住咱建国？建国爹心里一喜，孺子可教也。

只是，建国从此就有了这句口头禅，许多意想不到的事也接踵而至，就像说书人常用的草蛇灰线，伏示了建国不寻常的一生。

按理，吃乡村艺人这碗饭的，既有家传，又有江湖名声在外。到了耳顺之年的建国，自控力应该到了非常人之境，因了这句口头禅，过往的事就不说了，如今偏又让老伴荷花数落了一顿，明知是家庭玩笑，可玩笑的背后是什么，意味深长啊。尽管组建艺术团的亢奋激情如烈火般在胸中腾腾燃烧，心中还是有了些许的不快。

建国对爹说，一到关键时候，我这口头禅就惹是生非。建国爹说，这口头禅没有错，也不全是你的错。建国一惊，不全是我的错？建国爹说，同样一句话，不同的场合说出来有不同的意思，不同的人听了也有不同的意思，你都这个岁数了还不明白？建国说，可我对孟主任说的意思，您都明白，荷花为啥就不明白？建国爹说，你向孟主任表态，你认为你只是在表态，我听了还很欣赏你的自信心，荷花听了起先也认为你只是表个态，但马上她又想到了过去。建国说，就算是想到了过去，她也不该当着孟主任的面给我难堪。建国爹说，问题在于荷花还想到了另一方面。建国一愣，她还想到了哪一方面？建国爹说，一个字就能说清的，你偏用了你的口头禅。建国叹道，为什么笛子能千回百转，就因为人胸中百万啊！建国爹吁了口长气说，一本《三国演义》，这辈子，我不知读了多少遍，可每读一遍就有一遍的味道。这些年，你常在外头跑，读书的时间可是少多了，读书如练功，不练到老一身空，当然，家里让你操心的事也太多。社会复杂，人心难测，既然组团的事已传出去，开弓没有回头箭，事情又处于刚着手的关键时刻，荷花给你提提醒，你可不要往心里去。

正说着，门外传来一阵车响，没等建国起身，荷花就湿着两手跑进来说，来了来了，莺莺、王歌都来了。说完在腰里围裙上擦了擦，又瞅着建国说，你这人，孩子们都来了，你还坐着。建国听了，索性不再起来，莺莺是我女，王歌是我儿，来了就来了，又不是皇帝来了，难道还让我整衣正冠去村十里外接驾？荷花听了，又说了声你这人，就出了门。

一家人寒暄坐定，建国瞅着王歌说，你先说说买组合音响的事。王歌说，买好了，当前最时兴的。建国问，质量呢？王歌对象答，国家免检，效果一流。建国转脸问莺莺，舞台车准备得咋样了？莺莺瞅了眼身边的丈夫说，我们商量了一下，还是按您的意思，选了辆双排座时风四轮车。应请上活的时候，您跟我们坐前面，后面装乐器杂物，咱家的那辆长安新星让王歌他俩用，出行休息都方便。建国点点头又问，舞台咋设计的？莺莺说，我们把车厢各加高了一米多，展开支好后，舞台长宽能达到六乘三。建国接道，三六一十八，好，舞台装饰呢？莺莺说，都齐了。王歌插话说，要是一般的红白喜事，论舞台面积，周围哪个唢呐班也比不上，可我觉得，咱组团不仅要面向一般的人家，还要考虑商家的开业或周年庆典，若这样，舞台是有些小了。建国一挥手说，这好办，到时争取事主意见，真要用大的，咱就租。王歌点点头说，这也行，反正羊毛出在羊身上。建国脸一正，哪有你这样说话的？吃咱这碗饭的，无论什么时候，对事主来讲，都是给人家捧场架势锦上添花去的，至于价钱多少，是根据事主的要求定的。祸从口出，一不小心，砸的可是咱自己的饭碗。王歌笑笑说，那当然，还有啥要说的？建国说，至于那些杂七杂八的乐器，这些年，我和你们爷爷瞅机会都备齐了，你们都不要操心了，当然，这些都是次要的，最主要的是节目，说白了，咱要有看家绝活，说雅了，咱要有能叫得响的品牌。王歌笑着说，这不用操心，你看看咱家，哪个没有绝活？爷爷的《百鸟朝凤》《敲起锣鼓庆丰收》，姐姐的《花木兰》《朝阳沟》《五女拜寿》，姐夫的《女驸马》《空城计》、山东快书《武松打虎》，两人珠联璧合，表演的《十八相送》《树上的鸟儿成双对》，还有俺俩的流行歌曲大联唱，说着伸出右手把对象往身边一缆，以及您跟俺老妈荷花同志较上劲的那首歌。您的吹奏逢场压台就不说了，就是俺妈，至今唱来，在咱微山湖周边，哪个能比？建国说，关键是一个新字，老节目要有新花样，新节目要有新看头，没有新，谁家会请你？不能被人请，咱还组个啥团？王歌说，我认为，当前最主要的是把团组起来，至于新，以后再说，关键的时候，咱也可以请朋友客串，目的同样能达到。莺莺说，俺兄弟说得也有道理。建国说，有道理是有道理，人常说，谁有不如自己有，客串要请，最主要的是靠咱自己，当然了，现在时间紧，要办的事也多，一下子拿出来方案不可能，但在咱成立那天，最起码要让一两个老节目翻点新花样。建国咽了口唾沫又说，这些也都是次要的，关键的是我们要时刻长记性，既然成立了，目标只有一个，五个字，往好字上奔。王歌说，爸，我们知道了，还有吗？建国瞅了眼爹说，你爷爷刚才让我告诉你们，组团演出的活再多再紧，也不能忘了天天练功，艺人不练功，到老可就一身空。王歌笑笑说，演出不是练功吗？我们几乎天天都在舞台上转。建国说，你爷爷所说的练功，除了专业方面的，还有读书，读书知道吗？特别是你们年轻人，胸有诗书气自华，古今戏剧中外名著都得读，读书就像吃饭一样，吸收的是百家营养，强化的是自身素质，练好读书功，是咱团与时俱进，让事主高兴、老少兄弟爷们夸好的关键。王歌瞅了一圈笑笑说，我咋觉得像在听领导讲话。正想再说，右肋被对象用胳膊肘捣了一下，就听他对象说，老人家说的都是多年的辛苦所得，好好听着别打岔。转脸又瞅着建国爹问，爷爷，您老人家还有啥指教的吗？建国爹说，王歌你可要听仔细记心上，组团虽是我和你爹多年的心愿，但若你真这样没正经，我们不如趁早作罢，再说了，你爹也是六十的人了，身体就是再好，又能撑几年？王歌对象说，爷爷您放心，他要再不一本正经的，我就是跟他结了婚也饶不了他。王歌猛地站起抱拳说，爷爷，您和我爸妈都放心，建国这么难都过来了，啥事还能难住咱建国？建国一愣，这孩子咋也说起这句了？

往事如烟，又一件件涌上心头。

据建国后来讲，他周岁时抓的那支笛子只有一尺左右，用行话说是支梆笛，多用于咱国家北方的戏中。上高小时，爹给他换了支长六十多公分的中笛，声音既有梆笛的清脆嘹亮，也有南方曲笛的柔和清新、圆润甜美，很适合在学校里吹奏歌曲。此时，他才真正感觉到，作为乐器，笛子确实是好，无论歌曲的旋律是舒缓、平和，还是急促、跳跃，也无论是演奏乐曲中的连音、断音、颤音、滑音等色彩性音符，还是世上的各种声音，笛子都能让人领略到它的独特之处。笛声不仅表现力十分丰富，更能引起人的丰富联想。最让他喜欢的是笛子的携带方便，笛子被赋予了太极剑、太极棍的作用，关键时候成为他防身自卫的最好武器。当然，这样的机会很少有，一般情况下，剑指一伸，身走游龙，呼呼生风，达到了他爹教授的胸中真气深厚、吹奏演唱吞吐自如的目的。

建国第一次听曲记谱是在上初中二年级的时候。从前一年就传言要放电影《红日》，终于在一九六四年阳春三月的一天晚上在草庙村小学操场变成了现实。建国从五里外的五七中学放学回到家，一听说就拿了两张烙馍卷了根葱要去占位子。从地里干活回来的建国爹堵住他说，听说这个电影里也有一首歌，你今晚要试着把曲谱记下来。建国说，好听就记，不好听就不记。建国爹脸一正，不好听也得记，不记就别去。

　　走在去学校的路上，建国还心存侥幸，要是这个电影没有插曲就好了，可这之前放过的电影，哪一部又没有呢？等电影开头的字幕上一出现独唱任桂珍，建国就全神贯注起来，可这首歌什么时候出现呢？说心里话，对于听曲记谱，他是不怕的，毕竟在家里已练了不短的时间，且每次建国爹考他，他都没出过什么大的差错，还让建国爹高兴过几回，当然建国爹没明着夸他，可他从爹的脸色上看出来了。如果说以往的训练只是零敲碎打式的模仿性实弹演习，今晚可是第一次领了命令，面对的是真战场，既然如此，他必须严阵以待，像毛主席教导的那样，战略上藐视敌人，战术上重视敌人，举己之力，打一场漂亮的战役。战前的空气是紧张的，等待确实是让人难熬的。心急火燎的建国瞅着银幕上炮火连天人来人往，却不敢让自己太沉浸在故事之中，他要密切注意电影的进程，随时准备……第一片放完了，没有，在换片的空当，在周围的同伴争相猜测着电影接下来情节的时候，他想的却是，下一片是不是有呢？第二片开始了，他又继续高度警惕、严密监视。当电影中的吐丝口战斗总结会开完，一个警卫员拿着刘团长奖给他们连长的一块手表跑走后，音乐响起，他一个激灵，马上意识到，他的战斗打响了。随即，那欢快、悠扬的音符像飞翔的鸽子，一个接一个钻进了他的耳朵里，被他一个不漏地逮到了心里，后来电影里又放了什么，他就不知道了，直到放映结束，他都是在一遍又一遍地把放在心里的鸽子翻来覆去地挨个儿抚摸。他万万没想到这群鸽子是那么让他亲让他爱，而且从没有过如此痴情。回到家，他对正等着他的爹说，我先用笛子吹一遍吧。建国爹说，你吹。吹奏完，建国爹又说，你再唱一遍。建国清清嗓子就唱了起来。

一座座青山紧相连，一朵朵白云绕山间。一片片梯田一层层绿，一阵阵歌声随风传。哎谁不说俺家乡好，得儿哟依儿哟，一阵阵歌声随风传……

三段歌词一唱完，建国爷爷拍着手说，建国行啊。建国就对爷爷说，这歌，曲谱只有一个乐段，三次反复，很容易记。建国爷爷又说，词可是三段，每段又只唱一遍。建国说，建国这么难都过来了，啥事还能难住咱建国？说完以为爹会接着夸他，可建国爹绷着脸对他说，你把曲谱和歌词都写出来。建国不敢怠慢，赶紧从书包里掏出纸笔就写，写完看了一遍，双手交到爹手里。建国爹看了一遍又递了回去，对他说，以后就这样，无论什么声音，只要进入耳朵，就要马上知道它的音调、节拍，并及时把曲谱记在心上，记住了吗？建国答，记住了。建国爹说，睡觉去吧。

第二天到学校，班里下午课外活动时间搞联欢，建国就用笛子把这首歌吹了一遍。一回到座位，本村的同学就问道，昨

晚电影才放过，你咋今天就会了？建国笑笑说，建国这么难都
过来了，啥事还能难住咱建国？才说完，他前一排的女同学荷
花腾地转过身，说，我没看过这电影，你有没有歌词？建国以
为她要学唱，就把歌词给了她，荷花看了一遍后走到讲台上，
对全班同学说，刚才，王建国同学用笛子把《红日》的电影插
曲吹奏了一遍，我现在再把这首歌给大家唱一遍，好不好？全
班同学齐声说，好。

荷花唱完，教室里掌声雷动。同学们一停，荷花就走到建
国跟前说，别以为班里只有你聪明，要知道人外有人，天外有
天。说完，啪一声，把歌词拍在建国桌子上就回了座位。建国
觉得心被猛地扎了一下，心想，荷花平时暗地里对我挺好的，
咋在全班同学面前却对我这么狠？建国腾地站起，班主任立即
制止他说，毛主席教导我们，谦虚使人进步，骄傲使人落后，
王建国同学今后一定要注意。

初中没毕业，建国就被县中学要了去。当年，在县里隆重
举行的国庆十五周年文艺会演中，建国所表演的笛子独奏《谁
不说俺家乡好》让他赢得了笛子王的美誉，从此，笛子王的称
号就在县里渐渐传开了。

福兮祸所伏。"文化大革命"开始后，建国就开始走背运，
先是曾在旧社会参加过响器班的爷爷和爹成了封建残余分子，
接着吴强的《红日》成了大毒草，因《红日》电影插曲一举成
名的王建国自然受到牵连，再加上他那句让人听了就觉得他小
小年纪太傲气的口头禅，哪还能再被推荐到大学深造？被遣送

回村后，就跟他的爹和爷爷成了被批斗的反动典型。

那几年，建国除了跟着参加批斗会，就是被监视着跟成年劳力一样干重活。晚上要是没有特殊情况，门一插窗户一遮挡，他还要坚持读一会儿爹规定的书。笛子是不敢再吹了，可爹告诉他，嘴上不能吹了，但要心练。建国说，心练得再好还有什么用？建国爹说，姜子牙磻溪垂钓意不在鱼，诸葛亮南阳躬耕也不是苟活性命于乱世，都是蓄势以待，你一定要记住。

又过了几年，建国到了婚娶的年龄，可谁敢跟他成亲呢？村里有的人说，膀大身宽、双眼叠皮，多俊的孩子，就因了那半根竹筒子，这辈子准得打光棍了。既然出门没有老婆孩子挂念，建国就被所在的第一生产队派到微山湖里捞杂草积肥。虽说距家不远，毕竟相对僻静，他去时便把笛子带在了身上。一开始，在同伴的一再怂恿下，他只是晚上在湖堤上的草庵子里吹《大海航行靠舵手》，吹《洪湖水浪打浪》，吹《红星照我去战斗》，吹《沿着社会主义大道奔前方》，吹《唱支山歌给党听》。后来"四人帮"被打倒了，从湖心捞草归来，同伴们撑着船把着舵，他坐在船头又吹起了《谁不说俺家乡好》《弹起我心爱的土琵琶》，有时想起在湖上偶遇，又对他很热情的初中同学荷花，他就吹《康定情歌》《九九艳阳天》《在那遥远的地方》……常常不知不觉中，附近的湖面上就停了不少船，船上忙着的人都停住了手向他这船上望。荷花家的船有几次还突然出现，与荷花熟的船家就让荷花跟着笛子唱《谁不说俺家乡好》，湖上自然又响起阵阵喝彩声。

　　有一次，建国正吹得起劲，湖上突然起了大风，一个浪头把他们的船掀了个底朝天，等大伙被救上岸后才发现建国不见了。接着又下了三天三夜大雨，没人敢再撑船下湖，大伙都一致认定建国必死无疑，雨一停同伴就赶紧派人回家报信。可等建国爹一行人匆匆赶到湖里，却看到建国正毫发无损地站在住的草庵子前对着他们笑，身边还站着一个穿着粉红褂子身材苗条脸庞俊俏的大姑娘，手里拿着建国的那支笛子。去报信的人说，那是建国的初中同学荷花。说完，猛然想起荷花爹曾几次问过他建国成家没有，他当时没注意，次次肯定回答，现在看了两人的情形，心里就直后悔，要不然大鲤鱼早就吃上了，就对发愣的建国爹说，唢呐王，快去买喜糖吧。

　　艺术团成立的日子定在了建国六十大寿那天。一家人本想在门前亮出台子唱一天造造声势，让大家跟着乐和乐和，再置办五六桌酒席，款待款待闻讯前来的自家至亲和方方面面的要好朋友，可孟主任说，村里新建的农民公寓也在那天进行竣工剪彩，村里决定凑这机会请个艺术团，好好庆祝庆祝草庙村翻天覆地的变化，既然村里有了，就不去外面请了，于是双喜临门成了四事如意。

　　日子一定，计划要办的事就排着队开始了倒计时。一家人按照分派各就各位，进进出出，忙碌程度不亚于五黄六月抢收抢种、年前年后置办年货走亲戚。

　　人逢喜事精神爽，忙点累点也高兴。建国爹坐在堂屋，看似百事不问，可事事都在他的眼里，一有破绽，他就把建国招呼到身边。别看建国身不出院子，要办的事可多了，一边要随时应付爹的召唤，一边要定时查问孩子们所分管事务的进度，一边要恭恭敬敬地接待欢欢喜喜前来定下应请日子的事主，一边还要谨慎地把林林总总所有相关的事不断地梳理修正、弥补缺漏。建国十分清楚，要想把事情做得圆圆满满称心如意，必须事无巨细，慎之又慎。诸葛亮一时大意错用马谡而失街亭，深谋远虑的曹操败走华容道，还有关云长大意失荆州，周公瑾骄傲轻敌导致决策一错再错，历史的血的教训不能不引以为鉴，更何况像如今这样的事，他王建国还能折腾几回？

天有不测风云，想不到的事说来就来。先是前村建国一直栖身的唢呐班派人找上门来，见面就说养肥的鸽子飞了自立门户行，可不能过河拆桥抢生意，兔子还不吃窝边草。没等建国弄明白咋回事，裤袋里的手机又响了，赶忙按下接听键，二十里外曾请他客串过的唢呐班班主开口就说，世上三百六十行，行行有道，你不仁我就不义，你砸我的饭碗我就踢你的锅。建国一听赶紧问是咋回事，原来有两家事主分别先订请了这两家唢呐班，后听说他组了艺术团，就辞了人家回头又订了他，他不知内情，人家一来就爽快地应下了。弄清原委，建国先是向两位同行道歉，接着就跟两家事主联系，说，乡里乡亲，看得起我我高兴，可这么做不合适，我宁可在家待着，也决不做得罪同行朋友的事，并劝两家还是请原来的唢呐班，真要不嫌，到时自己可以分文不要地跟着那两家班子去府上凑热闹。协调好，又立即给出去办事的孩子一一打手机，说，钱可以不挣，规矩不能不守，伤和气、对不起人的事坚决不能做，并一再强调，再有订请的，一定要先打听清楚，万一再碰到这样的事主，千万别接。

一切就绪，太阳就从东南的树梢露出喜洋洋的脸来，闻讯赶来的片片白云在拽着喜庆标语的悬空氢气球上一驻足，锣鼓喧天的时刻就到了。村里出面租的大舞台已于一天前在农民公寓的大门前搭好，台前悬挂的横幅上写着"草庙村庆祝新中国成立六十周年暨农民公寓竣工剪彩、笛子王艺术团成立演唱会"。演出按既定程序顺利进行。建国的笛子独奏《谁不说俺家乡好》依照多年的演出习惯，仍然排在最后，不过今天有了变化。王建国原想把这歌曲名改成《幸福的生活千年万年长》，作为结束曲，他认为这一改动更迎合现在人的心理，可在争取全家人的意见时，没被通过，最主要的原因是现在是法治社会，就是在乡下，也要尊重人家的著作权，没必要招惹那些想不到的麻烦。这一想法作罢后，王建国决定在吹奏前先来个有奖竞猜，猜对的奖品为一张他的笛子独奏歌曲集光盘，台下的观众听了自然喜欢，都催着快出题，建国就出了第一个竞答题：中华人民共和国成立于哪一年？刚说完，台下就一起回答了，观众的参与热情出乎事先的预料，可这是好日子，建国就示意发奖的向台下撒了一把。等台下安静下来，建国又亮出了第二个问题，《谁不说俺家乡好》是哪一部电影的插曲？因为这歌年年都听建国吹奏好几次，当然都知道，又没等指定回答，台下就一起喊出了《红日》。建国一高兴，又示意发奖的向台下撒了一把。建国见台下争抢得太激烈，就通过话筒说，大家不要抢，没拿到的请坐好。待台下安静后，建国又亮出了第三个问题，这首歌的原唱是谁？并建议大家举手回答。台下一愣，建国马上知道这问题有一定的难度，可只一眨巴眼的工夫，下面就举起了不少手，年纪大的就说任桂珍，中年的就说郭兰英，年轻的就说宋祖英，有的小孩说荷花，还有的说笛子王王建国，建国听了孩子们的回答就想笑，可他还是控制住了自己，报出了正确答案，随即又说这次答不对的也有，台下一片欢呼，事先准备的全部光盘礼花般纷纷飞向台下。

伴奏随之响起，台下见笛子王已横笛在手，唇搭在吹孔，就停止了争抢。前两段吹奏完，台上台下又像往常一样不由自主地跟着唱了起来。

绿油油的果树满山岗，望不尽的麦浪闪金光，看好咱们的胜利果，幸福的生活千年万年长。哎谁不说俺解放区好，得儿哟依儿哟，幸福的生活千年万年长。哎！

不同往常的是，吹奏完毕，笛子王王建国已是满脸泪水。

旷日持久的爱情

玉秀咋还不来呢?

金梭像个跟屁虫,围着正做午饭的娘反复嘟囔这一句。

金梭娘起初还有耐性,总说,金梭乖,玉秀马上就来,一来就跟俺金梭玩。

金梭一开始也真乖,听了娘的话,搬个板凳坐在门外向出村的大路上望。大路上人来人往,就是没有他要等的玉秀,便又跑到娘跟前问,一来二去,娘就有点烦了,可毕竟是宝贝儿子,金梭再问,娘就说,你这孩子也真是,人家还没走半天,你就沉不住气了。金梭反问道,谁说没半天?一百年都过了。娘听了心里一笑,又对儿子说,这玉秀也真是,都让俺金梭等一百年了,咋还不回来?不就是跟娘到镇里看看姥姥吗?金梭也说，不就是跟娘到镇里看看姥姥吗？娘见锅底火出来了，就不管三七二十一赶紧抓了正燃的柴火往锅底塞，边塞边对儿子说，你再去大路上看看，玉秀八成回来了。金梭转身就往外跑。谁知娘还没把锅底收拾利索，金梭就又到了跟前，说，娘，玉秀没回来。娘看了一眼垂头丧气的儿子，边继续清理锅门口，边安慰儿子说，玉秀要是这时候还不回来，午饭后一定回来。金梭突然大声说，不，我不让玉秀午饭后回来，我让玉秀这就回来。娘身子猛一哆嗦，就见锅里的饭已顺着锅台流了下来，心疼得慌忙起身掀开锅盖，同时回头对金梭大声说，滚一边去。金梭的声音比娘更大，不，我让玉秀马上回来。娘不理，用抹布来来回回地抹着锅台。

金梭见娘不理，就逮住娘的左手使劲往外拽，娘，我不让你做饭，我让你这就跟我去找玉秀。娘身子不动，手攥紧儿子，以防金梭用力过猛把持不住碰着哪里。金梭使了一会儿蛮劲见不起作用，就决定自己去找玉秀，可手却抽不回来了，就跺脚，见跺脚娘也不理，就从后面抱住娘和声和气地说，娘，你松开我的手，我不要玉秀了，我出去玩。娘知道儿子又要耍小心眼了，就更不松手，可又不忍心用沉默回应儿子，就转过身柔声柔气地对儿子说，金梭乖，眼看要吃饭了，路也远，咱等吃过饭再去找玉秀，行不行？金梭说，我不找玉秀，我到门外自己玩。娘说，要玩，就到堂屋找你姐玩。金梭见"诡计"已被识破，就提高音量说，不，我要妹。娘笑笑说，要妹，娘再给你生。金梭说，不，我就要玉秀，你要不让，我就偷跑着去。娘脸一正说，不听话再偷跑，我砸断你的腿。金梭说，你砸断我的腿，我就爬着去。娘说，我用绳子绑了你。金梭说，你绑了我，我就让脑子去。娘吃惊地看着儿子，才五岁的孩子，咋这样？

　　好多年过去了，已从镇中学毕业回到生产队挣工分的玉秀，一直记着五岁时那个阳历年的晚上，她跟着娘从姥姥家回来刚进家门，金梭就跑了过来。玉秀娘问，金梭，这么晚了还没睡？金梭像没听见似的，径直走到玉秀跟前说，玉秀妹妹，你咋才回来？还没等玉秀回答，金梭就掉下泪来。玉秀看着煤油灯下金梭脸上闪亮的泪珠，答非所问，谁欺负你了？说着就上前给金梭擦眼泪。金梭让玉秀擦了眼泪笑着说，谁也没欺负我，我眼里进了蠓虫子。玉秀嘴一撇，又骗人，这大冷的天哪有蠓虫子？肯定是在家干了坏事，挨了揍。金梭理直气壮地争辩道，不是，我没干坏事，就是惹得俺娘气极了，娘也从不打我，我是眼里进了沙子没揉出来。玉秀信以为真，立即把金梭拉到灯亮前，见两眼都在流泪，问，是不是都有沙子？金梭说，这会儿我觉得没有了。玉秀又问，没有了还流泪？玉秀又让娘过来看金梭的眼，金梭不让，却把玉秀娘拉到一边对着耳朵小声说，我是想玉秀妹妹想的，你们咋才回来？玉秀娘听了一愣，直起身看着金梭没言语。玉秀不知道金梭向娘说了什么，一看娘站着不说话，也疑惑地看着金梭。金梭见两人都看着他，心里直发毛，就对玉秀说，我没说什么。玉秀说，那我娘咋不说话？玉秀娘回过神来，对玉秀说，你金梭哥等你一天了，快陪他玩玩吧。刚说完，金梭娘就走了进来，对玉秀娘说，妹子回来了。玉秀娘答，回来了，让他俩玩一会儿再睡，咱到里屋坐坐。

玉秀到底是女孩子，有心机，不像金梭玩起来那样专注。看着两个大人进了里屋，她一边用眼瞅着金梭用高粱秸做灯笼，一边让耳朵跟进了里屋，她想弄清楚金梭到底跟娘说了啥，还有金梭到底为啥流眼泪。

话是金梭娘先说的。她说，金梭又玩起了他的那套小把戏。玉秀娘问，哪套小把戏？金梭娘说，你忘了？前段时间，他爹刚和你家大兄弟去湖里扒河，他就想到你家来找玉秀，我说天晚了，他就闹，见仍没得逞，就说去茅厕，我知道不是撒尿，就先把衣服给他穿齐，然后披了袄要跟他去做伴，可他坚决不让。没想到等了好大一会儿都不见他回来，就去找，可茅厕哪有？我的一颗心就猛地提了起来，难道这大冷的天有偷鸡摸狗的，还有偷小孩的？要真让偷走了，他爸回来，我还有得活？越想越怕，正想回屋穿好衣服再找，就听你这边有金梭的声音，才放了心。玉秀娘说，这次是不是又这样说？金梭娘笑笑说，这次换了，晚饭后一直不上床，说是在床上玩不如在地上玩好，我问地上玩有什么好？他说，要是娘在床上做针线活需要啥就不用下床了，我能帮着拿。难得儿子有这份心，眼窝一潮，我还差点掉了泪，没想一眼没看住，他就又跑到这里来了。接着金梭娘就一五一十地把上午的事说了出来。说完又说，你看金梭这孩子是不是有点人小鬼大？玉秀娘听了又笑着讲了刚才金梭对她说的话。金梭娘听完也笑笑说，不怕你笑话，难得这孩子是个情种，要是大了也这样，你就和大兄弟商量商量，成全他们吧，我和他爹下辈子做牛做马也念你们的好。

玉秀听到这，就把目光从金梭的手移到金梭的脸上。金梭感觉玉秀眼神不对，就不解地看着玉秀。以往一起玩，虽然都是金梭动手，玉秀只在跟前看着，可只要玉秀的眼一离开，他不用抬头也马上就能感觉到，就问玉秀，妹妹，你咋啦？玉秀不吱声，金梭又大声问，你咋啦？玉秀仍没吱声。两个大人听见后慌忙出来，也没看出什么，金梭娘就说，玉秀困了，金梭咱回家吧。金梭又瞅着玉秀问，你是困了吗？要不要我陪你睡？金梭娘脸一红，一把抱起儿子说，你看不见玉秀困得都不想说话了？咱赶快回家，好让玉秀睡觉，明天你俩再尽兴玩。金梭像是着了魔，拼命往下坠，不，我不回家，我不回家，我来这还没一秒钟。金梭娘一边往外走嘴里一边说着明天再来明天再来，两手也暗暗使了劲。金梭见坠不下来，顺手紧紧抓住了玉秀娘的衣领，边用力边喊，婶婶救我婶婶救我。金梭娘腾出左手掰着儿子的手说，金梭放手，要是婶婶生气了，你以后就再也不能跟玉秀玩了。金梭仍拼命抓着衣领说，不，我不放手，我不回家，婶婶救我，玉秀救我。金梭娘越听越觉得儿子不像话，就把左手扬起来说，再不听话，我就揍你。金梭说，揍死也不走。金梭娘见玉秀娘没像往常一样留儿子，知道是刚才两人的谈话起了反作用，就越觉得这脸让儿子丢尽了，怒上心头，便咬着牙狠劲地在金梭腚上拍了一下，金梭一愣，哇的一声大哭起来。金梭哭声一起，玉秀腾地跑到娘跟前，摇着娘的手说，别让金梭哥走了。玉秀娘身子一震，马上意识到了自己的错误，赶紧伸手抢过金梭说，金梭不愿走，就让他在这，为啥打孩子？金梭娘说，都这么大了，哪能再这样惯他？玉秀娘说，猫一样大的孩子，懂个啥？你要舍得，我乐意。金梭娘听了激动得不知咋样好，语无伦次地说，又给妹子添麻烦了。玉秀娘笑笑说，刚才还要让他当我半个儿子呢，现在又后悔了？没等金梭娘答话，金梭抢着说，给婶婶当半个儿子我不后悔，当整个儿子也不后悔。

金梭到了该说媳妇的年龄时，金梭娘不止一次地把他跟玉秀小时候的事告诉金梭，还说直到两人一起上了小学，玉秀有了一对双胞胎弟弟，金梭也有了一个妹妹，金梭才再没到玉秀家睡。这之前，娘还告诉金梭，按日子算，玉秀应该是先出生的，可玉秀恋娘怀，一家人左盼右盼，玉秀就是不愿离开娘，谁知金梭生下没到一个时辰，玉秀也来到了这世上，两家人都说，金梭的哥哥是赚的，玉秀的妹妹是硬赖的。

金梭还知道，他出生时，饭量很大，娘的奶水一直不能满足他，可玉秀却吃不了，每当金梭饿得嗷嗷叫或是玉秀娘奶涨得疼时，金梭就被抱过去跟玉秀并排睡在一起。周围邻居来串门，碰上都说他俩是天生的一对金童玉女，有的还提议，索性一个叫金童，一个叫玉女得了。金梭爹娘很赞成，可玉秀爹说，新社会了，起这样的名字人家会说太封建。又恐金梭爹娘多想，失了两家几辈子的隔壁和气，就说都改一个字。金梭爹农闲时好到微山湖里逮鱼，会织网，就让他儿子叫李金梭，女孩子家，做爹娘的都盼着大了能长得秀气漂亮，就给女儿起了刘玉秀这个名。金梭爹娘听了喜上眉梢，玉秀娘却背地里埋怨玉秀爹心眼子太多，恐人家占了闺女的便宜。玉秀爹眉毛一竖，说这是变相定娃娃亲，要是孩子大了性子不合，吃亏的可是咱闺女。

可有时人和人的缘分就像运气来了谁也挡不住一样，金梭和玉秀打小就比亲兄妹还亲。从小学到初中，两人除了吃饭睡觉，可以说是形影不离，特别是上了中学，周边相对较大的驿庙村的中学，偏偏那一届只考上他俩，每天早走晚回，结伴照应，省却了玉秀娘不少担忧，同时他俩也成了全村人公认的将来最美满的一对。

毕竟孩子渐大，男女有别。为避人嫌，上中学的第一个暑假，玉秀爹就让女儿去了县城北的姑姑家。玉秀一走，金梭就知道了。金梭明白，自己再不能像小时候那样无理取闹。开始的几天，家里人也没看出金梭与往常有什么大的变化，至多像小时候一样坐在板凳上望着出村的大路，再后来就慌了，金梭不但饭吃得少，晚上睡觉，也总听着他的床不停地响。有天一大早，起床出门喊社员上工的金梭爹，见金梭黑着眼圈坐在门外的板凳上。围着儿子转了几圈，儿子也不吱声，像是没看见，就向屋里喊金梭娘，金梭娘闻声出来，见儿子这样，就笑着对金梭爹说，忙你的去吧。金梭爹听金梭娘这样说，心里仍不踏实，又说，你还是领他到医院看看。金梭娘一扬手说，快忙你的去，我心里有数。

　　金梭爹一走，金梭娘进屋梳洗好，就去了西院玉秀家，与扛着锄头上工的玉秀爹打了招呼，就拉着迎上来的玉秀娘进了屋。玉秀娘见这样神秘，就问，咋回事？金梭娘说，玉秀是不是还没回来？玉秀娘答，没。金梭娘又拉着玉秀娘到了门外，指着金梭说，你看金梭，犯起呆了。玉秀娘就明白过来，对金梭娘说，真难为这孩子了，我这就找人捎信，让玉秀抓紧回来。

　　第二天，玉秀一在村头出现，金梭就又恢复了原样，还有说有笑。金梭娘和玉秀娘见状相视一笑。从此，再放假，玉秀娘不仅极力反对玉秀走亲戚，非迫不得已，连村也不让玉秀出。

　　玉秀回村劳动的第三年，已是二十世纪七十年代的第二个年头。这年的春天，二十二岁的玉秀和金梭有了一次真正意义上的约会，原因是金梭爹给金梭争取到了一个城北煤矿的招工指标。当金梭爹把这振奋人心的消息告诉金梭时，金梭问，玉秀能不能去？要去都去，要不去都不去。金梭爹一听立马转喜为怒，大骂儿子胸无大志没出息。金梭娘劝住男人，对金梭说，前年参军的机会都让给人家了，今年不能再错过，再说了，你爹弄个指标确实不容易，你先去，等有机会了，再给玉秀弄一个。没等娘再说，金梭说，不能一起去就不去。没办法，金梭娘就把这事透给了玉秀娘，玉秀娘了解金梭的心思，知道自己出面也是白费功夫，可机会难得，就说，我让玉秀再劝劝。

　　一天晚饭后，玉秀把金梭约到村东的谷场里，开门见山地对金梭说，有机会当工人为啥不去？金梭说，只有一个指标，我不去。玉秀说，你要是再不珍惜这个机会，一辈子可就跟土坷垃头子打交道了。金梭说，这又有什么不好？只要能天天看见你。玉秀顿了顿说，其实，我也不想让你去，听说煤矿不安全。金梭听了猛地抓住玉秀的两只手说，我不去，咱俩结婚吧。玉秀头一次听金梭说这话，心里虽是渴盼已久，但脸上却感觉在腾腾燃烧。抽了几下手没抽动，就说，你托人跟俺爹娘说吧。金梭激动得一下把玉秀拉到怀里，说，好，回家就让俺娘办。

金梭回到家，把两人的想法告诉了娘，娘想了想就对金梭爹说，金梭不愿去，玉秀也不同意。金梭爹说，玉秀不同意算什么？金梭娘说，你说算什么？说实在的，咱就一个儿子，我也不想让他下煤窑。金梭爹生气地说，你们女人，都是头发长得太长。金梭娘说，你不知道儿子的呆气？真要去了，万一在窑里发起呆，你放心？俗话说，命里只有八斗米，走遍天下不满升，别强求了，快准备把他们的婚事办了吧。金梭爹问，两人说透了？金梭娘答，不说透，能让我找个媒人吗？

玉秀当晚回家跟娘一说，玉秀娘就开始暗暗准备。

那几天，玉秀无论出工在地里，还是放工回到家，都一改往日的少言寡语，见人就招呼，逢人就笑。

这天晚上放工，玉秀回到家把铁锨一放，准备换件衣服就去约金梭晚饭后到谷场，问问金梭都这么多天过去了，咋一点动静也没有。谁知一进堂屋，爹就一脸兴奋地瞅着自己直笑，玉秀以为是金梭家已托人说过了，就脸一红进了自己的屋。刚换了衣服，爹的声音就传了进来，这世上，真是风水轮流转，今天到我家。玉秀不解，探出头问，爹，啥意思？玉秀爹说，我从明天开始就当队长了。玉秀不相信地问，你当队长了？玉秀爹说，对，闺女，你爹当干部了。玉秀又问，哪队的？玉秀爹道，咱队的。玉秀疑惑地问，咱队的？金梭爹是不是升大队去了？玉秀爹说，他让公社派出所抓去了。玉秀手里的圆镜子啪地碎在地上，让公社派出所抓去了？玉秀爹笑着说，是啊。玉秀紧追一句，问道，犯了啥错？玉秀爹纠正道，不是错，是罪，现行反革命分子，听说得坐几年牢。玉秀急了，一跺脚，说，卖什么关子？到底咋回事，你快说呀。

听了爹的话，玉秀才清楚，这几天，金梭爹不仅自己做金梭的工作，还动员玉秀爹劝金梭，可两人好话说了几火车，金梭就是不愿意，又不好声张，于是金梭爹趁今天下午去大队开会就把指标送回了大队部，对大队书记说了原委和好多感谢话。见其他人都还没到，就起身去了大队部附近的茅厕。从茅厕出来，见玉秀爹手里拎着一个草黄色纸包进了大队部，立即警觉起来，赶紧跟进去，就听玉秀爹对大队书记说，我要举报金梭爹蓄意破坏社会主义大生产，故意弄死生产队耕牛，更严重的是自作主张把弄死的耕牛狠心地剥了分吃，还不让声张。说着，玉秀爹就把手里的纸包递到大队书记眼前，这是分给我的，我心疼被弄死的生产队耕牛，不忍心吃，更反对金梭爹的作为，试想，如果他不是对社会主义怀恨在心，他能下如此毒手吗？这说明金梭爹是人面兽心，是披着人皮的恶狼，是彻头彻尾的现行反革命分子。公社领导下来视察经常告诉我们，耕牛是重要的生产工具，破坏耕牛与害人同罪，敬请书记严肃处理从重发落。金梭爹听了，马上明白是咋回事。昨天傍晚放工后，他和队委会的成员像往常一样，一起到生产队牛屋开会安排第二天的农活，走在前面的他一进牛屋院子，就见队里的大花犍牛挣断了缰绳直向正跟他们队委几个打招呼的值班饲养员顶去，不敢怠慢，紧赶几步，顺手抄起肩上的铁锹绕到饲养员背后迎面向牛头拍去，没想到那牛经了他一拍栽倒在地再也没有起来，金梭爹很是后悔自己用力过猛。其他队委的成员见状就安慰他说，多亏你用力大，不然倒在地上的就不是花犍牛了。等他痛惜的心情稍有好转，又都问他咋处理，他略一愣说，眼看到八月十五了，就剥了悄悄分给社员家吧。本想等今天开会时跟大队书记汇报，没想到说完指标的事因内急就把牛的事给忘了，哪又想到玉秀爹会用这事报复自己呢？而且上纲上线说得这样严重，如今人证物证俱在，不好再说，只好听天由命。好在大队书记念着共事多年，又是同族兄弟，就想息事宁人。他先对玉秀爹以往的表现大加赞扬了一番，然后说，你把证据交给我，我向上级报告，这个指标你拿去，算是对你的奖励。玉秀爹当时想，我要是把这个指标趁机拿走，目的是达到了，但把柄也落在人家手里，一拃不如四指近，万一大队书记销毁证据压住不报，再倒打一耙，给我扣个栽赃诬陷的罪名，指标捞不到，还得游街挨斗，甚至坐牢，要是拒绝交换，坚持正义，就地伏法的就是金梭爹，自己兴许还能当上队长，只要当上队长，即使这个指标捞不到，以后还会有别的指标。想到这，玉秀爹表现得十分坚决，他让大队书记这就用电话往上报告，要不，就带着证据告了金梭爹，还要告大队书记包庇反革命分子，拉拢腐蚀人民公社好社员。大队书记见通知开会的大小队干部陆续进来，只好如实上报。傍湖公社革委会主任高度重视，督促公安人员迅速行动，将金梭爹抓了去。最终，不仅玉秀爹顶替了队长一职，大队部还把金梭爹退回的指标给了玉秀的大兄弟。

玉秀听完，问爹心咋这样狠。玉秀爹说，本来我是不想告他的，可他太气人，一个矿上指标，你儿子不要，我要求了就应该送个人情，可他偏要先交到大队再说。今天午饭后，我听说他没让家里人领队里分的牛肉，就拎着咱家分的给他送去，又说了指标的事，他仍不同意不说，还以马上到大队开会为由赶我走，连牛肉也让我拿回去。你说，我啥时候丢过这样的人？别说你是个生产队的小队长，就是你再有身份，你不给我面子，我还能给你面子吗？我从他家出来，见他向大队的方向去，就在他后面悄悄跟随。在大队部后窗见他果真把指标还给了大队书记，知道这事彻底没希望了，就趁他去茅厕，把他告了。幸亏你娘听了我的话把牛肉留到八月十五吃，不然哪还有证据？转而又警告玉秀说，今后，你再跟金梭来往，我就告金梭耍流氓，也让他去坐牢。

不久，玉秀怯于爹的威胁，远嫁给城北矿上的一个干部做了填房。因为有这个干部从中周旋，玉秀的两个弟弟都在矿里做了不下井的工作。

几年后，玉秀才告诉娘，男人在她婚前的一次下井检查中伤了裆部，不能再生育。娘听完流着泪告诉玉秀，金梭痴呆得没治了，先是他姐通过换亲给他换了一个媳妇，没过住，他妹又给他换了一个，也没过住。玉秀眼泪啪嗒啪嗒地往下掉，从此再没回过娘家。

后来，玉秀爹娘被在矿上混好了的两个儿子接去住，玉秀听说后去看娘，趁没别人在跟前，又问起金梭。娘先是拿话岔开，后来禁不住玉秀一个劲儿地问，就对玉秀说，自村里放了电影《小花》，金梭就把电影里的插曲《妹妹找哥泪花流》，改成了《哥哥找妹泪花流》，天天在村里唱"哥哥找妹泪花流，不见妹妹心忧愁"，唱着唱着没几天就失踪了，他爹娘找了好几年，能想的办法都想遍了，依然不见儿子的踪影，见没望头了，两人心一横，一根绳搭上梁，都走了。玉秀鼻子酸酸的直想哭，可喉头抽动了几下，却没有眼泪掉下来。

二〇〇〇年元旦刚过，玉秀男人因病走了，已分家另住的男人前妻的孩子都不跟她亲，一起给她男人烧了周年纸就再没了来往。五十五岁的时候，玉秀从矿医院后勤处退了下来。退下来的玉秀，有时就毫无顾忌地想起金梭，一想起两人以前的事，玉秀就呆愣着出神。熟悉的见她这样，以为是刚退休还没适应过来，就劝她到附近小区广场跟同龄人做做运动。玉秀笑笑谢过。一想也是，都几十年过去了，人在不在还两说，两家又结了仇，不好明着向碰见的村里人打听，于是就接受别人的建议，早上到广场学学太极拳，上午到市场转转，下午就到附近的一家棋牌室打打麻将，晚饭一过就打开电视，直到拿着遥控器打起瞌睡。

一天早饭后，玉秀到菜市场转了一圈，见没什么可买，就去了已改造好的矿中心广场。准备回家时，两个站在路边闲聊的老头引起了她的注意。其中一个胖老头说，有个疯子，披着早被污垢粘在一起的长头发，有好多年了，不停地在矿区的各个矿井转悠，嘴里还唱着"哥哥找妹泪花流，不见妹妹心忧愁"，有时唱着唱着还泪流满面。玉秀心里一动，忙问，你见过那疯子？胖老头说，见过。玉秀又问，你知道他现在在哪吗？老头说，昨天还在这里转悠。玉秀瞪着眼睛问，昨天还在这里转悠？胖老头也瞪起眼十分肯定地说，对，还在你身后的那棵树上倚了一会儿。玉秀猛一转身，又迅速转回说，哪有？胖老头惊愕地看着她，玉秀自知失态，忙笑着摇摇头，问道你今天见到他了吗？胖老头摇摇头说，没有。另一位个子高点的瘦老头说，最起码这段时间不会再见到了。玉秀问，为啥？瘦老头答，儿子今早吃饭时说，为了迎接上级检查，他昨天加了一夜班。玉秀问，你儿子加班跟这疯子有啥关系？瘦老头又答，今天上面领导来矿检查城区环境，他带着人把矿区的所有疯子都用车送到别的地方去了。玉秀又问，那他也被送走了？瘦老头警觉地问，谁？玉秀答，就是刚才说的那个疯子。瘦老头放松下来说，那当然。玉秀愣了一下又说，您能不能帮我问一问您儿子，这些疯子都被送到哪里去了？瘦老头上下打量了眼玉秀问，那个疯子跟你有什么关系？玉秀说，他可能是我走失了三十多年的亲戚。胖老头说，要是这样，你就帮她问问。瘦老头不好推却就拨通了儿子的电话，可儿子告诉他，这是工作机密，不能说。玉秀近乎乞求地说，老哥，拜托啦，能不能再帮我问一次？瘦老头说，我儿子那脾气你不知道，嘴可紧了，再说，我也不能让我儿子犯错误吧？说完，两个老头就走了。

老头在前面走，玉秀跟在后面，边走边想咋再从瘦老头那里了解一些金梭的信息，可还没想好，瘦老头突然转过身问，你咋总跟着？玉秀笑笑说，我家也在前面，马上就到。瘦老头又上下瞅了瞅玉秀，然后向胖老头一扬手，两人过了马路。

玉秀不好再跟着，但心有不甘，眼看着两个老头拐进了一个巷口，心就急起来，没想心一急，寻问瘦老头儿子在哪个单位的念头就冒了出来，玉秀抬腿就追，不料偏偏路上出了奇事，这一刻，车一辆接一辆总是过不完，前面还有警车开道。等车过完了，玉秀赶到那个巷口，可哪还有要找的人？玉秀下定决心，金梭，我一定要找到你。

张 飞

三人还没到村口，就见村前树上贴满了欢迎的标语。

小王左瞅右瞧，读着扑面而来的红纸黑字格外兴奋，禁不住对前面的大李说，想不到柳村人真热情，你看这上面说得多让人心里舒坦。大李笑笑说，村部还有更让你舒坦的迎接场面呢，你若因图这舒坦，落在了后面，再走岔了道，错过迎接场面事小，让我们登寻人启事问题可就大了。小王说，难道我就你说的那水平？你可别是提醒自己吧？那我就告诉你，你不要担心，也不用打听，顺着这标语的走向，就能找到村部。大李笑着对前面的老马说，你听，咱小王同志经验多丰富，真了不得啊。老马说，你们要是都没有两下子，组织上会派你们来？

今春多雨，清明的前一日零星地飘了小半天，这后一日却是个难得的好晴天。太阳明朗朗地照着，新栽的杨树已开始放叶，嫩绿的叶子显得格外油亮。道旁的麦田在微风中漾起的一层层绿晕不断地向远处扩展，眼极处，几只燕子悠然地向柳村滑翔。

三人到了村口，见路上积水一汪连着一汪，就赶紧下了车，顺着路两旁高起的屋后宅基和门前土堆忽上忽下三绕两拐。没一刻工夫，三人身上都冒了汗，锃亮的皮鞋也面目全非了。小王说，昨天的雨难道都下到这里了？大李说，不见得吧？这时，一辆满载饲料的机动三轮车加足油门从远处飞驰而来，溅起的泥水像翻浆一样往两旁扑，小王慌忙闭了嘴赶紧跟着两人尽量往边上躲。等车过去，小王说，早知道我们也待在车上，就不至于身上弄得这样狼狈。大李说，那也未必，万一你的车轮碰上了水汪中隐着的砖头块，与其四脚朝天浑身泥水，还不如像现在这样。老马说，咱们事先不了解路况，还是这样稳当。

转弯往南一拐，大李眼尖，对小王说，你不羡慕了吧，那车窝在泥里了，还是咱领导说得对。老马定眼一看，刚才过去的三轮车的排气筒在原地直喷黑烟，就向两人一挥手，快。小王扶了下眼镜就跟了上去。

车出了泥窝，三人身上却溅满了泥水，开车的过意不去，连声道谢后敬上了香烟。老马挡住说，都不会，你去忙吧。开车的又说，我家就在前面不远处，那就到家里洗洗擦擦。小王问，你们村里的路一直是这样吗？那开车的说，以前路虽不好可从没积过水窝过车，没想到王卫国才死没几天就这样了。小王又问，王卫国是谁？那人答，平民百姓。大李问，你们村里的干部呢？那人瞅着大李说，我们村里的干部不知都当的哪门子干部，眼睛光往上翻不往下看。老马打断道，我们还有事，你快去忙吧。

车走后，三人互相瞅瞅，小王扯着自己的衣襟对两人说，咱就这样去村部？大李说，媳妇到了婆家，就得从现在开始学着随俗，哪还能像在娘家一样天天光彩照人？小王说，这还没见婆婆就浑身一塌糊涂了。老马说，婆婆是不会说勤快的媳妇邋遢的。大李说，你放心，柳村人要是因这把你这个新媳妇赶走，我们保证替你说情。小王一拱手说，谢谢谢谢，随即哎了一声又说，发现没有，我们进村折腾了这半天，还没见第二个村里人。大李说，那还用说，肯定都在村部等着欢迎你呢。小王说，不欢迎你？老马一挥手说，快走吧。

粉刷一新的村部大门前，几位老年人正站着说话，一见老马他们三人进门，都噤了声瞅着他们。其中一位老人问，你们是从哪里来？老马笑着说，我们是从县上来的。那老人瞅了瞅他们身上说，县上来的？咋成这样了？老马笑着说，刚才碰上一辆三轮车窝在了泥里，搭了把手，请问您贵姓？那人说，免贵姓柳名直，以后见面就叫我老柳吧，柳老头也行。老柳没等老马说话，就向旁边的几个人嚷起来，看看，看看，人家都来了，他们还都在村里叫人来准备欢迎。转脸又对老马说，县领导快到屋里歇歇把衣服换换，村里干部马上就到。其他几个也跟着附和说，对对，马上就到。三人停稳车子正准备把行李往

屋里提，就听老柳说，来了来了，主任来了，他姓张，单名一
个超字。接着又朝张超喊，张主任快走几步吧，县领导一进咱
村就帮人推车，还弄了一身泥。

张超三步并作两步走过来，挨个握过手，然后双手攥着老
马的手直说对不起。老马说，别客气，来了就是一家人，你就
是张主任？张主任刚才听见老柳介绍过自己了，可人家毕竟是
县上来的领导，又是公推公选的下派支书，就立即说，我叫张
超，正准备去镇里接你们，镇里来电话说你们已经来了，我放
下电话就紧赶过来，没想到你们这么快就到了，真是对不起，
以后请多多指教。请赶快进屋把衣服换换再作指示吧。

张超提了老马的行李，领着三人进了紧邻村办公室右边的
两间平房。待三人换了衣服，张超又说，条件太差，真是太委
屈你们了，请多多原谅，我保证过些日子一定改善，尽量让你
们吃好睡好工作好。身旁的小王笑了笑说，张主任，要是你们
什么条件都好，我们就不来了，既然来了，就不是来享受的，
在这里工作好是我们最大的愿望，至于说工作好不好，那是最
后全村人说了算的。老马说，小王说得对，你还是给我们介绍
一下村里情况吧。张超说，马支书，你别急，这事以后慢慢聊，
你们先歇着，我到外面商店去搬箱饮料来，说完就往外走。老
马一把拉住他说，搬什么饮料？正要再说，就听外面说，出麻
烦了，主任在吗？老马心猛地一提，扫了一眼张超就抢先冲了
出去，迎着那说话的人问，出啥麻烦了？要紧吗？快说。来者
是村里团支部书记柳刚。柳刚瞅瞅老马、大李和小王，盯着张

超就不说话了。老马三人见状也瞅着张超。张超瞪着柳刚说，出啥麻烦了，这么大惊小怪的！没看见县上来的领导刚到还没顾上休息吗？老马对张超说，让他说说，咱看咋处理。张超向老马说了句能出什么麻烦，就催起柳刚来，快说，马支书他们又不是外人，今后啥事都得他们指示了才能办。柳刚欲言又止，见张超又要发火，就瞅着张超说，你喊来迎接的人都让张飞截走了。张超说，什么张飞？还程咬金呢，他截哪去了？没等柳刚回答，又指着刚进来的几个村干部说，我看你们能干啥，从一大早就让你们组织人来迎接县里来的领导，你们就叫来这几个老年人？人家放弃城里那么好的条件，来到咱这穷村子帮咱发家致富奔小康，满腔热情欢欢喜喜，刚一到就遭受这冷清场面，换了你们哪一个不寒心？老马笑着说，张主任，大家都那么忙，不迎咋啦？不迎说明大家都没把我们仨当外人。大李笑着说，只有张主任把我们当外人看。张超忙笑着说，问题是不是这么回事儿。小王笑着接道，咋回事？你不就是想让我们见识见识咱张超主任一声吼大地也要抖三抖吗？张超不好意思地笑笑，摇摇头又说，问题是有没有正确对待村里的决定。转脸又问柳刚，那张飞又在搞什么名堂？柳刚说，他领着村里人给王卫国圆坟去了。一旁站着的老柳听到这就问，咋去这么早？然后朝老马三人笑笑说，你们来了，我们的任务也完成了，老王是个好人，我们也得去。说完一挥手，其他几个老年人跟着出了大门。

张超气得脸铁青，说，张飞这个贼羔子又跟咱唱起了对台戏，这不是明摆着给马支书他们难堪吗？老马说，本来就没必要，大家也都挺忙的，张主任再这样说就更外气了，我们还是都进屋吧。

大家在办公室各自坐好，互相作了介绍后，老马问张超，能不能把张飞和王卫国的事说一说。张超说，就让村里这个能咋呼的团支部柳书记说吧。老马说了句那就让小柳说说吧，随即打开了记录本。

小柳说，我先说说王卫国，他有一条做人准则，活着是为了别人更好地活。当兵回来先是当生产队长，后来当村民组长，前后加起来差不多有三十年，前几年上面精简村干部，就自动下去了。如今两个儿子都分家另住，一个女儿大学毕业也有了工作，儿女没了牵挂，他就养起了羊。平时村里谁家有个难处什么的，他都乐意接济，特别是村里的路，由于村里这几年经济发展不多好，要办的事又太多，一直没顾上修，他就主动管了起来，只要放羊一回来，就扛把铁锨在村里来回转悠，哪里路面积水了，他就把水排到路沟里去，哪里路沟堵塞了，他就疏通疏通。要是逢着连阴雨，他就一刻也不在家蹲着。一个星期前，连着下了几天雨，他在村东的一条路上通路沟时，心脏病发作倒在路旁，就再也没有起来，路过的人发现时，身上早就没了热气。更让人想不到的是，出殡的头天晚上，他老伴在收拾他的东西准备随葬时，发现了一个红色塑料袋，袋里除了存折，还有一张纸条，纸条上说，里面的所有存款都是为村里修路准备的，如果时间允许，他要把村里所有的路都修成水泥路，自从知道有了心脏病，就觉得生死不能由自己掌握了，如果哪一天突然过去了，心愿还没了，就让老伴和三个儿女把存款全部交给村里。他老伴当时没有声张，把他送到地里的那天晚上，就叫两个儿子把我们村里几个人叫去，把存款全交给了我们，我们合计了一下，总共有五万七千六百元。这事一在村里传开，张飞就串联人给他刻了块碑，趁三天圆坟的机会给他立了起来。

老马问，这事镇里知道吗？张超说，他在纸条上还说，他是一名党员，只是为还没有富裕的乡亲尽了点责任，为生活了一辈子的村子尽了点力所能及的义务，千万不要向外声扬，三个儿女也坚持不向外说，还说声扬出去对不起他，这两天村里事一多，也没来得及向上汇报。老马啪地合上记录本，猛地站起，对大李、小王说，你们俩立即以最快的速度从镇里买一个花圈来，我们也要去给王卫国同志圆坟。

王卫国的坟在村东不远，坟旁是一条通往镇中学的大路，为了方便村里农田生产和孩子上学，前几年村里进行了重新设计并铺上了砂石。尽管如此，要不是王卫国多年来风里雨里地尽心看护，路早就坑坑洼洼得不成样子。

老马一行在去坟地的路上，一直听着柳刚的介绍。柳刚说，坟地名义上是张飞请人选的，实际上是他自己的主张。老马说，你再接着说说张飞。柳刚说，张飞是大家给起的外号，他真名叫张伞。老马笑着说，咋就给起了这么个外号？柳刚说，张伞不但长相，性子也有些像《三国演义》中的那位。张超接上说，这人也没啥可说的，就一句话，村里想办什么事，他只要觉得不中意，就串联人闹得你办不成。大李说，村里就没想想办法？张超说，能有什么办法？他一闹，村里人都跟着闹，还拿出不知从哪弄来的上级有关政策，你能咋着？小王说，既然这样，村里要办什么事，就先争取争取他的意见。张超说，争取他的意见？他是啥？老马说，在一些事上，往往转变一下观念，就会得到意想不到的效果。转脸又问柳刚，你说张伞为啥要自作主张为老王选坟地？柳刚说，开始的时候还很简单，说是把老王埋在他死的地方，村里人一路过就会想起老王是咋死的，就会永远念他的好，于是坟地选在了路旁老王大儿的一块责任田地头，后来用意就更深了一层。老马又问道，咋又更深了一层？柳刚随路转了个弯正要接着说，老马见村头黑压压一大片人正在鞠躬，就一挥手说，这事回头再说，咱们都紧赶几步。

　　老马一行匆匆赶到时，立碑仪式已做到最后一个环节，张飞正领着大家一起随着墓碑前的大音箱唱《红梅赞》。唱完，大伙个个满脸泪水正准备离开，回头看见大李和小王抬着花圈，左边的白纸条上写着王卫国同志安息，右边的落款是县驻柳村帮扶工作组、柳村党支部村委会敬挽，就自动闪开了。老马下了大路，迎面是一座两米多高的墓碑。墓碑结构与常见的不大一样，组成碑身的是一宽一窄两块方石。宽的在下，横卧在有四十厘米厚的碑座上，前立面由左至右用石青色隶书写着：王卫国之墓。窄的在上，镶在人字形加固的凹槽内，有两米高，竖写的红色宋体字格外醒目：活着是为了别人更好地活。王卫国的儿女穿着孝衣站在两旁。

　　大李和小王把花圈在王卫国的坟旁放稳，老马带头做了三鞠躬，然后与王卫国的儿女一一握手。握到王玉清时，张超凑上来对王玉清说，这是县里来的马支书，从今天开始驻咱村帮大家致富。老马说，事先不知道，我们来晚了。王玉清还没说话，旁边的张飞接道，你们来得不晚，你们来得正是时候。张超听到这，赶紧扯了张飞一把，张飞挣脱说，老王走了，他的心愿还没了，你们要真不是来走过场的，就帮俺村先把路修好。张超瞪着眼又一把扯住张飞说，你这样胡闹，不是丢玉清的人吗？她以后咋在县上工作？

　　老马制止住张超，仔细打量了一下张飞，果然长相与书上的那位没多大差别，不同的是身上的深灰色西服穿得格外齐整，脸上泛着胡须刮过后的青光，想必是为了今天的仪式才收拾的。老马上前握住张飞的一只手说，我们是县里派来的，谢谢你和大家为我们提供了一个这么及时的受教育机会。张飞说，你们这些见过大世面的，受教育的机会比这多，层次也一定比这高，可我们老百姓又得到啥好处了？老马说，我很理解你此时的心情，以前，我们工作上没做好，对不起乡亲们。张飞说，县领导，这样的话我们听得多了，以前听后心里一热，心就顺着你们的话走了，可一走，要求的事也就再没有了着落，我们让你们给哄怕了，我们需要像老王那样的真正为老百姓着想的党员干部。老马说，你赞成老王，就说明我们政府里就不全是你刚才说的那样的人。张飞说，可是老王为我们累死了。老马说，可老王的精神没有死，只要我们一想起老王，我们就会想到这墓碑上的话。说着，老马把脸转向了大家，活着是为了别人更好地活，这话说得多好啊，老王同志生前把这句话当作做人准则，为大家做了那么多好事，很好地履行了一名党员应尽的责任和义务。我们这次来到柳村，不仅要向他学习，把他没来得及做完的事，继续做完做好，还要和大家一起为柳村的进一步发展做一些有益的工作。张飞说，只要你们能了却老王的心愿，我一定跟大伙一起，在村中间的十字路口为你们树碑立传，把彩匾送到县上去。大家都齐声说，对，我们把彩匾送到县上去。老马说，好，大家都给做证。张飞说，老王也给做证。老马说，老王一定会给我们做证的。

回到村部，张超等几个村干部的脸色都不好看。老马想安慰几句，又不知从何开口，就问柳刚，小柳，你说这张伞给老王选坟地更深的用意是啥？柳刚瞅了张超一眼说，他说学生从初一到高三，正是树立正确人生观的关键时期，如果村里每个学生在这六年中每次路过时都把老王墓碑上的话读上几遍，受的影响一定不小，长大后多多少少会对社会有用。老马问，张伞什么文化程度？柳刚说，高中，要是家里有钱早就大学毕业参加工作了。老马问，看样子也不过三十一二，咋没出去打工？柳刚说，上有老下有小，媳妇身体又弱，哪能忙过来？老马又问，光种地？柳刚说，要说他，那可是个能人，不论地里、家里都是一把好手，像瓦工、木工、养殖、串乡给人打水井等都有一手，要不是平常帮助这个接济那个，日子早就小康了。老马说，这样的人，村里应该有考虑。张超说，都想培养他当镇长，可就是拢不住。老马问，咋就拢不住呢？张超答，要能拢得住，他今天还能这样胡闹？老马说，你也别再计较了，从另一方面讲，他这一折腾，倒给我们提供了不少信息。村干部都疑惑地瞅着老马。老马接着说，他让我们知道了大家在想什么，对我们有什么要求，这对我们今后开展工作有好处。张超收回目光说，我们也知道，可心有余而力不足，一句话，村里没钱。老马说，可大家为啥赞成王卫国呢？我们是不是可以在今后的工作中，对不能马上满足大家要求的事就先给大家一个能接受的时间，然后再计划着有步骤地去满足呢？当然，这些年村里事头绪多，工作难度大，在一些事上，村干部明明是好心，却让村民误解了，当村干部确实不容易。张超说，若都像马支书这样理解我们就好了。然后站起来笑着说，马上十二点了，上午都去我家，咱们走吧。老马看了看手表对张超等几个村里干部说，别麻烦了，你们都各自回吧。张超问，你们咋办？老马说，这里有锅有灶，我们自己解决。张超说，能行？老马笑着说，现在的男人有几个不会做饭的？张超说，马支书，我知道你们有纪律，可到家认认门吃个便饭属人之常情，他们几个也都去，我保证不搞接风洗尘那一套，饭后也好一起听你指示今后的工作。老马说，张主任，咱就别客气了。张超瞅着大李和小王说，那你们就先委屈一下吧，下午一定给你们找个做饭的。老马说，这个也免了。张超说，以后工作忙起来，你们哪有时间做饭？老马说，我说不找就不找，你要真找来了，别怪我不给面子，当场给你赶出去。张超笑笑说，好好好，那就不找。转脸又对村妇联主任说，管英，你晚走一会儿，帮着做做饭。老马说，谁都不需要。

三人吃过饭，老马对大李说，我和小王把我们的家收拾收拾，你去镇里买三把铁锨来。大李问，买铁锨干啥？老马说，学学老王，先把村里的路管起来。小王说，你上午不是答应修吗？老马说，是答应修，但一时三刻就能修起来吗？修不起来，就不走了？小王说，我们的工作不能先从修路开始吗？老马说，我们这不是从修路开始吗？把所有的道路都修成水泥路，对一个村子来说，可是个不小的工程，这么大的工程，筹资是关键，我们必须向镇里和局里领导请示，就是领导立即拍板，共同协商具体运作程序也得有个过程。大李说，我们三人把这事揽下了，村干部不是又被孤立了吗？小王说，不是我们把他们孤立，这是他们自己造成的，要是他们有这个心，老王一死，还不分头把这事抓起来？大李说，我看还是给他们建议一下。老马说，等他们饭后来了说说，咱们分头行动吧。

大李从镇上回来后，老马说，你先休息休息，等张主任他们一来我们就出发。小王说，咋还没来呢？大李看了下手机说，都两点多了，有没有跟他们联系？老马说，你走后，小柳来了，我让他去告诉张主任有事商量，按说也该来了。小王说，就他们这种时间观念，柳村人咋能没有意见？老马说，也许他们都有事。小王说，那我们还等吗？大李说，我看还是等等吧。老马说，等等吧，只要今天能说好，明天行动也不算迟。小王说，他们要是不同意，我们不是白等了？大李纠正道，这不叫白等，这叫工作到位。老马说，我想他们应该同意。小王说，我们就坐在这儿等下去？老马说，要不我把手机号写在门上，咱们一起到村里转转。

老马三人刚出了大门，张超等几个村干部像约好了似的一起迎了过来。没等老马说话，张超就说，马支书，真对不起，吃饭时碰到点事，我们一起解决了就急忙往这儿赶，让你们久等了，真是对不起。老马说了句别客气就接着说起修路的事。张超听完后瞅瞅几个村干部说，这样做，就怕村民误解。老马问，咋误解？张超说，王卫国以前那样做，村民认为是好心，可要是我们也学他那样做，村民一定会说，修修补补管屁用，肯定是没有能耐修水泥路。大李、小王听了，对视了一下，就都瞅着老马。老马顿了顿说，张主任，你认为马上就修水泥路可行吗？张超说，论村里的能力，马上修肯定不行，可……老马接道，并不是说我上午向村民作了许诺，马上就能动工，就算是现在准备，也得有个过程吧？张超说，那当然要有个过程，你也不要误会我的意思，我刚才只是把村民可能会产生的一种反应提出来，以便咱们事先作好应对的准备，实际上，我跟你想的一样，当然了，最后还是要听你安排。老马说，张主任，我理解你的心情，我认为，不管水泥路什么时候动工，现在最起码要维持老王生前的状况，让路尽量好走。张超说，马支书，我们明白你的意思了，你看什么时候动身合适？老马站起来说，时候不早了，咱长话短说，我的建议是，只要没有什么特殊事，马上都动身，今天能修多少是多少，到时若有人问，就说先将就将就，然后再一步步争取，乡亲们会理解的。

老马一行从村部通向村里的一条主干道开始，路上见坑就垫，见水就排，见路沟不通就赶紧疏通。等走到他们上午推车的地方，见张飞和王卫国的两个儿子正从三轮车上忙着往下卸土，往前望望，路面和水沟已修整过，二话没说，也跟着一起忙起来。

张飞看见愣了愣，对老马说，县领导，这活你能干吗？老马笑着说，这活我咋不能干？不信，你看看我这架势像不像？张飞瞅了瞅老马，又看了看大李和小王，说，像，比不少在农村的还像。老马说，我们仨老家都是农村的，就是现在，农忙时，逢星期还都回老家帮忙。张飞说，回家帮忙跟这可不同，依我看，这活说啥也不能干。老马说，那你为啥能干？张飞说，老王不在了，这路没人管咋行？老马说，我不是说修水泥路吗？张飞说，我们就是信你能把路修成，这也不是一时三刻能修好的，难道修不好，我们就不走了？老马说，所以你们仨就主动把这事管了起来。张飞说，我们自己走，自己不管还能指望谁？老马说，难道我们就不能向你们学习学习直到把水泥路修好？张飞看了看老马、大李和小王，又瞅了瞅几个村干部说，当干部的干这多丢身份。没等老马接话，一旁的张超瞪着张飞说，你个贼羔子不能少说几句。张飞听了笑笑说，主任大人，还没当支书，脾气咋比支书还大？你们几位是不是来加紧消化掉上午的酒肉，好给晚上的宴会腾出空间呢？张超听了又眼一瞪说，你个贼羔子要再胡吣，我就用锨拍你，马支书他们上午根本没喝酒，你瞎说什么！张飞说，我不但知道三位县领导上午没喝酒，还知道他们上午吃的是方便面，可你们几个呢？是不是柳刚把那个烂醉的工头从你家用三轮车送走的？我可告诉你，你要是把老王留下的修路款顶了建校的窟窿，我就领着大伙告你去。

　　老马立马意识到了事态的严重，就制止两人说，你们都不要说了，还是抓紧时间干活吧。张超说，马支书，你可千万别信他的。张飞说，县领导，我也没指望你信，可你告诉我，你们上午是不是吃的方便面？老马对张飞说，你不要再问了，也不要再说这事了，我建议你，以后有什么事，可以跟我们每一个人交换意见，但要分场合，像今天这样，不是解决问题的办法。说完，环顾四周，才知柳刚没来。垫好窝车的地方，天已上了黑影，老马说，明天有事的就去忙，没啥大事的就一起接着干。张飞把手中的锨放在后车厢里说，县领导，我想你们来不只是干这些修修补补的活的吧？老马说，当然不全是。张飞说，那你们明天就不要来了，这点小活，我们三人包了。老马说，大家都忙，要说包，还是我和大李、小王包合适，可我有个建议，这事谁也不说包，以后谁有空谁就到各条道上转转，咋样？张飞说，行，县领导，我现在有个要求可以说吗？老马说，你有什么要求就说吧。张飞说，如果不嫌弃的话，我想请你们三位县领导今晚到家吃个便饭，老马一愣，瞅了大李、小王一眼，上前握住张飞的手说，张伞兄弟，谢谢你的盛情，但我们有纪律，改天我们一定去你家好好在一块儿聊聊，也欢迎你有空常到村部坐坐给我们的工作提提意见。张飞说，那好吧，县领导，我就不耽误你们的时间了。老马说，我对你还有个建议，你以后能不能不叫我们县领导？张飞说，那咋称呼？张超说，他是咱村新上任的马行路支书。老马打断张超，指着大李和小王对张飞说，你就叫他们大李、小王，叫我行路。张飞说，喊你老马行不行？老马说，行。张飞说，老马，我们走了。

老马一行回到村部时，天已完全黑了下来。放下铁锨，大李、小王就开始准备晚饭。张超对老马说，马支书，我们晚上跟着蹭顿饭。老马听了，把擦过脸的毛巾晾在自行车把上，就向厨房里喊，大李，把张主任他们几个的饭也做上。张超听了，就对妇联主任说，管英，你去帮一下，先烧些开水，我们向马支书汇报一下工作。

老马招呼坐定，张超说，马支书，你知道我们中午为啥耽搁那么长时间才来吗？老马说，不知道。张超说，这都怪我们工作水平低，不会做工作。老马问，可以具体说说吗？张超说，我上午刚到家，没想到给咱村建校的赵富就领着两个人跟进来了，我还没招呼，他们就自己进屋坐下了，坐下就要钱，我说没有，赵富却说我们手里有五六万，我说，那钱不是村里的。赵富说，那就带人封学校。我没办法，就打电话把村里几个人都叫了来一起应付，给你们准备的酒菜也正好派了用场。因为考虑到你们刚来，不想让你们插手这种烂事，就没跟你们说，当然，你是村里的一把手，今后啥事也不能瞒你，可毕竟你们三年后就走了，这事你就当不知道。老马说，难道以后他们就不来要账了？张超说，我们正是因为在想法子协调这几年不让他们来要账才用了这么长时间，其间，我以为你们在休息，让小柳来村部看看，没想到他回去一说你们正在收拾村部，我心里那个急，把他们灌醉送走，我们就急忙赶来了，没想张飞那个贼羔子却那样说，你说我们心寒不心寒？没等老马开口，张超又说，我也不明白，他住村东北，我在村西南，这么大的村子相隔有二里路，他咋能这么快啥都知道呢？说完从兜里掏出一盒烟，抽出一支就要往嘴里放，还没到嘴边，像突然想起什么，又赶紧把烟给老马，见老马摆手，又送到自己嘴里，点着就吸起来，烟雾立马把脸罩住。

等张超的脸再从烟雾里露出来，老马问，你们上午的事不会没有一个村民看见吧？张超说，又不是住在野地里，哪还能没人看见？老马又问，你知道古代战争时咋样传递信息吗？张超不解地回答，知道，就是用那个烽火台。老马说，现在是信息时代，别说村子，就是哪个国家发生点事，不用半小时，就能传遍地球的每个角落。张超猛地把烟往地上一扔说，你说他们传这事又有啥用？老马说，你是他们的领导，你的一举一动，他们都认为跟自己的生活息息相关，你就是备受他们关注的焦点人物，若要人不知，除非己莫为。张超直瞅着老马没再说话。老马又说，当然了，在某些事上，他们传的可能只是事情的表象，而不清楚导致这种表象的真实内因，所以，我们要在一些可能对村民造成误会的事上，及时以适当的方式向他们解释清楚，以得到他们的理解和支持。张超说，还支持呢，不起哄搅得你不安生就不错了，还指望他们能给你献出什么锦囊妙计来？老马说，不指望他们能给我们什么锦囊妙计，我们自己遇到问题也要尽量用合理的办法解决，就说建校款的事，也不能总用酒支招，花谁的钱这先不说，总归不是长久之计。

张超又点上一支烟说，你的意思我也知道，可村里没钱，我们不这样拖又能咋办？老马问，当初建校时为啥不做个筹备的计划呢？张超说，我们建校的前两年就开始筹这笔钱了，村里人也都知道，可是建校的前一年秋后，镇里号召搞产业结构调整，缩粮扩经，说是能提高单位亩产效益增加村民收入。我们认为这是个机会，动作就搞得大了点，把全村一半的田块栽上了韩国辣椒、日本的包菜、安徽亳州的牡丹和金银花，可村民脑子转不过来，不想掏钱，村里就把集资的建校款挪用了，想等丰产了把垫付的钱收拢了再建校，哪又想到，当春大旱，麦收时又接连大雨，所有的投入都泡了汤。屋漏偏逢连夜雨，本来能凑合上课的学校经了几场大雨，就被上面封了，没办法，孩子们只能在用花条塑料布搭起的帐篷里上课。当伏天，一节课下来，孩子们都像从水里出来的一样，我们不忍心，就张罗选址以大包的形式另建新校，等建成后分期付款。当时张飞要接，我们考虑到他经济实力不行，便跟赵富签订了合同。学校建好后，我们就在收农业税时暗中加了一些，打算用三年时间把建校款还上。可万万没想到，第二年国家就免了农业税，我们几个通过商议，准备以一事一议的方式收。张飞问啥是一事一议，我就把上级的解释说给他，他听了后说我们的动议不合法，于是就领人闹，闹了村里又往镇里闹，镇里就再也没让收。赵富就以不让孩子们进校为由逼债，我们只好以个人名义向外借了给他，有时让他逼急了，我们就高息贷款。你不知道我们那个难，张飞还以质量不合标准为由闹着让村里找人重新计算造价。老支书，也就是柳刚他爹连累加气病了都没钱看，后来不能再干了，就把担子撂下了，弄得村里都快半年没支书了，我一边硬着头皮两副担子一起挑，一边天天盼着新支书来，现在总算把你给盼来了，说心里话，要不是这建校的事没了结，我早就不想干了，张飞那个贼羔子还处处给我难堪，你说我们图个啥？老马说，建校是公益事业，可以通过一事一议解决，但要向村民说清，并征得他们的同意。张超说，我们正是这样做的，可张飞却一根筋要求把以前集资的专款拿出来，还需多少就拿多少，可那专款……老马问，村里为啥不把产调挪用的事讲清楚？张超说，也讲清了，可张飞不认账，说专款挪用本身就已违法，硬要以搞产调为名显政绩更是腐败，你说他一顶顶帽子往我们村干部头上扣，我们有啥办法？老马又问，产调损失那么大，镇里就没有说法？张超一愣，立即头一摇说，别提了，当村干部难呢。一句话，那张飞横竖地来回搅，还不是建校时他没达到目的？老马说，我这两天一定找他好好聊聊。张超说，只要能治住他，以后工作就好办了。老马说，你这说法不好，我们工作不是为了治谁，换句话说，只要我们工作能做到村民心里去，我想什么困难都能克服。张超笑着说，对对，我心里也是这么想的，就是嘴笨不会说，要是小柳在就能帮我说明白。转脸又对村会计说，钱忠，你跟柳刚联系一下，咋到现在还没回来？随后又探头向厨房喊，管英，开水好了吗？管英在外面应答，好了好了。

管英把开水提进来，就听院外有三轮车响，接着又有灯光射进来，钱忠对张超说，来了来了。张超猛地站起，对钱忠说，那你还愣着干啥？钱忠听了向管英一使眼色，两人直奔东墙的两张桌子，把老马三人的日用品一股脑往床上一放，就一人一张地搬过来对放在当门的中间。老马疑惑地瞅着管英问，水才开，饭就好了？管英笑着说，好了。老马又问，啥饭这么快？管英仍笑着说，我端来你就知道。老马又瞅着已坐下的张超，张超也笑着说，你放心坐好等着，我们管英这方面可有两下子。刚说完，小王走到老马跟前耳语了几句，老马霍地站起问，大李呢？小王说，出去买方便面还没回来。老马看着张超刚想说什么，就见管英、柳刚、钱忠各端两个盘子走了进来，三人把盘子放好又一起出去，转眼又上来六个盘子。老马一把抓住又要出去的柳刚问，小柳，你告诉我这是咋回事？柳刚瞅了张超一眼说，我下午去镇里办事，顺便捎来了几个菜，想晚上咱们凑一块儿坐坐。老马说，把票据拿出来。柳刚说，不是村里的钱，是我们几个人凑的，没开那东西。老马问，真没开？柳刚瞟了张超一眼说，真没开。老马说，那好，全部撤走。柳刚又把目光瞟向了张超，张超站起来说，柳刚，你把票据给马支书。老马接过票据看过，又看看桌上的菜，问道，就这些？柳刚说，还有清炖的一只鸡和一条鲤鱼，外加两箱啤酒。老马问，就一百元？柳刚说，就一百元，乡下又不是城里，这里啥菜都便宜。老马转脸对小王说，你出去看看大李回来没有。刚说完，大李提了箱方便面进来接道，来了，什么事？说完看见桌上的光景就又瞅向老马。老马把票据递上说，记在我们的伙食账上，把钱给小柳。大李把票据装进上衣左上边的内兜，又顺手带出一张百元钞票放到小柳手上。小柳拿在手里瞅着张超，张超说，收起来吧，城里工资高，况且咱本来就是蹭饭的。老马说，一家人不说两家话，以后咱谁都不客气，不过，咱先说下，今晚饭尽量吃，啤酒每人最多一瓶。张超说，我只喝一杯。老马说，不违反规定，大家随意。

三人刚把张超等几个村干部送走回到屋里，没想到张飞就左手提一捆菠菜、右臂挎一只用笼布盖着的竹篮走了进来，老马一愣，立即又招呼道，张伞兄弟，你累了一天，这么晚了，还费这个心。张飞把东西往桌上一放说，我早就来了。小王一惊说，你早就来了？这一会儿，你都在哪？张飞说，我回到家媳妇正掀蒸馍的锅，一想到你们三个大男人顿顿吃方便面也不是个事儿，就用塑料袋装了，又到地里铲了点菠菜，准备给你们送来。走到村大商店，见大李提了箱方便面往村部走，就在后边跟着来了，可一进院，看见屋里桌上摆的，比我拿来的强多了。说到这儿，朝小王一摆手又说，你听我说完，要不是接着看见你们那么讲原则，我早回去了。随后往桌上一指，瞅着老马说，老马，你看要不要，不要我再拿回去。老马说，我们要，谢谢你。张飞见大李又往兜里掏，便说，你要是给钱，我这就拿走。老马止住大李，随即又按住张飞抓篮子的手说，张伞兄弟，你的这种心意，哪能用钱换？就是能换，又得多少钱能换来？快坐下。

张飞坐下，接过小王递来的一杯开水。见小王走了出去，就对老马说，有好几年没见过像你们这样的干部了，我这人性子不好，今天对你们很不礼貌。老马说，事情碰得巧，要是说起来，我还得感谢你，你能不能详细说一说赵富建校的事？张飞说，这还得从村里搞产业结构调整说起。建校的前一年，村里说上边让少种粮食多种经济作物以增加收入，当时粮食烂贱不值钱，村民们听了也都拥护。要是种菜还好说，可一听说要种牡丹什么的，村民头就大了，这牡丹、金银花以前连见都没见过，咋种？大家把顾虑反映到村里，可村里说啥也别问，让干啥干啥就行。我这人遇事好沉不住气，还好打破砂锅问到底，见村里说不出个所以然，就通过朋友找了一位农技员请教，那农技员不但给我讲了牡丹等中药材的生长特性和种植技术，还送了我一本有关方面的书。我回来一看，就急了，书上要求牡丹等中药材的种植土壤必须是沙质，最起码也得半沙半黏，可我们村全是黏淤地，我就找了村里。柳支书，也就是柳刚他爹说，村里地以前都是沙质的，全部旱改水还不到二十年，能改过来，就能改过去。张主任说，不打破常规哪有创新，没有创新哪有发展，要想收入高，就得大胆试。我听了也觉得有道理，更何况当时大家已腾出地茬，就没再坚持，谁知天不作美，先是旱后又涝，就全毁了，村里集了两年的近二十万建校款白扔了不说，老学校经雨一淋也让上面给封了，弄得村里没钱也得建新校。选好校址，为了让大家少犯难，我就提出，只要村里给作保，我贷款建，并且一分工钱也不要，可村里不同意，就跟赵富吃一块儿去了。老马说，不管谁建的，学校既然建好了，村里就该想办法把钱给赵富，可听说大家不愿再出，有没有这回事？张飞说，有，学校建好后，村里在收农业税时暗中集资，第一年大家都不知道，第二年国家免了农业税，村里就以一事一议的名由收，我认为他们做得不合法，可他们仍坚持，我就说，你们收也行，可收谁的钱，不但要开收据，还要在收据上写清收的啥钱和收款人的名字，并盖上村里的公章，他们就没再坚持。后来，我听在镇里的一位朋友说，产调的一切花销都是镇里出的，村里根本就没拿钱。上一年村里收大家的农业税高出国家的规定很多，我就又找了村里，村里却说我公报私仇有意胡闹，我就领人找到了镇里，镇里虽出面调解，村里从此也没再收，可那二十万至今也没给说清楚哪去了，你说大家还能再出吗？再说了，学校建成那个样子，你们有空去看看，才多长时间墙就有了裂纹，值三十五万吗？现在你们来了，你们一定要帮大家找出来那二十万的下落，请内行人再算一下学校造价，还有修路的事，只要开工，钱款千万不能让村里沾手，老王给村里的修路钱，你们也一定帮大家看住，千万不能让村里给糟蹋光了。老马说，村干部既然这样不让大家相信，老王为啥还把钱交给村里呢？张飞说，老王是党员，村里有党组织，上面又一个不认识，他不让交给村里能交给谁？

　　老马正要再说，见小王端着一只热气腾腾的鸡进来，就笑着说，你快吃饭吧。张飞听了腾地站起，不不不，我回家去吃。大李一把将他按下说，你饿了这么长时间，要是再推辞就见外了。小王放下菜盆说，这鸡刚才都没动，你就别客气了。老马打开一瓶啤酒说，以后我们就是一家人，一家人可不兴说两家话，先喝一气，喝完再让小王给你泡两包方便面。张飞又站起说，不不不，我还是回家。张飞说完挣脱三人的阻拦就冲出了门。

风吹草低见牛羊

在北京组织召开的全县投资环境说明会一结束，邓斌就匆匆回到旅馆打开了电视，此时中央台正播报 72 小时天气预报。他一看家乡所在的位置被圈了一大片，雨量标志为大，心就慌了，这老天爷真要直脖子倒上三天，那还了得？邓斌随即取消了会后去天津考察"天鹰椒"的计划，并和跟进的邻镇一把手说，家里有急事，我得马上回去，你替我请个假。那人说，还不到一星期，是自己熬不住了，还是弟妹让人占了？邓斌没接话，把自己的东西胡乱拢进包里，就急急忙忙去了火车站。到了火车站，发往家乡的那班车已走了，他于是又赶往长途汽车站，上了一辆过路车。

邓斌是湖沿镇党委书记，从镇长位子上来还不到一年。去年秋，为积极响应县里农业产调号召，通过专家充分的比较论证，从安徽引进了市场上供不应求的中药材牡丹，在全镇一下种植了三千多亩。如此大的规模，就连见多识广，才从县机关调来任镇长的柴兴也觉不能适应。对此，邓斌曾在一次班子会上说，咱镇情况大家都清楚，农业大镇，农民粮食卖不出去，镇企业又不景气，农业产调是一个机遇，抓住就有希望，错过就没有出路。说是说，但真正实施起来又谈何容易？可开弓没有回头箭，况且镇财政严重吃紧，产调田块所有投资又都是赊欠，成败在此一搏，他只好硬着头皮往前走。这三千亩中药材牡丹和准备套种的经济作物的销售、再加工，是他此行最主要的目的，更是各路商家颇感兴趣的所在。

由于起步时宣传到位，光秋后套种的日本秋冬实包菜，春节前后，就让参与经营的村民赚回了往年一个麦季的收入。初尝甜头的村民，又在他请来的专家的指导下，一开春就套种上了韩国高产辣椒。谁知一冬无雪，开春后旱情持久，再加上产调田块又大都是具有沙土质的高段位旱地，引渠灌溉十分不便，于是他便跟村民一起连夜打水井。只要上边没有他必须参加的会议，他都每天坚持下村，有时在镇里吃过晚饭，还要骑车到各个田块转一圈，唯恐因个别村民的粗心大意，毁了才育的麦茬辣椒苗或刚移栽的春辣椒苗。风尘仆仆到晚上八九点钟回来，又同相关人员研究解决发现的问题，以便第二天向下村人员安排工作时能有的放矢。为此，他常常通宵达旦。

有一次，柴兴对他说，你身为老板，天天当起了跑腿的，我呢，却成了个管家的。邓斌笑着说，一家人不说两家话，现在不应讲自己是什么，而应讲自己能做什么，组织管理是你的特长，我是学农业的，种植经营是我的老本行，如今非常时期，我们只有各尽所能，目的只有一个，就是搞好产调，最大限度地增加农民收入，富民强镇。柴兴又说，要是遇到急事……邓斌打断他的话说，好兄弟，共事相谋不相疑，你该咋办就咋办吧。说完又骑车下了村。

其实，邓斌原是一名小学教师，二十世纪九十年代初，因为文章在镇里写出了名气，就进了望湖镇党委办公室成了一名文书，后来就是秘书、镇宣传委员、副镇长……新世纪第一年升为农业副书记时，他通过自学考试拿到了除中文、行政管理之外的又一个省农大的本科毕业证书，并调到了湖沿镇，后来又到了现在的位置上。到了现在的位置上，他才真正地体会到处理好农业、农村和农民问题是多么重要。作为一个当了农民官的农民的儿子，不能让农民过上好日子，谁又能让农民过上好日子呢？

车出了京城，邓斌通过手机知道了自己的家乡正下着大雨，他焦急的心几乎要跳出来，他不停地拨打每一个产调田块主要负责人的电话，仔细地询问情况，详细地交代所属田块应该采取的防护措施。可打着打着，手机就电量耗尽自动关闭了……车窗外，天已黑透，这使他更加担心。特别是县镇公路旁的中药材高效种植示范园，那一直是他的一块心病。

本来，新兴村那块一直进行稻麦轮作的黏淤地，是不宜种植中药材的，可柴兴非要将其作为本镇的脸面亮出来不可，还说是县里的意思。当时邓斌就据理力争，并建议将新兴村南的一块沙土质地作为脸面，但柴兴说，村南的那块地太偏僻，无疑是把粉擦进了屁眼里。相持不下时，柴兴就把他说的县领导请了来，县领导便以团结为重为由进行了折中，两块都种，但要轻重有别。邓斌自然明白其中意思。当然，为防万一，他在这块不宜种植的田块里投入了更多的精力。就是这次来京前，他还带人给这块地又浇了一遍水，并再三叮嘱柴兴一定要组织人挖好中沟，以防雨来出现涝渍问题。刚才电话里，柴兴说沟是挖了，至于排水性能，已派人去查看，一有消息马上电告。可现在……他恶狠狠地瞪着手机。

天刚见亮，新兴村委办公室几个管事的，正准备分头去查看各个田块的走水情况，就见邓斌拄着棍子，提鞋的手捂着心窝处，浑身泥水地走进来，人们哗啦一下子把他围了上来。邓斌拨开人，抓起桌上的电话就打起来，并示意村支部书记李风雷替他记录。

柴镇长，你赶紧通知大院人员马上下村，我在新兴村，这里就不要派人了。

张支书，你赶紧带人去五组牡丹园，那里积水严重，再派五六个人去张东的黄鳝塘，帮他打拦水坝子。

赵支书，你赶紧带人去三组和六组的辣椒苗地，覆盖的塑料布必须重新加固，让孟主任带人去王红的猪场，看她才下窝的母猪圈是否存在漏雨情况。

李主任，你赶紧带村里的电工去八组李三贵的养鸡场，看是不是又漏电了。

孙主任，你赶紧带人去十组陈庆民家，他老两口的房子要是有危险，就腾出村委的一间房让他们先住下，还有九组村西的那块麦田，特别是靠河沿刘二根家的，看是不是又让河水侵了。

……

邓斌放下电话说，你们也别愣着了，快去喊人到示范园排水，那里都能走船了，其他田块我都看过了，暂时还没有事。回头又问李风雷说，我打了几个电话？李风雷说，二十三个。邓斌听了就从内衣兜里摸出一张十元的票子放在桌上说，多了下次再用。李风雷赶忙抓起往邓斌手里塞，说，邓书记，你这也是公事嘛，哪能这样？邓斌又将票子放在桌上说，赶紧去示范园。

路上，李风雷问，你什么时候从北京来的？邓斌说，夜里两点多下的车。李风雷说，下了车不回镇里，又把全镇跑了个遍？雨衣哪来的？邓斌又用手按了一下心口窝说，上车前买的。李风雷走了几步停下说，你常告诫我身体是革命的本钱，可你还不到四十，你这病……你还是先去我家休息休息。邓斌笑着说，你比我还小，你的胃咋样？咋不在家守着？快走。李风雷说，我那是胃炎，慢性的，你是什么？你不能抽空到县医院住几天？邓斌手一挥说，才发现的一点小毛病，没什么大不了的，降它的武器咱是随身带。说着就把两粒药送进了嘴里。此时，他年近七十的老母和不满十岁的儿子，刚冒雨用平车把他突发高烧的妻子拉进望湖镇医院。当然这是后来才知道的。

　　等药咽下，邓斌又说，那示范园也不知你们是咋开的沟。李风雷说，当时开沟时，我们也向柴镇长建议，沟要低于机耕层，可柴镇长说，天旱成这样，保墒要紧，哪有什么大雨下，纯粹是杞人忧天。邓斌说，他不懂，难道你这回村没几年的农大毕业生也不懂？真要毁了，白折腾事小，那损失……

　　一百多亩的示范园，和其他中药材田块一样，为有利于牡丹的生长，种植前，都是用邓斌联系来的大拖拉机进行深耕细耙的，沙土质的田块倒不怕，可这黏淤地……真要所挖水沟低于机耕层，就是晴天好地，他们这二十多个人没有两三天的工夫是无法完成的。

　　天刚上黑影时，原挖的沟才疏通了不到一半，更别说打算开挖的新沟。眼看着牡丹和移栽的辣椒苗在水里挣扎，邓斌十分着急，急不可待之际，又发现地边大沟里的水与地里水持平了，便赶紧提着铁锹找出水的地方。谁知不小心又重重地摔了一跤，就觉胸口如撕裂一般，接着就什么也不知道了。李风雷见他没了动静，扔了铁锹就跑过来，一看情形不好，抱起邓斌直奔镇医院。挖沟的人看见，也呼啦一下跟着跑，半道上拦住一辆客车到医院，打了一支强心针，但邓斌只出了两口气，瞳孔就放大了。

　　跟来的人像疯了般都扑通跪下直给医生磕响头。李风雷紧拽着医生的手，让医生想办法救救邓书记，可医生却愤怒地问起他来，邓书记有心脏病你难道不清楚吗？清楚你为啥还让他这样？问着问着，医生也掉下泪来，边掉泪边说，邓书记呀，你去北京前，我就告诉你千万别累着，要多休息多休息，你咋就不听劝呢？你以为你的身体就是你自己的吗？你可是我们大家的呀，我们再上哪里去找你呢？邓书记呀，你不能就这样走呀……所有人无不泪如雨下。

闻讯赶来的柴镇长见邓书记已经过世，立即打通了还在北京的县委书记和县长的手机，关上手机，就让李风雷坐镇里车去接邓斌的妻子。李风雷从望湖镇医院接了已退了烧的邓斌妻子回来，就流起泪来，邓斌妻子一见，一句话也没说就昏了过去，等医生七手八脚地把邓斌妻子救过来时，李风雷已给邓斌换好了衣服。在整理邓斌换下的衣服时，李风雷从他贴身的衬衣里拿出了一个黑色塑料袋，里面仅装着一个 32K 的本子，封面上用红色隶体书写了"民情日记"四个字，扉页上写着：我最爱读的诗，是《敕勒川》；我最爱唱的歌，是《在希望的田野上》。李风雷读罢，泪又哗哗地止不住了。

把邓斌葬在他的家乡后，雨一直断断续续没出几个好晴天。尽管李风雷事后领人挖好了水沟，但涝渍现象仍没能彻底解决，牡丹和辣椒死苗也相当多，再加上即将到来的麦忙，又让人们把重点放到了抢收上，李风雷也没能抽出多余的精力照管示范园，等麦茬地插好稻秧后，示范园已成了疯长的草原。已主持全镇日常工作的柴兴要把示范园耙掉插稻，不但李风雷坚决不同意，原承包户也都不同意。

　　柴兴见硬来不行，就一个电话把李风雷叫到了自己的办公室，问李风雷为什么不执行镇党委的决定？李风雷说，是为了留个纪念。柴兴说，你的心情我很理解，但这样荒着，要是邓斌地下有知，也是不同意的。李风雷说，邓书记在时，事先也没同意种牡丹，你却说县里非让种了当示范，如今邓书记不在了，你又让耙掉，我们能折腾得起吗？柴兴顿了顿说，你是一名党员，还是村里的主要负责人，要首先配合镇党委做好工作，你这样美其名曰留纪念，实际上是念念不忘私人情分，你要知道，一个真正的共产党员是不需要树碑立传的，你这样做是要犯错误的。李风雷说，就算是为邓书记树碑立传，也是应该的，我们这样做，是为了弘扬党的优良传统，让后辈人永远记住邓书记。柴兴说，我知道邓斌生前在工作上有一定的可取之处，可现在是新世纪，新世纪的党委书记，不应该只当泥腿子吧？李风雷说，在我们这个农业大镇，农村基层干部首先应该是泥腿子，我们农民最需要一位像他一样的泥腿子书记。柴兴说，你不要激动，干什么都要讲组织纪律，虽说他在北京，要是提前考虑到这一点，也不会这么早就……虽然说他的动机是好的，可在产调上，除了你们村南的那块儿，全镇还有哪儿一块不损失惨重呢？造成这么大的损失，上级组织不追究他的责任就不错了，你还要为他大张旗鼓地宣扬，这就是跟县委县政府唱对台戏。李风雷说，是谁在跟县委县政府唱对台戏，我们大家自然清楚，咱镇产调的田块，要是真正按照邓书记的要求进行管理，尽管经了连绵雨，也照样跟我们村南的那块儿长得一样好。柴兴猛地站起，李风雷，你不要分不清是非乱说一气，要不是我快刀斩乱麻，全镇的损失会更大。李风雷也猛地站起，我们自己的土地，我们有权自己做主种什么和怎样种。说完就开门冲了出去。

忙完其他地块的收种后，李风雷带人把存活的牡丹和辣椒移栽到了村南的产调田块里，然后以村里的名义在示范园周围圈起了栅栏，以股份的形式在全村集了资，在里面养起了良种肉牛和波尔山羊，还特意安装了大喇叭，天天把《敕勒川》朗诵几遍，把《在希望的田野上》这支歌唱上几回。

秋后，李风雷按照邓斌生前的规划，在全村六成的田块里种上了牡丹、辣椒和高产的日本大葱等经济作物，并与山东一家外贸公司联合开办了一个红辣椒加工厂，一个大葱脱水加工厂。全村生活水平一下子提高了很多，让全镇不少村羡慕不已、后悔不已。

当然，这都是去年的事了。

今年春节前，李风雷把邓斌一家老少三口全接到了村里，他说要把村子建得像城里一样漂亮，让所有的村民都成为上班的工人，让邓书记的家人过最好的生活。

清明节那天，他和村民们一起把邓斌的坟迁到了示范园里，并在邓斌坟前立了一块石碑。请人镌刻的碑文是：

    我看到了遍地奔跑的牛羊，我听到了父老乡亲欢乐的歌声。

季美丽张大宝和足球

我就让你死！死，死，马上死，这就死！

张大宝一听到媳妇季美丽对着他，咬牙切齿、毫不留情地，像子弹出膛一样把这几个字按照自己的意念组合打过来，心就打了个寒战，继而一种无可名状的怒火就升腾起来，这是一个多么狠毒的女人，他恨不得随手拾起一根棍子，先敲掉她的毒牙，再把她梗着的脖子打歪。可季美丽似乎早有准备，见对手伤而不死，且要负隅顽抗，就又步步紧逼过来，大有不立即达到自己的目的就不善罢甘休的气势。张大宝见状，立马把火气压了下来，罢罢罢，跟这种女人较真不值得，还是采取游击战略战术，敌进我退。退也是进嘛，夫妻之间，就像人家说的，输也是赢，赢也是输，谁能化干戈为玉帛，让和平之光重现，在又归宁静的深夜相拥而眠，谁就是男中丈夫女中豪杰。此时，日耳曼战车碾碎太极虎进入第十七届世界杯足球决赛，使风头甚健人气很旺的东道主结束了"韩国足球奇迹"的继续。虽然中国队早于十天前以三战三负的成绩结束了自己的首次世界杯之旅，可他不用翻看日历也清楚，今天不是农历初一就是阴历十五。

张大宝不再与季美丽唇枪舌剑，就势逮个板凳坐下，电视上德韩之争已尘埃落定，没想到钱锺书的围城之战又狼烟突起，电视插头已让季美丽猛地拔下随手一甩委屈地在桌沿下碰头碰脑地荡了几下就倒立着了。你要坚决不看，我张大宝今晚也坚决不再看了，本届世界杯已让人无规律可循，已出现了太多的冷门，让人大跌眼镜，至于三十号德国与巴西或土耳其的最后一战鹿死谁手，谁能笑到最后，也不是我这个半路出家只能看热闹的农民球迷能左右了、预测到的，可我还是相信戏越到最后越精彩，好在还有几天的时间，为了享受最后的精彩，我要在这几天，不，首先要在今晚摆平这个毒妇，不，与我可亲可爱的美丽握手言和，让我们的爱情最起码维持到过了三十号。

三岁的儿子足球，我可爱的中国未来的罗纳尔多已在隔壁进入了甜蜜的梦乡，季美丽还在封闭良好的卧室里不停地叫嚣。张大宝很懂得剑拔弩张之后，强弩之末是不会穿透一张薄纸的，因此，也不管是我是她非，为了我可爱的足球，暂时把男子汉的尊严抛在一边，上前赔个不是，或是小心翼翼地侍奉着我这少奶奶上床就寝。

　　张大宝和季美丽这对活宝是自由结合，说准确些，四年前他们已在徐州某家宾馆打工时相处一年，又在共同观看上届世界杯足球赛时，同样的感受和同样的渴望，带给他们同节奏的捶胸顿足和同声部的狂呼呐喊，膨胀的激情终于使他们在最后决赛，法国队力克巴西后的那天夜里，在季美丽自租的房子里，为他们儿子的出世走出了关键性的一步。直到后来季美丽的身孕无法掩饰，两人才双双辞掉工作携带着各自的储蓄回家匆匆办了婚礼，守着张大宝父母分给他们的二亩责任田，独家独院，过起自己认为分外甜美的小日子。相伴而出，相伴而回，相拥观看共同喜欢的足球赛事，然后相拥而眠。不管东方已亮西天薄暮已垂。

　　不久，他们儿子的到来，更给他们带来了无穷的乐趣，也带来了不尽的忙碌。尽管奶水充足，他们还不断在网上请教德国足球队营养师，如何给儿子搭配每天的一日三餐；儿子刚能瞪着双马拉多纳般的大眼，好奇地看着这个美丽的世界发笑，他们就天天让儿子看著名球赛的精彩回放；儿子刚能撒手挪步，他们就为儿子穿上了自认为好看的，缩小了比例的各大球星的各式服装。他们把家变成足球的王国，对儿子进行超前的环境熏陶、爱好启蒙、个性培养。他们为儿子取名足球，但张大宝警告季美丽，以后再说足球，一定严禁把"狗日的"几个字放在前面。季美丽正让儿子吃奶，眼一瞪，你去死，我就让你死！死，死，马上死，这就死！张大宝吓得倒退几步，急忙寻找逃出去的路径，急不择路，一头撞在了卧室南墙的挂历上，顺眼一看，这天是农历初一，让我死在大初一，什么人才死在大初一？

对足球的超前消费，使得他们的积蓄与日剧减，不到一年，几乎到了山穷水尽的地步。二亩责任田依照本地很顽固的传统稻麦轮作，任他们力气使尽，再加上父母悉心照看，所收除了勉强落个肚子圆，其他什么事也挡不了。张大宝毕竟是男人，男人养家自古如此。

张大宝每天跟着大哥串乡打压水井，开始觉得挺新鲜，按季美丽说的，工资还稳中有升，就是觉着身子吃不消，天不明就出门，通天黢黑才赶回，到家车子一放，草草打发了肚子，床上一躺，任谁也别想把他喊起来。当然也有例外，只要听说电视里有球赛，疲乏马上一扫而光，陪着季美丽熬个通宵，第二天还能把球侃得让一块儿赶路的哥几个以为正看着头天晚上的实况转播。

渐渐地，张大宝就不想干了。隔三岔五当个夜游神还可，碰上国内甲级联赛或是世界各洲的洲际赛期，白天不看也罢，但真要夜夜如此就架不住了，架不住也得苦撑，撑不住，就向季美丽提出抗议，说季美丽侵犯了他的人权，变相限制了他看球的自由。季美丽将心比心，就说，你改行吧。张大宝说，改行？改行干啥？季美丽说，提杆秤上集当菜贩子。张大宝说，当菜贩子？当菜贩子就不耽误看球了？季美丽变脸道，你不要以为我整天待在家里，横草不摸竖草不拔，是你金屋养下的娇妻，就动不动对我说三道四诉苦表功，一个大老爷们，不想着法子养家糊口，你还好意思？张大宝说，真是听君一席言，胜读十年书啊，季大人，别说了，微臣遵命就是了。季美丽眼一竖，说，少给我酸，你去死，我就让你死！死，死，马上死，这就死！

张大宝不用翻挂历，也清楚这一天是什么日子。

季美丽每天早上六点准时起床，做好饭后把有《同一首歌》的磁带插入录音机按下放音键就催张大宝起床。困意尤浓的张大宝，一听到这首歌的前奏，就如同听到了催征的战鼓、进军的号角，立马精神抖擞起来。

第十七届世界杯足球赛开赛之前，张大宝就对季美丽说，六月份的世界足球盛会，四年一轮回，二十一世纪头一次，千载难逢，我这个月就不出外了。季美丽说，世上没有走完的路，天下没有挣完的钱，不出就不出吧，咱生活水准再低，也不在乎这几天，足球是我们的足球，足球盛会就是我们的节日你的长假，我的心早已激动不已，让我们现在就祝福中国足球队吧。

麦到芒种自然死。为了不影响观球，芒种的头一天，张大宝瞅着电视没有转播的空当，拦住一个过路的北京福田就把自己的麦子全部收到了家里，接着又开了大哥的手扶车把地把好，又打好了田埂、平整了田块，做好了插秧前的一切准备。而后的日子，他们一家三口全副武装，一律的统一款式的红色足球运动服，额头正中印着中华人民共和国国徽，右边脸上是手绘的一面五星红旗，左边脸上是《义勇军进行曲》五线谱，鼻梁上是一只足球图案。一家人肩并肩围在电视机前，身边是触手可及的小保姆方便面、金华火腿肠、伊利奶粉、娃哈哈 AD 钙奶。中国队失利一场，季美丽就指着张大宝破口大骂一次，张大宝心里虽恼羞成怒，但为了顾全大局看好下面的球赛，就特殊情况特殊处理，脸上表现出了不介意的样子。

驿庙是傍湖镇偏西的一个村子，离微山湖较远，每年插秧的时候，水都十分紧张，不是被上游的村子截了去，就是长江之水奔腾到镇界就成了涓涓细流，今年也不例外。二十六日晚，巴西队一比零胜了土耳其队，张大宝挨完骂，听外面咋呼水来了，就忙换了身衣服扛把铁锨出了门。到地听说翻水站只用一个泵还抽抽停停，便借着月光到自己的地块看看，只见水在地头恋恋不舍就是不往里边走，张大宝想，反正今晚战事已无，回去也是睡觉，就在自己地头把渠里的水拦住。这一招果然有效，所来之水就顺着耙地时留下的小沟一往直前了。这样，一夜过后地就泡好了。第二天，季美丽到村里找了六个插秧快的姑娘，八个人互相配合，太阳刚到头顶，原来的白茬地就变成了方方正正的绿茵场。开了工钱，两人下午又一鼓作气收拾了秧板田。晚上无赛事，张大宝又把水补足，接着给大哥和季美丽娘家各帮了一天忙。二十九日晚看了韩国同土耳其的季军争夺战后，关了电视就养精蓄锐。三十日上午十点多，张大宝起床填饱肚子到地里，缺水期已经过去，水已让大哥给补得足足的。转完一圈回家，见季美丽已把三口子的球迷服准备好，就说，我们要让今晚过得富有纪念意义。

晚上七点没到，一家人就装扮完毕，张大宝打开电视，可荧光屏只一闪电源就关闭了，季美丽忙开灯，不亮。闸刀保险丝完好无损，张大宝意识到停电了，跑到外面一问果然不假，心猛地就让什么东西给堵上了。季美丽听说后，站也不是坐也不是。张大宝一见季美丽慌了，就硬是把自己的心疏通了一下，安慰季美丽道，时间还没到，兴许是村配电室跳闸，过一会儿就来电了。季美丽听后就端坐在一张单人沙发里，盯着墙上的石英钟直搓手。张大宝不停地按电灯开关，开关的啪啪声盖住了秒针整齐的方步声，季美丽烦了，就说，老按啥，你不能再出去问问？张大宝骑车来到村配电室，村里电工说，不是村配电室跳闸，而是镇变电所变压器出了故障，明天再用电吧。张大宝飞奔回来，把这不幸的消息一说，季美丽就腾地跳起来，指着张大宝说，你赶快给我想办法，不然我和你没完。

张大宝很了解季美丽的脾气，不敢怠慢，随手挟起正玩耍的儿子足球就往外走。季美丽喊道，你到哪去？张大宝一个急停，说，把儿子送咱爸妈那去，我们到邻镇朋友家看。季美丽说，儿子不去还有啥意义？张大宝说，黑灯瞎火的，而且路上受了凉咋办？季美丽说，到底吐不出象牙来，还不快去？

张大宝送了儿子回来，发动摩托车带了季美丽就走。季美丽路上问，有多远？张大宝说，不远，不到二十里，也就十分钟。眨眼工夫，车已飞出村子上了县镇公路。

才行了五六里，还没到镇界，车子却自动停了下来。张大宝很纳闷，重新起动，发动机只吱啦啦响了两下又熄火了。季美丽下来问，咋回事？张大宝晃了晃油箱说，没油了。季美丽朝四周看了看，前不着村后不靠店，天也上了黑影，抬手看一下夜光表，已是晚上七时半，就急了，张大宝，你是咋搞的，你咋能让它没油呢？前面有加油站吗？张大宝说，没有。季美丽说，你咋能让它没有加油站呢？张大宝说，我哪有这个权力？季美丽说，你为什么没有？你为什么让变电所停电？张大宝说，我能有那个能耐吗？季美丽说，你为什么把我带到这里来？张大宝说，你，你神经病！季美丽指着张大宝的鼻子说，你去死，我就让你死！死，死，马上死，这就死！张大宝全身一阵痉挛，这时，从水田里上来一群带着一身泥水回家的人，经过时，偏头瞅瞅这两个打扮怪异的男女，又都走了过去。

突然，从身后射来两道光柱。张大宝控制住自己的情绪把车放稳，对季美丽说，我马上就叫你如愿。季美丽问，如什么愿？张大宝说，车马上就到，我撞车，让车轧，看你能得到啥好处。季美丽上前抱住张大宝说，你想干什么？你疯了？一辆红旗牌轿车从身边嗖一声掠过。张大宝一把推开季美丽说，你才疯了呢。

季美丽站稳身子，向后捋了下头发，然后走到张大宝身边说，大宝，请你原谅我。张大宝说，夫妻多年，无仇无恨，为啥回回那么声色俱厉无情无义？季美丽说，我希望中国足球能尽早凤凰涅槃。张大宝疑惑地问，那你为什么总对我来呢？季美丽说，我也说不清，这几年，每当看到外国队赢球中国队失利，我的这种愿望就非常强烈，就满心忧愤，我就想找机会找目标发泄，这时，我只要感觉你的言行稍有不对，就不管三七二十一把你当成发泄对象。

张大宝愣了愣说，你也知道，农历初一是一月的开始，十五则是下半月的开始，按咱本地的风俗，每到初一、十五，人人都想讨个开头吉利，多禁忌诸如死之类的不吉利的话，可你却经常在这些日子……季美丽说，我想我越狠毒地咒骂你，你在言行上就会越谨慎小心，越注意改掉自己的缺点，采纳别人的优点，弥补自己的不足，继而发扬光大自己的长处。张大宝听完哈哈大笑，季美丽被笑愣了。

张大宝笑完说，季美丽啊季美丽，你用心良苦，但却是瞎胡闹，你今晚要是不把这浑蛋逻辑说出来，时间一长，我不死在你嘴里，也得跟你离婚。到那时，没有你我的强强联合、优势互补，我们足球的出头之日，也就遥遥无期。季美丽说，可我动机是好的。张大宝说，辩证法告诉我们，良好的愿望要与实际情况相统一，自身条件要与外部环境相结合，克敌制胜的战略战术要与球员过硬的综合素质相匹配，才能攻则取、战必胜。季美丽说，这些还不是我们中国队失利最主要的原因，最主要的是，还没有形成中国的足球精神。张大宝说，足球精神？季美丽说，具体一点，就是没有体现我们的民族精神，你看本届世界杯，巴西是桑巴军团，德国是日耳曼战车，土耳其是星月军团，韩国是太极虎，美国是山姆大叔，西班牙是斗牛士，我们是什么呢？我们为什么不是东方巨龙呢？张大宝说，谁说中国不是东方巨龙？季美丽说，是绿茵场上战无不胜的东方巨龙吗？张大宝瞅着季美丽没接话。季美丽又说，好了，咱

不瞎理论了，德国与巴西之战，正你死我活难分难解。张大宝
掉转车头说，不就是卡恩守卫，罗纳尔多射门吗？咱今晚不看
了，反正明天还能看重播。季美丽接着说，回家？张大宝笑着
说，晚上睡觉时，咱也学学他俩。季美丽猛地站住说，我又要
开骂了。

兜里是谁的手机在响

上午的颁奖会一结束，西风又像往常一样不辞而别。

这次不是为了躲避午宴上你来我往的相互敬酒，他要赶赴另一个聚会，而且还想在这个聚会上了却一桩夙愿。

在他的参赛史上，这次获奖虽不是最高级别，但前来的不仅有久慕盛名却从未谋面的诗届巨擘，还有近几年才脱颖而出让他刮目相看的诗坛新秀，更让他激动不已的是，周边写诗的朋友都想借颁奖会安排的篝火晚会来个彻夜狂欢。文学是寂寞，诗歌是激情，狂欢才能让激情火山一样喷发，海啸一样淋漓尽致。所以好多日子以来，被他尊为老师的、称作诗友的，还有尊他为老师的、自称为他的铁杆粉丝的，都在网上把这次颁奖称作史无前例的诗歌峰会。更何况，作为本次最高奖获得者，万众瞩目，他没有理由拒绝。可接过奖杯的一刹那，他立马改变了主意。

颁奖台上，他两手虔诚地托着的不是金杯银杯，也不是如今时髦的水晶制品，而是一瓶茅台酒。看到茅台两个字，他眼前顿时一亮，获奖的兴奋、领奖的喜悦转眼如潮水般全部隐退，潜藏在内心角落一直在探头探脑时刻准备闪亮登场的期待像点着火的火箭腾地升起，先是充盈整个心房，接着就触电一样与周身血管实现了对接。茅台茅台，我亲爱的茅台，我亲爱的诗神，我敬爱的缪斯，我尊敬的卡拉培、依蕾托、优忒毗，真是苍天不负，真是……我终于可以应诺了，我终于可以还愿了，我要马上离开这里。

至于颁奖的跟他说了啥，他一句也没听清，他满脑子都是茅台，那一刻，他只知道进行曲一直在响，掌声一直在响，另一个自己一直在催促他赶快离开这里，可理智告诉他，现在不是离开的时候。无论这次颁奖会他给自己设计了多少拜会请教的场面、多少重逢叙旧的情景、多少新识相邀同行漫步的畅想，他都可以寄托到下一次；无论这次颁奖会有多少话要说，他都可以储存起来等到下一次，再不，他可以在 QQ 里、博客里、微博里向参加这次颁奖会的敬爱的诗届前辈、尊敬的诗哥诗姐、亲爱的粉丝们先道个歉，然后开始滔滔不绝地衷肠倾诉，但他现在必须以一个诗人的素养表现出对组委会最起码的尊重，尽管诗人这项曾经的桂冠如今已不值几个钱，甚至被一些人所鄙夷，尽管他是为了去兑现上一个世纪的承诺、去还上一个千年的愿，但话又说回来，多少年都等了，还差这一时半刻吗？

回到座位，西风一边想着如何找一个理由提前离开，一边趁机仔细看了看这瓶茅台，乳白色的酒瓶，大红色螺纹扭断式防盗铝盖，顶部有"贵州茅台酒"五个白字，酒瓶脖子上的红色绸带系着一枚金色的奖字，奖字上面悬弧样写着"2011.10'茅台美酒，诗歌彭城'大奖赛"，奖字下方正中位置是主办单位的联合落款。再看看左右一起上台领奖，也都是一瓶茅台，只是绸带上的奖牌或银或铜而已，便想，组委会为啥用茅台酒作奖杯呢？是财大气粗的商家附庸风雅，还是捉襟见肘的主办方傍大款，抑或是文界和商家珠联璧合共举诗歌盛事？正百思不得其解，就听台上说，"李白斗酒诗百篇"，茅台是中国的名酒，我们用茅台酒作奖杯，就是希望获奖和与会的诗人们写出更多更好的诗，像茅台酒一样，名扬世界，源远流长。西风听了，尽管觉得解释有点牵强，可也不能不说别出心裁有点道理。又是一阵掌声过后，大家都先后站起，他知道颁奖会结束了，从怀里掏出手机一看已快十二点，就不想再耽搁，从市区辗转到县城再到晚上聚会的界沟村没有四个小时是不行的，如果中途转车不顺利，还要占用更多的时间。他此时想起了人们常说的一句话，最好的理由是没有理由，就一不做二不休关了手机，把茅台酒装进会议主办方发的包里，随着人流挤出了门，然后趁人不注意打的奔车站而去。

西风乘坐十二点五十分开往县城的大巴离开市区，思绪随着路两旁频频后退的树木倒退至一九八二年。这一年对西风来说可谓刻骨铭心。这年一开春，他家分到了自己的土地；二十五岁的他在五一劳动节与互相倾慕的同学携手建立起自己的小家庭；国庆节那天，他的诗《青春颂》在省报发表轰动全县；秋收秋种完，他成为县文化馆的一名诗歌创作员，并接到了到县城上班的通知。去报到的前一天晚上，他高中诗社的七位同学到他家为他祝贺送行，从此，每年的十月三十一日就成了他们风雨无阻、雷打不动的聚会日。

那一天的送行宴会别开生面。酒瓶一开，同学一个接一个地向他敬酒祝贺，轮了一圈后，按当地风俗本应该是同桌间分别对饮，加深感情，他们却不约而同地放下酒杯回忆起他们的高中生活和离开校园的日子。高一自发成立诗社后，他们每天下午的课外活动时间都要去学校北面通往微山湖的大河边读李白、杜甫、白居易，读苏轼、岳飞、辛弃疾，读雪莱、济慈、歌德、惠特曼、莎士比亚，朗诵毛泽东诗词《七律·长征》《卜算子·咏梅》《水调歌头·重上井冈上》……到了高二，高考的气氛格外紧张后，在班主任老师的干预下，诗社大部分社员去河边的次数有所缩减，唯独西风不仅下午去，有时连晚上的灯课都不上，还因为读了雪莱的《西风颂》而给自己起了笔名西风。特别是一九七九年四月，当他从语文老师那里借来的《诗刊》，读了舒婷的《致橡树》后，对诗歌的热爱简直到了疯狂的地步，连早上晨读时间也去。去的结果是他们诗社八人当年高考全部名落孙山，但有失也有得，他被诗友称为诗歌中的橡树，同班的女同学刘玉凤成了他"近旁的一株木棉"。毕业后仍对诗歌兴头不减的他郑重地开始了诗歌创作，参加生产队劳动中间休息别人打牌他读诗，去公社拉氨水的路上别人打情骂俏他构思，冬天在远离村庄扒河的晚上他在被窝里打着手电记下灵感的瞬间闪耀，与刘玉凤偷偷约会的树林里，他给刘玉凤背诵刘半农的《教我如何不想她》、徐志摩的《沙扬娜拉》、戴望舒的《雨巷》、何其芳的《我为少男少女们歌唱》、泰戈尔的《我爱你，我的爱人》，有时也把《康定情歌》《敖包相会》和《喀秋莎》《莫斯科郊外的晚上》当成诗朗诵，当然，《致橡树》几乎每次都要朗诵一遍，要是西风哪次没有朗诵，刘玉凤也要提醒他。有一次还要求西风要把诗写得像《致橡树》一样好，并把她也写进他的诗里，西风爽快地答应……

回忆占去了喝酒的大部分时间，墙上的挂钟已响了十二下，他们仍谈兴不尽。谈到最后，七位诗友以"功夫不负有心人"不仅为西风的诗歌和爱情进行了总结，也为他们的回忆画上了句号。可聚会并没有结束，在众人的提议下，界沟村种地之余进了唢呐班的柳笛唱起了《祝酒歌》，大家围着酒桌拍掌相和。之后，他们重拾学校时光，以《祝贺》为题，每人一句即兴写了一首七律诗，由刘玉凤记录，并相约，每年的这个时间无论人在哪里，就是再忙也要聚会，聚会时都要共写一首诗，考虑到以后聚会轮着做东刘玉凤不一定都参加，就一致同意由西风记录、润饰并保存，等都走不动了就结集出书。柳笛最后还对西风说，你如今走上了发达路，就是再发达也不能忘了老同学，今天不算，以后做东时，不能再用这一块钱一瓶的微山湖大曲打发我们，最好弄瓶茅台乐乐。西风一并答应。

西风一诺千金。此后的日子，他首先兑现了妻子刘玉凤的话，诗不仅让刘玉凤觉得越写越好，还让县里和县以外的同道都觉得越来越好，不但在全国各地的报纸杂志发表，还荣获了很多奖。他的很多诗里都能找到刘玉凤的影子，刘玉凤做饭他写，刘玉凤种麦子他写，刘玉凤掰玉米他写，刘玉凤给棉花打药他也写，他还写和刘玉凤的爱情，写他和刘玉凤星期天一起赶集，写他和刘玉凤过年时一起走亲戚，后来他农转非带家属，刘玉凤进了县城，他写刘玉凤在县罐头厂当临时工，写刘玉凤下岗后当大街上的清洁工，写刘玉凤在市场卖青菜被同行挤对、被顾客用假钱骗、被城管人员无中生有罚了好几次，写刘玉凤自己不舍得花一分钱却对他动不动就买上百元的书从没有怨言……每年的诗友聚会他都准时参加，每次做东，就是生活再艰难，他都尽量让酒菜丰盛一些。至于柳笛要求的茅台酒，就像他加入省作协，起初，他认为加入不加入没什么，只要诗写得好，当后来知道加入就是对自己诗歌水平的证明时，西风选择加入，但负责这事的人因嫉妒他而故意刁难他，先是假借上级的名义让他自费出书，他因没有出书的钱而作罢，后来不再以出书为条件，而是没有及时通知而导致西风多次错过申请，如此再三，西风就不想再入了，一心在诗上，一心想做陶渊明、李白、杜甫、白居易那样的民间诗人，一心想做曹雪芹那样的草根作家。直到去年省里指名让他加入，他觉得不应该推辞才如了以前的愿，外地不少诗友都说，以他的能力早就该是中国作协会员了。同样，在最初的那几年，他没有将柳笛的话当回事，后来意识到了，就到县城酒店里转了转，但没见有卖的，去外地领奖或出差时趁空转转，见是见到了，却因囊中羞涩或恐买假了空手而回，一回来就直后悔，于是又劝自己等手头阔绰了再买，可这几年茅台酒价格越来越高，根本不是他这样收入的家庭能享受得了的，有时狠狠心想买一瓶，但一想到起早贪黑骑着三轮车走街串巷的妻子和一家人挤在单位给的一间房子里的处境，就硬把自己按住了。没想到众里寻他千百度，如今得到，根本没有费功夫。他打算先不告诉诗友们，他要给今天的聚会一个惊喜。

由省作协联合市茅台专卖店举行的这次全国诗歌大奖赛，还给每位获奖者出了一本集子，并给了五十本样书。因此，西风从颁奖会带回的除了茅台酒，还有自己的诗集。

下午三点，西风所坐的车进了县城，他本想直接转车去界沟，可考虑到随身带的样书，就打算先回家把书放下再去。但没想到回到家把给聚会诗友带的书捆好后到附近公厕方便回来，与书放在一起的茅台酒就不见了。西风的脑子立马空了，心也猛地被提了起来，我的酒呢，我的茅台酒呢，它是长翅膀飞了，还是变成气蒸发了？他打开手机就问刘玉凤在哪呢？刘玉凤说，在外面遛摊，你呢？西风答，在家。玉凤说，这么快就回来了。西风不想再啰唆就直接问道，收拾我的东西没有？西风知道，每次他从外面回来，玉凤总是不声不响地把他带回的东西分门别类地放好。可玉凤这次没回答他，偏问起他来，你是不是得了茅台酒？西风一愣，你咋知道？玉凤说，我听你单位的人说的。西风问，我单位的人咋知道的？玉凤答，说是县文联参加颁奖会的领导告诉你单位的，你单位办公室的同事还让我通知你，下周一就开班子会，研究你这次获奖的事，还让你列席参加。西风问，让我参加？太阳从西边出来了？玉凤说，是。西风又问，为啥？玉凤说，我看你这脑子啥时能开窍。西风说，我不参加，我这茅台有主了。玉凤说，啥主比单位的还金贵？听你单位办公室的同事说，你这次获奖，不但要发你奖金，还给你出书补贴，并报销差旅费。西风说，这是以前定的，还研究啥？玉凤说，主要是研究增加的数额。西风说，我单位的事，你少跟着瞎搅和。玉凤说，你要是不关机，能把电话打给我吗？不打给我，我能知道吗？我这是提醒你。西风的脾气又上来了，责怪道，我看你是越来越俗了。玉凤说，我不俗能行吗？大儿子的房贷还没还完，小儿子上午又发来短信要生活费，本以为诗歌让你拥有了颜如玉，你会让我再拥有黄金屋，还有宽裕的生活，我看这辈子跟你除了隔三岔五地听你朗诵《致橡树》，其他都是妄想。西风一听又来了气，啪地关上手机，一愣神，赶紧又给妻子打了过去，问，玉凤，你把茅台藏啥地方了？玉凤说，我从早上出来，至今都没回家，午饭还没吃，我哪里去见你的茅台？西风说，玉凤，对不起，我让你辛苦了，赶快回家吧，我做好饭等你。玉凤说，不必了，有你这话我就知足了，我得忙了，你找找看，是不是顺手放在家里啥地方了。

西风放下手机，就发现门前的大路边停着大儿子的电动车，他又摸起手机打给大儿子，说，你在哪呢？快回来，我有急事。大儿子说，我也有急事，等处理完了就回去。西风说，不行，你马上回来，别气我。大儿子进了门，西风说，你把我的茅台拿出来。大儿子说，我，我哪见您的茅台了？西风说，自从我回来，就你进了家。大儿子说，我是路过到家里看看，见桌上放着您的包，以为您又在写东西，就没敢打搅，刚出门偏碰见了熟人，正聊着，就接到了您的电话。西风笑笑说，这就对了，快把茅台给我拿出来。大儿子说，我真没拿。西风说，那你说让谁拿去了？大儿子说，是不是放在屋里啥地方忘记了？西风说，茅台放在包里的，包还在，茅台却没了，你说放在哪了？大儿子顿了顿说，爸，我实话告诉您，您这瓶茅台我答应送给别人了。西风脸一正，说，你答应谁了？你有权答应吗？刚成家就不把我这个爹放在眼里了是不是？大儿子说，爸，我想把这茅台送给俺公司老板，他对咱家有恩呢。西风知道，大儿子公司的老板年轻时是一个诗歌爱好者，特别崇拜他西风，这几年混出了模样，不仅安排他大儿子进了公司，还给大儿子介绍了对象，他西风早就想报答人家，可他明白自己的斤两，除了写的诗能让大儿子老板看得上，家里再没有别的。按说，大儿子抓住这机会可以理解，可西风不满大儿子今天的做法，更何况他要用这瓶茅台去还快三十年的愿，他不想在以后的日子里让这愿如鲠在喉，便告诉大儿子，感谢你公司老板是我的事不是你的事，我自有办法，你赶紧把茅台给我拿出来，我得拿着它赶紧走。大儿子说，我已经告诉公司老板了。西风说，告诉也不行，你现在必须把茅台给我拿出来，要不，我给你钱，你再去专卖店给他买，买两瓶也行。大儿子说，您知道现在一瓶茅台多少钱吗？两千零八十。西风一惊，两千零八十？你听谁说的？大儿子答，今天市里的晨报上说的。西风说，那更不行，我负责跟你公司老板解释，你抓紧把茅台给我拿出来。大儿子停了停又说，爸，实话告诉你，我把这瓶茅台卖了。西风生气了，质问道，你到底哪句是实话？大儿子说，我真找到买主了。西风又问，你咋知道我有茅台？大儿子说，我听妈说的，我一听说就请了假，找到买主说定，就来家等您，没想到您这么快就回来了，碰巧您刚才不在家，我就顺手牵羊想来个先斩后奏。西风问，你把茅台卖给谁了？大儿子说，一个收藏家。西风又问，哪里的收藏家？大儿子答，人家不让告诉你，人家说你这瓶茅台值得珍藏，给的是大价钱，五千元，比市场价的两倍还多，还给了定金。西风盯着大儿子看了看，问，你为啥要卖这瓶茅台？大儿子低下头说，我知道您不会舍得喝这瓶茅台，咱们家需要花钱的地方很多，妈每天在外确实辛苦。西风听了眼窝立马湿润了，说，你要知道，有些东西，比如一句话，或者，一个承诺，往往比再多的钱都金贵，儿子，请原谅，就让爸今天奢侈一回。

　　按往常，今年的聚会仍是十月三十一日，可那天是周一，西风得上班，来回一折腾也不容易。聚会改在今天就不同了，是西风领奖的日子，又是周五，彻夜长谈不尽兴的话，还有两天空闲。

西风坐上最后一班过路车到界沟时天已上了黑影，好在事先跟柳笛通了电话。

西风进了柳笛家门，正围坐着说话的诗友们呼啦一下子都迎了出来。寒暄坐定，柳笛夫妻俩开始上菜，这间隙，西风便把茅台酒亮了出来。在座的不禁惊呼。西风却说让大家久等了。柳笛接过话头说，没想到我随口带出的一句话，让你记了这么多年，真是罪过。西风拦住说，柳哥，千万别这么说，如果没有你这句话，没有大家一年又一年的激励，我不会对诗歌一往情深，更不会坚持到今天，也不会有今天的幸运，其实，我也知道，喝不喝茅台没有啥，最主要的是我们每年都能走到一起，并从中得到无与伦比的快乐。柳笛说，你是我们诗社仅存的硕果，是我们那届同学最大的骄傲，如果没有你，我们的聚会也不会坚持到现在，如果没有你，我们的心灵深处不会还存有这一圣洁的雅兴，咱们开始吧。其他人也都附和道开始吧开始吧。

酒从柳笛开始，经每人的手绕圆桌一周后又回到柳笛手中，柳笛正想开瓶，又突然愣住了，转脸问西风，茅台酒啥味道？西风也一愣，说，这酒是今天奖的，绝对不假。柳笛说，你误会了，我是想知道，你喝过这酒没有？西风说，惭愧，我没喝过。柳笛说，我今天也是头一次，在座的还有谁喝过？见大家都摇头，柳笛一阵慨叹，别看我们几个在这一带小有名气，其实都是凭着家传或自学的手艺养家糊口，能混个人前脸上滋润就不错了，虽然我们在一些事上的花销比这瓶酒钱多得多，可真要让我们谁买瓶这酒，心里就是再掂量也舍不得。见大家不停地点头，又说，这世上有很多好东西，我们只能是忙里偷闲想想而已，甚至说我们一辈子都奢望不到，更别说饱饱口福解解口馋，今晚，我们要感谢西风，是他，应该说，是他的诗给我们带来了天下最美的酒，让我们有了一次品尝的幸运。西风说，本人无能，辜负了大家的期望，今天就带了这一瓶，再说了，我们聚会并不是为了喝酒，也不是我西风小气，更不是说柳哥家没酒，我建议，咱们今晚用酒瓯子，就喝这一瓶，边喝边聊。大家一致赞成，纷纷催柳笛换酒具，柳笛没办法，便把多年没用的一套酒具拿了出来，让老婆清洗后摆上来。柳笛拿酒瓶的手又愣住了，西风催，柳哥，快斟酒。见柳笛瞅着自己不动，又笑着说，是不是想据为己有独自享受？柳笛说，我没有这个福分，还是你来斟第一个。西风推让，见大家都认为柳笛说得对，就接了瓶。等给每人都斟满，柳笛说，这第一个，为我们的大诗人西风获奖干杯。大家先是抿了一点，说，真是好酒，然后一饮而尽。喝完端着酒瓯子，这个说真香，那个说真纯，这个道酒一进肚五脏六腑说不尽的舒服，那个道像久旱的土地得到了甘霖的滋润，听到了才种下的麦子吱吱棱棱顶破土层的声音，看到了河坡上才枯的草又开始转黄返绿。柳笛说，什么是琼浆玉液？这个就是。西风没有说话，像是在出神。坐在柳笛左边的花王摇着手示意大家不要再出声，并悄声说可能

西风的灵感又来了。大家一听这么说，都木偶一样不动了，只
有上来的炒菜热气氤氲着升腾。

　　还真让花王说对了，西风真来了灵感，有了一个题目，等
把这题目斟酌着在心里记下，回过神来，见大家都看着他，就
笑着说了声对不起，又开始斟第二个。第二个斟好，柳笛又端
起说，为西风给我们带来这么好的酒干杯。喝完，西风又斟第
三个。这回没等柳笛开口西风就端起说，为柳哥今晚给我们准
备了这么丰盛的酒菜干杯。大家喝完，西风就把酒瓶给了柳笛
说，今天你做东，我不能再喧宾夺主了。柳笛以为他要把刚才
想的写下来，就说，你要忙就去我书房，我们先聊着。西风说，
我去忙啥？柳笛说，你不是有了吗？西风马上明白，笑着说，
咱们喝酒。柳笛说，好。

　　柳笛逐个斟满说，还是老规矩，酒过三巡，咱先作诗，今
天我在电视里看到"茅台国酒香飘世界"这句广告词，咱们就
以这八个字依次作为每句的开头连诗。众人说，好。柳笛又说，
还有个条件，以前是作不出罚酒，今晚是作不出不许喝酒，如
果没意见，现在就从西风开始。西风推辞说，你是东道主，按
老规矩。柳笛说，酒可是你带来的。西风说，要这样说，我就
更不能先来了。大家见两人僵持不下，就对柳笛说，还是你先
来吧，西风仍兼书记和评判官。柳笛说，那我就献丑了。稍一
愣神就来了一句，茅屋寒舍今又春。说完把酒喝了，转脸看下
一位。

　　按顺时针，接下来养花的花王说，柳哥真谦虚，这漂亮的

楼房，我都想住下不走了。柳笛说，想住随时都可以，要不用你的花木逸情庄园换？花王说，就是换给你你也待不住，天天带着你的艺术团啥花啥草没见过？柳笛说，你不是连不上故意打岔吧？花王说，今天酒这么好，我就是再没本事，也不想错过应摊的酒。他往门外一看说道，你听好，台阶艳菊情意深。说完吱一声干了。众人齐声说，对景！花王说，兄弟们过奖了。柳笛说，下一个。下一个是村里治保主任，他端起酒刚要说，柳笛却把酒夺下道，没说就想喝，不行。治保主任道，我是恐说完酒被你给抢了，大家看见了吗？我还没说，他把酒真抢走了，柳哥真是太馋了。大家笑罢，柳笛放下酒瓯说，我就是再馋也不占你的，快说，再不说就罚了。治保主任说，国泰民安景似锦。然后端起酒对柳笛说，喝不喝？没等柳笛回答，就一仰脖子一饮而尽。镇聚仙楼的老板说，酒美菜香客如云。说完就要端酒，旁边开油坊的油王按住他抗议道，你的嘴也太长了，把我的也用了，我咋作？大家说该不该罚？大伙儿都说该罚，可西风说，再给他一次机会，让他改个字，改不对再罚。聚仙楼老板就把香字改成了佳字。西风还没评判，没连的另三个都说，比刚才作的还好呢，别罚他了，油王就收了手。聚仙楼老板赶紧麻利地端起，喝完咂了咂嘴，对油王说，真是好酒，还是我替你连吧？油王说，还是我自己来吧，香走千家万户夸。下一个就是西风，西风正在记录，连头也没抬就说，飘向四海五洲新。柳笛说，这个飘字最难，要是我真连不上，西风不仅一个向字带起，还用了个新字，不愧是大诗人。说完见种粮大王在挠头，就说，我都给你提示了，你还不说？粮王放下手问，你给我提啥示了？我咋没听出来？别是拐弯抹角想喝这杯酒吧？柳笛说，就是想喝。说完真把手伸到了粮王跟前。粮王两手捂住酒说，你太霸道了，连我这坷垃头里刨食的都欺负。柳笛见老婆端菜来，就缩了手揽住她的腰说，你看我老婆多漂亮，疼都疼不过来，哪还有闲心去你家，不识好歹的家伙，要不让我老婆替你连？粮王霍地站起说，你这家伙先一边待着去，嫂子忙了一晚上，我先代表大家敬她一个。柳笛老婆放下菜两手摆着说，兄弟别累手，我不会喝。粮王说，这酒用的小麦跟我地里收的一样，都是绿色优质的，就是不会也得喝。大家听完哈哈笑起来，西风说，难得难得，嫂子还是快喝吧，要不，我再代表大家敬一个成双。柳笛老婆说，这么好的酒，我喝一口都是糟蹋，快别浪费了。西风说，家有贤妻百事顺，我们几个能把自己想做的事做得顺风顺水，多亏了你们在家料理，让我们心无牵挂，嫂子这样说，我们更是无地自容了。柳笛接过酒送到老婆手里说，兄弟们有这份心，你就快喝了吧。柳嫂子喝完又去了厨房。

　　大家重新坐定，柳笛就催粮王快连。粮王瞅着柳笛说，还真以为我连不出？我是想看你是真馋还是假馋。柳笛说，馋不馋又没吃你窝边的草，快点。治保主任说，谁馋谁不馋我这里有笔账，都别闹了，听粮王的。粮王不好再说啥，就看着微山湖米业公司的米王说，世上酿造谁称雄。米王马上接过说，界沟争夸黔北人。两人举酒同饮。

　　西风把记录从头到尾看了一遍说，本是古体诗，开头的字又被固定了，能连成这样真不容易，下面我提议，咱们再同喝一个。斟好后，柳笛说了声等一等，就起身开了客厅的MTV，32寸液晶电视立刻显出《祝酒歌》的画面，序曲随之响起。柳笛把两个无线话筒拿到桌上，自己留了一个，另一个给了身边的花王说，还是每人唱一句，我先来，茅台飘香啊歌声飞。唱完就递给了治保主任。花王站起唱着"朋友啊请你干一杯，请你干一杯"，同时把酒在桌上邀了一圈，大家同饮罢，治保主任接着唱起来，"金色的十月永难忘"，聚仙楼老板就唱"杯中酒满幸福泪"，诗友们共同唱完"来来来"，油王就唱道"十月里，咱聚会"，西风笑了笑也唱起，八位兄弟同举杯。粮王从油王手中夺过话筒唱完"舒心的酒啊浓又美"，米王索性连西风的话筒也不接就凑到粮王跟前唱"千杯万盏也不醉"。西风把话筒给了柳笛，柳笛离开座位对着屏幕唱道"手捧茅台啊望贵州，豪情啊胜过赤河水，胜过赤河水"……

　　音乐一停，大家见西风一脸肃穆，就各就各位，不再吱声。西风推开跟前的碗盏，在纸上龙飞凤舞起来，在座的都探过头去，可一个字也没看明白。在后来十一月市晨报的第一期副刊上，诗友们看到了西风的一首新作，题目是《一瓶被带到乡村的茅台》。

　　　酒飞扬歌飞扬我心飞扬
　　　觥筹交错

是谁引吭高歌

是谁思接千载

是谁回首往事泪两行

是谁兴致勃勃聚乡党

秦砖汉瓦

唐诗宋词

宫墙内外

暮鼓晨钟

又是谁开怀畅饮诉衷肠

你山高水远呼朋引类盛装而来

一直是在金碧辉煌的楼宇殿堂

展示你无与伦比的雍容华贵盖世无双

又是谁

指令你辗转到这旮旯

来兑现一个此去经年的承诺

蓬荜生辉啊

我辈欣喜疯狂

我辈亦羞愧难当

同是五谷杂粮养育

你让家乡的每一颗粮食都有了别处没有的灵气

你让赤水河的每一滴水都有了别处没有的醇香
世上所有褒扬赞美的词都蜂拥当之无愧的你
人间所有芳香四溢的花都环抱令人瞩目的你
我总疑惑
同样是经营
你用生养的小镇命名让全世界都知道了她
我为什么就不能让亲手排列的粒粒汉字荣幸
地位列《诗经》《楚辞》一次
让白发的爹娘忙碌的妻子在人前有一次小小
的风光

酒飞扬歌飞扬我心飞扬
歌飞扬酒飞扬我心飞扬
曲终人散
口齿生香
物我两相忘
两相忘
兜里是谁的手机在响

你不知道的事

　　爸爸，我不知道现在是什么时候，可我不得不提前开始我的讲述，就像每周按约定向你汇报我的学习和家里情况一样，尽管眼前没有电脑更没有网络。

　　我清楚地记得，地震的时候，距我们上一次的聊天才过了一天。我和同学们刚上下午第一节课，郑老师像往常一样正讲着新课中的《长歌行·青青园中葵》。不过，这节课我被郑老师深深吸引，破例没有让脑子开小差，没有想放学后再帮老师干些什么好把作业脱掉，我这个上课从没举过手的学生，偏偏在这节课上胸有成竹地第一个举起了手，偏偏让老师发现了，偏偏答对了，还偏偏让郑老师夸了一句：华聪确实聪明，如果学习勤奋，成绩很快就会上去。我为此还激动起来，上课真好，学习真好，上学真好啊！爸爸，你不知道，我当时还暗暗下了决心，今天是星期一，从今天开始，从现在开始，我要从零开始。没想到我的激动感动了教室，就像我们在 QQ 里聊激动了一样，教室先是给了我一个抖动，接着就是一连串的抖动，不，说准确些是晃动，像我小时候躺在摇篮里，可没有妈妈晃动得轻柔，也没有你那次带我去汶川县城公园荡秋千有节奏。后来老天爷真的大力运起了天地，我和同学们不知发生了什么，我的激动立即变成了害怕，爸爸，你不知道，我当时是多么害怕呀，我多想让你抱住我，可你离我太远了，爸爸，你不知道那一刻我有多么想你，比任何一天晚上都想。

好在郑老师意识到了，他立即合上教本扔掉粉笔，对我们大声喊，同学们，地震了，快往外跑。说完，顺手拽起离教室门近的张福生和王红艳，指了指不远的操场，见两个同学奔了过去，又急转身一边把拥到跟前的同学一个个往外推，一边看后门的同学。等我跑到后门时，不知从哪来的一股风把门关上了，还卡住了身子已出了门的赵小曼的一只脚，我就使劲往里拉门把手，见我拉不开，后面的同学又向后拉我，但门还是纹丝不动。我转脸正想喊郑老师，却见郑老师把身前的同学又往外一拥，腾地上了课桌，几步跨到我跟前就拉门把手，谁知门刚让卡住的同学脱身便再也不动了，郑老师又拼命拉，门把手却掉了，郑老师扔掉门把手双手拉门边，门仍不动。郑老师就放弃了努力转而看前门，这时前门的同学也挤成了一团，郑老师见状，就让没能出门的同学赶快躲避到课桌下面，然后把我和身边几个呆愣的同学往前一揽，把我们的头往下一按，他的身子又往前一弓，然后用两手用力撑住了过道两边的课桌。

也就是几秒钟吧，我感觉郑老师的身子往下一沉，眼前就什么也看不见了。可郑老师的声音还在，他对身下哭出声的孙丽说，别哭孙丽，我相信你和同学们一样，一定会勇敢地面对当前发生的事。我们的教学楼是新建的，可能只是往下陷了一下，就像我们走进刚耕过的土地。孙丽尽力止住哭泣说，可我们的教室是水泥地。郑老师说，水泥地经了晃动也会松散，我们的教学楼这么大，当然就很重，你想能不往下陷吗？孙丽又问，我们能出去吗？郑老师说，当然能，很快就会有人来救我们，我们还很快就会被救出去。可孙丽又哭着说，老师，我怕，我真的好害怕。郑老师说，别怕别怕，有我在，你怕什么？难道你们都不相信我了？我说，郑老师，我相信你，我们都相信你。孙丽也和其他几个同学一起说，郑老师，我们最相信你。郑老师说，相信我就听我的，都别害怕，行吗？我和同学们一起说，行。

尽管我们向郑老师下保证时都格外用力气，可我还是觉得自己底气不足，就像以往上课时郑老师问大家谁还有哪里不懂，几乎什么也没听进去的我总跟着同学们大声附和一样。我不知道自己是用什么来支撑交给郑老师的这个行字，也不知道能支撑多久，因为我的身子已经不行了，动都不能动不说，腿脚也麻了。我试着把右手抽了抽，还好，抽出来了，就往自己头上摸，我摸到了郑老师的身子，顺着身子往上摸，我摸到了又硬又凉的东西，我知道这是墙，可我们一开始并不是在墙边，难道是我们教室的后墙倒了？可墙倒了……我猛然意识到我们是在郑老师的身下，我们的这幢教学楼可是三层啊，我们又是最底层，郑教师得用了多大的力量啊！我用手贴着郑老师身子的一侧向上用力，这时却听到郑老师说，华聪，你别乱动！就像上课时发现我在下面做小动作那样严厉。可我这次不但没有害怕，更没有听郑老师的话，我下定决心出去后就是让郑老师再狠狠地批评一顿也不能把手放下来，我还想鼓动身边的同学都伸出手，跟郑老师一起支撑他背上的就像喜马拉雅山一样的三层教学楼。

没等我付诸实施，郑老师更加严厉的声音在我的耳边响起，华聪，你听见没有，把手放下。我感觉这声音穿过耳膜呼啸着滑过喉头砸进心脏，嘭的一声炸了，我身子一颤，赶紧把手放了下来，从没有见过郑老师发这么大的火，爸，你说，我哪还敢再乱动？我一不乱动，郑老师的声音又温和亲切了，他对我们说，同学们，千万别乱动，我们要耐心等待救援。孙丽问，什么时候能有人来呢？郑老师说，很快，同学们听听，是不是感觉上边有动静？我屏住气，真感觉上边有动静，就像以往经常感觉到的楼上班里同学的脚与楼板的摩擦，却不知道他们在干什么，我更不知道他们此刻的情形和现在外面是什么景象，可我知道爷爷奶奶一定站在这楼外不远的地方，期盼我上课的这座楼有奇迹出现。这时我非常强烈地想起了爷爷奶奶，担心起爷爷奶奶的安全，尽管我知道这个时间他们不会在屋里，都是在责任田里，那里有他们永远也做不完的活。可再担心有什么用呢，我确实是无能为力，只有在默默祝愿爷爷奶奶平安、你也平安的同时，更好地与郑老师配合来稳定同学们的情绪，以保证在没有别的意外出现的情况下，能平安地被救出去。我便极力说，有，可能是来救我们的人正往下扒。郑老师说，华聪说得对，我也感觉上面有人在往下扒，我们趁这机会，把刚才没讲完的课讲完好吗？我和同学们齐声说，好。

郑老师讲完课，孙丽又哭了，老师，天这样黑，我什么都没有，怎么做作业呢？郑老师说，这次情况特殊，作业等我们出去再写吧，不过，我建议同学们现在先动动脑筋思考思考。我们就听从郑老师的话，开始思考郑老师布置的作业。

但是，我无法让自己集中精力，我也知道郑老师的良苦用心，他是想让我们转移注意力，摆脱地震给我们带来的恐惧。可我身子一直憋屈得难受，怎么能想转移就转移呢？爸爸，我又开始想你了，你不是在广州建大楼吗？你说那里有很先进的挖掘机械，此时我真希望你，不，还有你们建筑工地上的所有人，每人迅速开一辆过来，这样，我们很快就会得救。可你知道家里地震吗？如果现在是周六晚上，如果现在我是在镇里的网吧里就好了，我可以很快地把地震的消息和我面临的困境告诉你，我想你会以最快的速度奔向家里。可如今我该怎样同你联系呢？爸爸。

　　我上课时的毛病又犯了，身子在不停地动，手也痒痒，到处乱摸，尽管郑老师又挺严厉地批评了我两次，我仍然管不住自己。郑老师气得不再说我，只有喘息声让我感到越来越急促。我的手在郑老师的身上不停地动，试图摸到什么，可又说不出想摸到什么。直到我在郑老师胸前的兜里碰到一个硬东西，我才知道自己在找老师的手机。没想到我碰到的这个硬东西就是手机，可我不敢拿出来，尽管我和同学们都用过这只手机，发短信、听歌、有急事跟家里人联系……可这时我恐怕郑老师不让，我的手停在老师的手机上一动也不动，像是在等待郑老师的批准。时间真慢，或者说平常最能先发现我们意图，反应也最敏捷的郑老师，今天大脑可能遭遇了配置太落后的电脑386或486或是死机。像经过了千年万年，在我差不多把郑老师的手机攥出水来，恨不得把死机的那台电脑砸了的时候，才听好像睡了才醒来的郑老师说，华聪，把手机拿出来拨110。我快速地拿出来，可手机没开，我知道这是郑老师的习惯，郑老师给我们上课时从不开机。我按照郑老师以前教的方法打开手机，然后立即按键，可没有通，再打，仍是不通，我不死心，又一连尝试几次后，就听郑老师说，别打了，可能是地震造成了信号中断，把手机的照明灯打开，我看看你们几个。我很熟练地打开照明灯，一个一个照身边同学的脸，顺着光亮，我看到自己处在郑老师胸部的位置，郑老师的头部在我后脑勺的上方，与我并排的是孙丽，我俩前面是张李背依郑老师大腿蹲着，后面的赵艳和赵强孪生兄妹分别在郑老师的腋下，头靠在我和孙丽肩上，伏在赵强后面的是高明，跟其他同学一样正瞅着手机。我还看到，除了郑老师的身下及他支撑着的地方，周围都是断裂的墙壁和楼板，我看不到其他没有跑出去的同学在哪里，我只看到郑老师背上的楼板，一头支在郑老师身后已扭曲变形的课桌上，另一头在郑老师头的上方，不知是郑老师用背顶起的楼板挡住了折断的过梁没有继续下落，还是折断的过梁挂住了塌下的楼板。我正想再仔细看看，可郑老师却在这时让我把照明灯关了播放歌曲，我知道郑老师不想让同学们看到他现在的样子，就很听话地快速操作按响了播放键。

歌曲都是我们平常熟悉的，《依恋》《青花瓷》《月亮之上》《秋天不回来》，还有《千里之外》《自由飞翔》《当爱在靠近》和《爱如潮水》，等等，此时听了仍分外亲切。

我们沉浸在歌声中，我们忘记了面临的灾难，我们走进了激情的舞台，我们回到了往日的生活中。我们在周末班会上与郑老师一起尽情歌唱，我们在学校举行的文艺会演中尽兴施展，我们在学校的后山上唱着歌跟郑老师一起拾冬天取暖的柴火，我们还相约，等郑老师在这个"六一"结婚的那天晚上，献给他俩一台精彩的演唱会……还有十多天吧，我们班在进入五月时就开始了倒计时，我们盼望着光彩照人的郑老师的新娘，穿着漂亮的婚纱从成都来到我们学校，与郑老师举行隆重的结婚典礼，开启他们人生中又一段青春而美妙的航程，同时，我们还盼望着郑老师能再次延长支教年限，直到明年把我们送进汶川中学，盼望着郑老师扎根在我们这所乡村初中，让我们的弟弟妹妹们像我们一样跟郑老师学习。

爸爸我知道,你一向反对我唱这些流行歌曲,我也知道这些歌曲的内容不适合我们这个年龄,可我上小学时就爱听爱唱。进入初中后,郑老师曾对我们说,虽然这些流行歌曲不应该是你们这个年龄的主流,可唱着这些充满青春烦恼、成长苦痛或激情感伤的歌曲,有时能感到生活的五彩斑斓,有时能对未来产生无限的向往,有时能激情偾张力量无穷……因此,这些歌曲因为流行所以青春,因为青春所以流行。你听,郑老师说得多好啊,我虽说不出来,可我有很深的体会,当然,我不是每首歌都从头唱到尾,有的只循环往复地唱其中的一段或一句,像《依恋》中的"依恋坐在我旁边,厚厚的想念随月光蔓延",像《月亮之上》中的"我在仰望,月亮之上,有多少梦想在自由地飞翔",像《自由飞翔》中的"是谁在唱歌温暖了寂寞,白云悠悠蓝天依旧泪水在漂泊"……但自从妈妈走后,我唱得最多的是《秋天不回来》中的几句:

> 告诉你在每个
> 想你的夜里
> 我哭得好无力

每当情不自禁地唱起这几句,我总是有意识地反复多次,每当开始有意识地反复,我就想起远在外地打工的你和至今没有音讯的妈妈,想起儿时被你扛在肩上的快乐和让妈妈搂在怀里的感觉，每当想起这些，我就又唱起这几句。有时歌唱确实能减轻对你们的思念，可有时也越唱越想，越想越唱，直至泪水湿透夜晚的枕巾，轻唱变成梦中的低泣。

我们几个不由自主地跟着哼唱，可刚出声，就被郑老师制止了，只能听，不要出声，我们要保存体力，等待救援。

想不到的是手机没电了，歌声戛然而止。我很后悔自己太忘情，没能有节制地播放，从而让歌声陪伴我们抵达这次灾难的尽头，直到被救出去。

随之而来的是更深的寂静和黑暗。

可寂静和黑暗已不再让我们害怕，歌声让我们有了美好的回忆，歌声让我们有了美好的憧憬，歌声让我们有了面对灾难的勇气，歌声让我们有了等待救援的信心。

孙丽不再哭了，也不再说害怕，可她的问题仍然很多，歌声过后，她又开始问了，郑老师，我们出去后，再去哪里上课？郑老师说，你放心，我们一定会有更好的学校，就像县城的学校、成都的学校，还有南方大城市的学校一样，你们也会住进真正意义上的社会主义新农村，房子比城里舒适，环境比城里优雅，当然这需要一个过程，我们的灾后重建可能要持续一段时间，我们出去后上课的条件可能会差一些，日子可能会过得更苦一些，可同学们一定要挺住，一定要勇敢面对，一定要积极配合。我重申一遍，从现在开始，任何人都不要再说话，都要尽最大可能保存体力。孙丽又说，就这样憋闷着，身子又伸展不开，谁能挺住？郑老师说，挺不住就强制自己去进行最美丽的回忆，或是展开想象，去憧憬最美好的生活。

我最美丽的回忆是什么呢？除了学校里的，就是家里有妈妈在、有你在、有爷爷奶奶在的日子，可这都是好多年前的事了，要回忆就是三天三夜也回忆不完。可我现在从哪里开始回忆呢？眼看又要割麦了，我就回忆以往割麦的时候吧。布谷声声里，每到该吃午饭的时候，我总看到汗流浃背的爷爷放下镰刀，变戏法一样把一块雪糕亮在我的眼前，还没等我伸手，爸爸你总是手疾眼快地夺了就假装跑，享受我在后面喊着爸爸追你的幸福。每当我追上的时候，总看到妈妈端来一盆清水招呼爷爷和你洗了吃饭，这时的奶奶早已把饭桌弄得让人食欲大开，于是我拿着雪糕让爷爷吃，爷爷不吃，我又送到奶奶嘴边，奶奶笑着摇摇头，我又跑到你跟前，你向妈妈努努嘴，于是我围着饭桌再转……但是，这样的日子没有几年，先是爸爸你走了，后是妈妈在去年暑假开学没几天也走了，说是去找已多年不回来的你，可今年过年时你回来了，妈妈却没回来，我问，你说妈妈没放假，可后来我睡在床上，从你和爷爷奶奶的对话中知道，妈妈是因为你外出几年都没给家里寄多少钱才走的，并且这一走就再也不回来了，我听后真想腾地起来向你要妈妈，可我知道这样会使你和爷爷奶奶更伤心，就独自在被窝里默默流泪。整个春节期间，每天晚上我都想妈妈，尽管爷爷奶奶和你对我是格外地好分外地疼，可再好再疼也代替不了妈妈呀。后来，你为了不让我想妈妈，就带我去镇里的网吧教我上网聊天。

一开始我不愿意，因为郑老师放假时一再强调不要进网吧和游戏厅，可你说，进网吧不是错，错在进了网吧不能很好地利用网络和不能很好地控制自己，你还说，定期的 QQ 聊天，是天各一方的亲人间最好的交流选择，既能相互看到，又能尽情交谈，比通电话强多了。于是在你年初五走时，我们有了每周六晚上七时上网的约定。尽管如此，想念你和妈妈的心情还是特别强烈，尤其是一到晚上，思念更如潮水汹涌而来。还有让我不能理解的是，妈妈她不要你不要家难道也不要我了？我总想去你那里，和你一起去找妈妈，可家里谁帮着照顾爷爷奶奶呢？谁又能具体告诉我你在哪里，妈妈在哪里呢？自你年后一走，我每天都要想这些问题，哪还有心思学习？为了不让自己想，我一回到家就拼命帮爷爷奶奶干活，为了不让老师批评我没做作业，我在学校，想着法子帮老师做事让老师喜欢，可郑老师毕竟是郑老师，见我成绩越来越糟糕，就一而再再而三地找我单独谈话，对我进行严厉批评。爸爸，你不知道，我被郑老师批评时，虽然嘴里不停地应着是，心却早就跑到你和妈妈那里去了，我总是盼望着有一天，你和妈妈能到学校参加我们班召开的家长会，参加我们班里举行的有家长互动的周末联欢。爸爸，你什么时候回来呢？妈妈什么时候回来呢？你何必在外出苦力挣那个总是要不全的血汗钱呢？难道让生活富裕起来的唯一途径就是去外地打工吗？此时此刻，我是多么想你们呀，可你们能知道吗？

　　大地又是一阵晃动，我听到四周一阵乱响，郑老师的身子又是猛地往下一沉，胸部压在了我的头上，并且越压越紧，可我感觉郑老师仍在坚强地支撑，我不能再犹豫，便不顾郑老师的制止，让同学们都挺起身举起胳膊，把所有的力量都拿出来，跟郑老师一起顶住，并高喊了声，坚持到底就是胜利。因为我意识到，郑老师已支持了许久，也确实累了，可我替换不了郑老师，我们大家谁也替换不了郑老师，只要郑老师一动，后果可想而知。

　　可我的坚持并没有多久，先是觉得饿得很，接着觉得上面有水流下来，再是没有了郑老师的声音。难道郑老师真的是为了保存体力才不说话的吗？我试探着喊郑老师，郑老师费了很大的劲似的说了一声坚持，就再没了动静，我想郑老师是真的在积蓄力量了。

　　但是，随之而来的变化让我和同学们措手不及，郑老师的身子在一点点变凉不说，水从我们的头上直往下灌。已感觉口渴的我们明知水不干净，可还是迫不及待地张开嘴接，谁知口不渴了，身下的水却多起来，并且水位在不停地上升，先是到了脚脖子，接着到了肚脐眼，再就超过了胸部向脖子逼近，我让同学们赶紧把嘴闭上尽量抬起头来，可没用，上面压着，水还在一个劲地猛灌，我知道危险是真的来了。孙丽又开始哭了，我一听来了气，说，孙丽，你这时候还能哭吗？孙丽不哭了。我又说，同学们，我们到了这个时候，还怕什么？同学们一致说，我们什么也不怕！

可是爸爸，你不知道，我当时心里确实怕呀，怕再也见不到你和妈妈，见不到爷爷和奶奶，我多想活着出去，跟着你们快乐长大。如果你此时已登上了开往家乡的列车，你就别再想着出外打工，也不要因我的离去而过度悲伤，就当我长大了去了外地上学，被聘到最远的地方工作，或是从现在开始开启了一场宇宙探险式的长途旅行。愿你把我们的家再建起来，把爷爷奶奶照顾好，也想办法把妈妈找回来相守着好好地过日子。想我了，你就和妈妈相偎着看看窗外那颗最亮的星星，那是我手捧的心灯在为你们祈求幸福；我想你们，我会走进你们的梦里，像以前一样，让你们亲昵地把我搂在怀里。

再见了爸爸，水已没过了我和同学们的头顶，我已不能再说什么。

玛拉嘎西

巴特拉·琪琪格来到工地的厨房，顺手拿起半截白粉笔，在墙壁上画了一朵花，然后瞅着我指了指自己。介绍她来的一位河北人说，她说她叫琪琪格，就是汉语中小花的意思。琪琪格听河北人说完，左手拍了下自己的心窝，又配合右手做出快速切菜的动作，接着就竖起右手的大拇指笑着说，赛。我又瞅向河北人，河北人解释说，她说她做的饭很好吃。我说，好吃就行。跟前正吃早饭的一位工友说，要能把羊肉做得没有膻味就更好了。其他人也你一句我一句地表明自己的态度。河北人用蒙古语把我们的意思告诉琪琪格，工友们见琪琪格连连点头，就放心地边吃饭，边看着眼前这位个头超过一米六，白面素净双眼皮，身上几个关键部位都挺突出的漂亮女孩。

　　琪琪格挺大方，工友们看她，她也一个个地看工友，碰上了谁的目光就向谁笑笑。工友们放下碗筷去干活，她就开始洗刷。我向河北人点点头算是代表工友们接纳了她。河北人又告诉我，她挺勤快的，还爱干净，最重要的是她还会几句汉语，再加上用手比画，基本上能当个翻译用。我又点点头，河北人又说，你们来之前，她在这儿给连云港人做过饭。我问道，连云港人呢？河北人答，他们护照到期都回去了，她也就回了家。我说，看她年龄也没有多大。河北人说，可能是十八岁，还上着学呢。我一惊，她咋没去上学？河北人说，放暑假了。我又一惊，他们也放暑假？河北人说，他们怎么不放？我说，天这么凉，我还穿着羊毛衫呢。河北人说，这只能说明你还没适应，你没见人家琪琪格穿的是短衣短裤？我说，还没进七月呢。河北人说，跟咱国家不一样，这里六月一日就放，三个月，开学时间倒是跟我们一样。我又说，看穿戴，家庭条件不会多差，咋还打工？河北人说，住的是蒙古包，也不会好到哪里去，再说了，女孩子家，还能没两件像样的衣服？转脸又喊琪琪格，琪琪格放下已用毛巾抹干净的塑料菜盆，眼瞅着河北人走到跟前。河北人指着我竖起大拇指对她说，他，张经理，这个，你，在这儿，一定要好好干，不好好干，就走啊走啊。琪琪格瞅着我点点头，见我和河北人没再向她说什么，就又去忙了。河北人站起身说，你们需要什么就找我。我说，行，王老板，谢谢你。河北人又说，我们都来自中国，在国内，家离得远点，在这儿，就是一家人，不要客气，我还有事，今天就先这样吧。

王老板出了门，突然又转身对我说，安排好工友，说说笑笑可以，但千万不能乱来。我马上明白了王老板的意思，赶紧说，那当然，你放心好了。

我们一行二十人来自江苏徐州的一个村子，在家乡做了好多年建筑，国内大城市几乎跑了个遍，可越跑心越大，做梦都想到国外挣大钱，没想到真就美梦成真，通过本地一家中介公司来到蒙古国了，据说，这里的工资高，也很守信用，每半月开一次。按蒙方经纪人的安排，我们应该五月初就到这建楼房的，可由于"非典"影响，一直到六月二十日才过来。过来后发现，要建楼的甲方等不及，已把工程给了韩国一家公司，我们又通过经纪人转到了这里，接了连云港人没做完的外粉活，而外粉活是王老板包的，到我手里已是三包了。

到了这里我才知道，我们原先落脚的是十二区，这里是蒙古国的首都乌兰巴托十三区的一个建筑工地，工程是一栋六层公寓楼，中蒙联合投资，去年八月开工，如今已到了内外粉的环节，可原中方公司的工人大都转移到了另一个工地，这里除了工程师和几个技术员，就是从国内来的打工者，以及打工者自己找的蒙古壮工，五人一组十人一伙。按原先的计划，我们没打算找做饭的，可王老板说，还是找个合适，每天两千图格里克，还合不到国内十五元，要是用自己人，至少每天开八十元，多不划算？我便接受了王老板的建议，让一起来的老李解下围裙拿起了抹子瓦刀。

　　蒙古国推行夏时制，工作时间是早九晚八，可乌兰巴托的夏天，太阳一般晚上九点多还没落。按规定，琪琪格每天上午八点来晚上八点走，早饭不做，可第二天早上，我正准备做早饭，她就来了，我一看才七点，没等我问原因，她就忙起来，后来天天如此，我便在谈定的工资上每天又加了五百图格里克。

　　"非典"刚过，乌兰巴托还有很多人余惊未消，大街上戴口罩的比比皆是。我经常提醒工友要讲究卫生，出门在外，别挣不了钱，再弄一身不利索，让家里人担惊受怕。或许因为说得多了，琪琪格猜到了我的意思，也或许是像王老板说的，她天生爱干净，她每天都把厨房收拾得井井有条，锅碗瓢勺等只要用过都洗净后再抹得洁净亮堂。要是见谁吃饭时汤水洒了一地，眼一瞪就说毛，接着就清扫干净。因为这，不少工友觉得很没面子，对我说，咱雇来的还对咱发脾气，这小姑娘真厉害。我说，你要是不洒汤菜她还敢厉害？说话的工友听了就笑着说，原来是你惯的，才几天，难道就跟你混熟了？我脸一正说，出门在外别说这样的话，更不能做对不起老婆孩子的事。

　　琪琪格做饭也很麻利，原先老李做饭时，我还得跟着帮忙，有时忙到工友们都下班了还没做好，现在加上她一共二十一个人的饭，她一个人三下五除二就准时弄好了，尤其是剔骨肉，那才真叫麻利。刀子在她手里，剔起骨头，比庖丁刀法还娴熟。

　　做饭的事不用我操心了，我除了看一看工友们做的活，还能站在楼层的窗口好好看看这个国际都市的全貌。

　　乌兰巴托四面环山，南面山上是郁郁葱葱的松林，北面山上是繁星点点的蒙古包，东西则因为距离远，只能看到连绵起伏的轮廓。蓝天白云下，不时有猫头鹰在头顶悠然地飞翔，琪琪格曾告诉我，这是他们的国鸟。我认为这是一座有些特别的城市，从市貌上看，也就像我们国内二十世纪八十年代的城市的样子，可从市中心的一些建筑物内部设施和一些较富裕人的穿戴上看，已经与世界同步了。一次，王老板过来，我问他乌兰巴托是什么意思？王老板说，乌兰，红色的；巴托，牧场；乌兰巴托，就是红色的牧场。我又问，为啥叫红色的牧场？王老板就用蒙古语问正在做花卷的琪琪格，琪琪格两只面手一摊，双肩一抖，摇了摇头，王老板就对我说，她说她不知道。我说，你问她上什么学？王老板问后，琪琪格在面板上写了个"10"，王老板就又告诉我说，她上十年级。我问，十年级是什么学？王老板说，可能是咱国家的高一吧。我说，那也该知道为什么叫红色的牧场了。没等王老板说话，就听琪琪格说，张经理，呼和浩特，什么意思？连云港，什么意思？徐州，什么意思？我一愣，正想着怎样告诉她，她却用右手小拇指点了下自己的心窝处说，我，毛。随即又指着我说，你，毛。王老板听了大笑后说，老张，她将了你一军。我说，我还没想出咋样给她说明白，她就接上来了。王老板说，问题不在这，而在于你先说了她不知道乌兰巴托为什么叫红色的牧场。我说，她报仇还挺快的。王老板说，蒙古人都直，你以后说话做事要注意点，我以前没告诉你吗？这小姑娘常给中国人打工，懂不少汉语。我说，她别是个特务吧？王老板说，要是特务，听了会马上表现出来吗？她一是好奇，二是想多学两句汉语。我笑着说，你对她还很了解。王老板也笑笑说，不了解，能给你介绍吗？我又笑着说，我不是你那意思。王老板也笑着说，我也不是你那意思。可琪琪格却伸出两个小拇指对着我们俩说，毛。

我不懂蒙古语，不知道蒙古人发出的这个"毛"音翻译成汉字具体怎么写，可根据我个人的理解，这个"毛"音既然与"赛"音的意思相对，即咱汉语里表达"不好"之类的让人不满意的意思，依着这个思路，我在自己的一个小本本上用汉语标注这个音时，就想到了做事毛手毛脚的毛字。顺便说一下，为了办事方便，我专用一个小本本把不少自认为可用的蒙古语都用汉字标了音，明知道不规范，标注不准，甚至在活学活用时，还会出现因把握不清连音的快慢长短而让蒙古人一时理解不了我说的是什么的情况，可对我来说挺方便，能保证我在乌兰巴托最起码的交际。其实这里所有不懂蒙古语的人都在或多或少地这样做，就连我们认识的蒙古人，为了跟我们中国人交流得方便，也把我们的汉语用蒙古语标注，有的比我们的小本子上记得还多，要让我举例，琪琪格就是最突出的一个。

琪琪格来后没多长时间，就和工友们混得挺熟。工友们吃着饭，有的向琪琪格指着自己的碗，琪琪格就马上用蒙古语说，等那工友跟着发对了音，她又指着自己的碗让那工友用汉语讲，她再跟着学，遇到生疏的就各自记到本子上。不忙的时候，琪琪格就指着她看到的实物让我用汉语表述，我说后，她再用蒙古语说，先是单词，后来就发展到日常用语。为了在有限的签证期内挣到更多的钱，我也常出去联系活，琪琪格这样做，对我来说很有帮助，我也就乐意配合她互相学习。

有一次，她拿了一本中蒙语速成的书让我看，她说她能听懂不少汉语，可会说的不多，让我教她说中文，她教我说蒙古语。我明白她的意思后，问她学汉语有什么用，她说，学会了汉语，就能跟更多的中国人交流，中国现在发展很快，她要更多地了解中国。我问她为什么，她说她将来要到中国去，去拜谒成吉思汗的王陵，到北京留学，去八达岭看长城。我听到这，想到她家住的是蒙古包，便认为她的家庭是没有条件满足她的，可我不想刺伤她的自尊，更不想让她对中国的向往因我而夭折，我就打断她的话问她爸妈做什么工作。她做了个交警将车放行的手势瞅着我，我就做了个让车停下的动作，表示自己已明白她爸是个交警，她看后竖起大拇指，冲我笑着说，赛。可我没有笑，因为我没弄清她这个赛音，是夸我这次迅速而正确地明白了她的话，还是夸我做的动作潇洒漂亮，抑或是夸她的爸爸是个好交警。

可等我要向她寻问时，她又做了个快速切菜的动作，然后指着我们东南方向一个工地上正忙碌的吊车说，妈妈。我便知道，她妈妈也是个像她一样靠做饭打工的。我又问她爸妈多大，她两手拍拍双肩，我明白她是用她爸爸制服上的肩章指代她爸爸，接着就看见她在自己左手上写了"42"，然后说了声妈妈，又写了"35"。我看了没大惊小怪，因为王老板曾告诉我，这里普遍结婚早，女的十七八岁就结婚很正常。我当时问王老板，他们国家允许？王老板说，他们国家相对而言，地广人稀，有没有规定年轻人什么时候结婚我不知道，可政府提倡多生孩子倒是真的，生五个或五个以上的，政府都会奖励。

所以我一看到琪琪格写的"35"，立即就想到了琪琪格的年龄，要是像她妈妈一样，她也应该准备结婚了，既然在上学还有出国的理想，这可能是个特例，也可能是新世纪了，他们年轻人的婚姻观发生了深刻的变化。可一个大老爷们与一个女孩子谈论这方面的事毕竟不妥，万一让她认为咱居心不良，那就有损咱大国的形象了，便对她说，我也三十五。她明白后就用很亲昵的目光看着我。我又问她姐弟几个，她说四个，一个妹妹两个弟弟，都在上学，现在都在打工。我问都做什么，她说，大弟弟在我们这个工地上做壮工，二弟弟在市场上给人扛东西，小妹卖报。我又问都多大？她又在左手上依次写了16、14、10三个数字。我看了，立即就想到市场上那些扛着一袋或两袋二十五公斤重的米面袋弄得脸和身上都是白粉的男孩，就问她，这么小也出来打工？她说，他们要补贴家用，还要积攒自己平时的零花钱，更主要的是锻炼自己独立自主的能力。没等我再问，她接着又说，家里没有能力供她到中国去，因此，她要从现在开始攒钱。我问她，凭自己的能力有把握吗？她坚定地说，有。我就向她伸出了大拇指，并学着她的样子发了一个赛音。她没有表示感谢，而是问我徐州有没有海，我说有，她就兴奋地问我，徐州的海跟连云港的海一样吗？我说不一样。她惊奇地问，有什么不同？我说，连云港的海是蓝色的，徐州的海有绿色的，还有黑色的。她很惊讶地问，你们那里有黑海？我肯定地说，对。她又问，大吗？我说，周边的人都称徐州百里煤海。她马上明白过来，笑着说，你说的原来是煤炭，我知道了，你那绿海一定是草原。我也笑着说，不是草原，是广阔的田野，你们这里视为很珍贵的稻米、小麦、瓜果、蔬菜，我们那里都生产，一年四季都不断，除此之外，我们徐州也有山，还有湖，城内有供观赏游玩的云龙湖，周边有"日出斗金"的微山湖和"山水画廊"骆马湖，它们不仅水清景美，还有许多美丽的传说。她又问，山有我们这里多吗？我说，徐州的山虽没有你们这里多，可名山很多，山上不但风光秀丽还有不少古迹，最著名的有户部山上项羽的戏马台，子房山上张良的留侯祠，云龙山上因苏轼而闻名的放鹤亭，这些人都生于成吉思汗之前。她说，成吉思汗是皇帝。我说，我们徐州也出了一个皇帝叫刘邦，还是汉朝的。提到汉朝，徐州的名声就更大了，古迹更是数不胜数，汉墓群、汉兵马俑、汉画像石刻……在中国素有"两汉文化看徐州"。除此之外，徐州自古还有"五省通衢""兵家必争之地"的说法，独特的地理位置、丰厚的文化积淀以及今天繁荣的发展景象，使坐落在其中的徐州城更具诱人魅力。她听了又问，那徐州的周围也都是山吗？我说，是的，不过，如今的徐州很漂亮。她于是又兴奋地问我，欢迎她去徐州吗？我说欢迎，非常欢迎。她说她还要去连云港看海。我知道她又想起了结识的连云港人，就说，连云港离徐州很近，他们也会热情地欢迎你的。这时，我忽然想起前两天通过电话的一位教师朋友，他此时正在徐州城东南的一座山上组织学生们进行喊山活动，就笑着问琪琪格，你想听到跟你同龄的徐州学生的声音吗？她说非常想。我就拨通了这位教师朋友的手机，让他把手机面向喊山的同学们，然后我就把手机放到了琪琪格的耳朵上。还没等我问听到了吗，她就用中文说起来，我爱你中国，我爱你徐州，徐州美丽可爱，欢迎世界上所有的朋友到徐州来。随即又欢呼着跳起来，听到了，听到了，我听到了徐州向我发出的邀请，玛拉嘎西，玛拉嘎西，玛拉——嘎西。

玛拉嘎西，是我们在乌兰巴托听到和说得最多的词。早饭时，工友在伙食上有什么要求，我会说玛拉嘎西；晚饭后琪琪格回家时说明天再见时也用玛拉嘎西；蒙壮工向我要工资时，要是手头紧，我也会不自然地说玛拉嘎西；我分派蒙古壮工去干某件活时，他们偶尔也会说玛拉嘎西，我听了就脸一正说，你要玛拉嘎西，玛拉嘎西你就走啊走啊，然后学着他们蒙古人辞退人时的动作，也象征性地把手掌伸成刀状，在自己脖子上快速地划一下，当然他们只是说说而已，我却是趁机施威，目的是镇住他们中个别偷懒耍滑的。

玛拉嘎西是汉语中"明天"的意思。刚开始的时候，我们都以为是蒙古话，可琪琪格后来告诉我，玛拉嘎西是外来语。我问来自哪里，她说来自今天的俄罗斯、以前的苏联，她接着就向我讲她的国家与苏联的关系、与俄罗斯的关系。她为了表明她的国家跟以前的苏联、现在俄罗斯的友好关系源远流长，公历七月十一至十三那达慕节，全国放假三天，她不但领我们赶了那达慕会，带我们见识了蒙古国的传统习俗赛马、摔跤和射箭，还让我们看了蒙古国的国府和国府东边不远处的一座列宁全身塑像。看到列宁的塑像，我马上就想到了世界闻名的莫斯科红场，并由此想到了琪琪格没有向我说明白的一个问题，乌兰巴托"红色的牧场"的命名是不是跟莫斯科的红场有关呢？因为这，我没能仔细看列宁的塑像，回到工地偶然想起，总觉得那造型格外熟悉亲切，并肯定是小时候看过的苏联电影中最让人熟悉的造型，可要让我具体说说列宁的神情和穿戴，记忆却是一片模糊，问琪琪格，又恐她取笑，就打算找机会再去看看，但遗憾的是至今也没看成。

因为那达慕节琪琪格是与我们一起过的，所以我们都很感动。我问她为啥不跟家里人一起过？她头一歪调皮地笑着说，我走了谁给你们做饭？我说，我们可以自己做。她摇了摇头说，不好。我问为啥不好？她说，你们不远千里地来到这里，我也要让你们节日快乐，再说，我也可以利用这个机会，让你们更多地了解我们的国家，我要是到了你们那里，我想你们也会这样做。我还有什么话可说的呢？三天中，无论她带我们到哪里，工友们对她都十分友好，有的见她流汗，就给她买块上好的冰糕，有的见她走路时瞟了一眼小摊上的葵花籽，就立马买一包给她，她也总毫不客气地接过去享用。虽然一二百图格里克不管对谁来说都不算啥，可我认为，这是在心里对彼此的认可，在感情上的互相接纳。可没想到的是，我们在渐渐接近彼此的时候，却也是将要离开的时候。

那达慕节后，琪琪格比以前更放得开了，做饭的时候，有提前完工的工友到厨房来，她就一边手里忙活着，一边主动与工友说笑。她一引开头，来的工友就让她唱歌，她就唱她国家的流行歌，有时还即兴舞蹈，工友就又是向她伸大拇指又是鼓掌，她停下后，工友又让她唱中国的歌曲，她就仗着自己切土豆刀技高，边切边唱内蒙古歌王腾格尔的《蒙古人》《家园》《黑骏马》，唱《天堂》，唱《他乡的天堂》。要是工友也会她唱的这些歌，就和她一起唱，这时她就唱得更欢了，可手里的刀还在快速地切土豆。有一次，我正碰上，一看见她手中的刀就提醒她注意安全，她就让我也唱，我说我不会，可工友却对她说我唱得好极了。她听了就让我唱我会的。我想了想就唱起了《在那遥远的地方》：在那遥远的地方，有位好姑娘，人们走过了她的帐房，都要回头留恋地张望，她那粉红的笑脸，好像红太阳，她那美丽动人的眼睛，好像晚上明媚的月亮……谁知我这最后一句还没唱完，就听她噢的一声，我赶紧停下一看，她的左手中指流起血来了，她用手攥着四处瞅，我知道她是在找能包扎的东西，可厨房里哪有？我一边着急，一边深深自责。工友见我着急，猛然想起什么似的跑了出去，转眼间就把自备的创可贴递了上来，给她包好。她又拿起刀，我不让她再切，她却用蒙古语说没关系。为了进一步说明没关系，她放下刀笑着指着左手的无名指说玛拉嘎西，接着又指着左手的小拇指说玛拉嘎西玛拉嘎西。我和那位工友又好气又好笑。

没想真让她言中了。第三天晚饭后，她三个手指缠着创可贴走了，走时也没像以往一样再说玛拉嘎西，只是向我和工友们摇了摇右手，算是再见。

第四天早上她没有来，我以为她是手疼得受不了临时休息，便动手做了早饭。没想到早饭后她却领了个中年妇女来，我以为是她妈妈，正想向她妈妈解释，可她却告诉我，是她帮着找的做饭的，她说她手弄成这个样子不好再干了。唯恐我不放心，她又说，这是她的一个亲戚，饭做得比她好。事情到了这一步，我只好把她的工资开清让她拿走。

后来，她带着伤手又来玩过几次，每次来，我都告诉她，手好了再来，她每次听了只是笑笑。一次，她过来，我问她，为什么不给我一个肯定的回答？为什么不向我说玛拉嘎西？她瞅瞅手，又瞅瞅我，然后默默地走了。我打算下次再问她，可她再没来，问她的亲戚她的手好了吗？她的亲戚说，好了。我又问，好了咋没来？她亲戚答，正操心上学的事。我说，是不是没有钱？她亲戚摇摇头说，她要转到华侨学校去。我问为什么？她亲戚摇摇头又切起菜来。接着因工程验收，我就把这事丢在了一边。

九月一日那天早饭后，我刚安排完工友们的活，手机就响了起来，像往常一样不看显示赶紧按下接听键，耳朵顿时充满了喧闹声。我以为是儿子从国内学校打来的，一下激动起来，正想享受享受儿子叫爸的幸福，却听到一个女孩子的声音，张经理，我是琪琪格，玛拉嘎西，中国！玛拉嘎西，徐州！玛拉嘎西，连云港！我听了，惊喜地喊起来，琪琪格，玛拉嘎西，中国！玛拉嘎西，徐州！玛拉嘎西，连云港！

　　九月五日，我们转到了另一个工地，也辞退了她的亲戚，从此，我再也没接到过琪琪格的电话。

哥是妹的根据地

整个春天，小妹都没打来电话。

儿子的高考分数一下来，妻子就沉不住气了，几次催促我与小妹联系，我没有理睬。我知道小妹年后把家和才上初中的外甥交给公婆，就去了妹夫揽活的建筑工地做饭，起早贪黑很不容易，我不能再给小妹心里添堵。可儿子的入学通知书一到，妻子的催促就有了逼命的味道，见逼命也无效，妻子就抢去了我的手机，我马上意识到问题的严重，就腾地起身奋力去夺。儿子听到客厅里响动异常，就从自己的房里出来，把纠缠在一起的我和妻子拉开，然后对我说，你让她打，我倒想看看她咋张开那个嘴。听了儿子的话，我就重新回到了沙发上。妻子瞪着儿子说，我都是为了你，你倒站到了他那边，没良心的东西。

儿子走到妻子面前说，我给你创造机会，你就是这样说我也不计较，谁让妈平常那么疼我呢？妈，你现在随意打，我挡住爸，反正我也想听听，大半年没听到姑的声音了，怪想的。妻子听了，正想缓和的脸又阴云突起，厉声说，你给我滚回自己房里去。儿子也来了气，身子一转，三步并作两步，然后嘭的一声，关上了自己的门。

妻子这次破例没去安抚生气的儿子，低头在我的手机里翻找，找到小妹的号就按下了呼号键。一按没人接，再按没人接，倔强的妻子第三次拨打后对方仍不应答，就重重地把手机扔在了我坐的沙发上，然后也嘭的一声关上了卧室门。新一轮冷战又开始，我暗自庆幸，又可过一段安静的日子。

遗憾的是这轮冷战时间太短。第二天早上，我就被妻子从沙发上一把拽起，睡意蒙眬的我心里虽然非常恼火，却没有发作，很明显，妻子想继续昨天的战争，我无心恋战，就把脸转向另一边。没想到妻子用力把我的头一转，让我们四目相对，然后说，连打了三次都不接，就是再忙，都过一夜了，也得给你这个亲哥回个电。我说，没回，就说明她的手机不显号。妻子说，不显号也得知道有未接来电。我说，有未接来电，就要认为是你打的？妻子说，不认为是我打的，也应该认为是你打的。我说，她要是不认为是我打的呢？妻子说，那也应该认为是两边家里打的，不能挨个儿给回一个？我说，小妹没有你聪明。妻子说，她要有我聪明，就不会搞成这个样，你要不打，你就去找她。我眼一闭，决心不再理睬。妻子手猛一松就下了最后通牒，阴着脸亮开嗓门说，我再问你一遍，你到底去不去？你要不去咱就离。我正想着如何应对，儿子突然打开门说，要离就快离，今天就去办手续，你们一走，我也走，再也不进这个家。

后来的几天，妻子没再闹，我按照儿子入学通知书上的要求，抽空到相关部门办理了各种手续。这期间，我也试着打过几次小妹的手机，先是没人接，再是已关机，后来再打手机欠费了，我就打妹夫的，刚响两声，妹夫很亲热的声音就传了过来，哥好，我在工地。我说，都好，你忙吗？妹夫说，忙，家里有事吗？有事您就说。我说，家里没事，小芹的手机咋回事？妹夫说，她年后来这儿，手机就总自动关掉，又天天忙得抽不出时间去修，就放在了住处没带，前几天手机又欠费，就彻底不用了，反正俺俩在一起，大哥以后有事打我的。我说，还以为又出啥事了。妹夫说，哥你放心，没有出啥事，要不，等会儿让小芹给你回一个。我说，不要回，你们忙吧。

小妹真就没有回电话。

小妹的电话是突然来的。

已是晚上十点多，我刚从广州坐上回家的火车，一声"我在仰望月亮之上"很突兀地在安静的车厢响起，对面及左右邻座都瞅我，我不好意思地一一点头笑笑，便从裤兜里掏出手机，一看是小妹的，就赶紧接。小妹说，哥，你在哪？我说在广州。小妹说，是送侄子上学吧？我说，是，手机修好了？小妹说，那个不能用了，这是别人送的。我说，你俩不是在一起吗？小妹说，他现在又在另一个工地揽了活，我们一人看一个。我笑笑说，小妹不简单啊，都当工头了。小妹说，哥别笑我了，也是没办法的事，不就是想多挣两个钱吗？我收住笑说，要是遇到事，你能行？小妹说，我只是帮他看着，啥事都是他来回跑。我说，你可得用心看好。小妹答，哪能不用心？听小妹说到这，猛然意识到小妹打电话肯定有事，就问，小妹有事吧，有事你就说。小妹那边有了停顿，我就又说道，有事你就抓紧。小妹说，哥，你可别生气，侄子上大学，咱爹娘前段日子都告诉我了，我一直想等拿到工钱再给你打电话，没想到你都送侄子到学校了。我说，妹，我知道你难，这事先前哥没告诉你，你也别怨哥，我已坐上了回家的车，要是因为这事，你就别说了。小妹问，你把侄子安排好了？我说，都安排好了，要是没事，我就挂了。小妹又停了停，说，哥，那，那就挂了吧。

我把手机放进兜里，抽手时，右肘部捣在了后靠背上，虽说不疼，但还是下意识地揉起来，才揉了两下，又发觉小妹打来这个电话，肯定有必须说的事，肯定还是她无法解决的事，我赶紧掏出手机又打给小妹。小妹说，哥，你有事吗？我说，有。小妹说，哥，你有啥事就快说。我说，你有啥事就快说，挺麻利的个人，咋也学会吞吞吐吐了？小妹说，哥，我没事，你要是没事就挂了吧，你手机可是漫游收费的。我说，小妹，别磨蹭了，我知道你有事，你要是不说，哥这一路都放心不下。小妹再把话传过来，就有了哭腔，哥，我没事。电话就断了。

　　我又打过去，直到电话自动挂断，小妹都没接，我再打，手机只响了两声就断了。我正瞅着手机纳闷，小妹发来了一条信息，哥，我没事，只是问问侄子上学的事，一路平安。我盯着小妹发的信息，反复念了两遍，又打了过去。小妹这次反应很快，说，哥，你有事就说。我说，妹，还记得以前我告诉你的话吗？小妹说，记得。我说，我想听你说一遍。小妹说，哥，我记得还不行吗，我正忙着。我火了，说，忙也得给我说一遍。小妹说，哥，我真没事。我说，你是真想让我的心悬一路？小妹说，我没事。我再次火起，你再说没事？小妹说，哥，你咋总盼着我有事呢？我真没事。说完就挂了。

　　我再打，小妹的手机已关。我又打妹夫的。手机一通，妹夫说，哥，我正在加班，有话您说。我就说，小芹已把事情告诉我了，你再细说说。妹夫说，哥，实在不好意思。我说，客气啥，你再具体说说。妹夫说，你也知道，年前，盖楼的那家企业因为出口美国的一大批货款没打过来就停产了，工钱没给，上边又压着让发清干活的工钱，我把家里所有的钱都拿出来也没够，您知道后给了两万，可还不够，我瞒着您以一毛的利贷了私人两万，原说半年还清，但钱没凑够，现在都快超三个月了，人家逼着还，只好又麻烦您。我说，为啥不早说？妹夫说，您给的还没还，侄子又考上了大学，您跟嫂子也够紧的。我说，再紧，我们是月月进，你这一贷，可是天天往外扔呢，干脆利索地告诉我要多少。妹夫说，连本带息得两万六，再加上两个急着要工钱供孩子上大学的，要是可以，您就给想办法在镇里银行贷四万，最多三个月，等这边钱一下来，我就连本加利都还上。我说，好，我知道了，你忙吧。

邻座的已开始睡觉，我不好再打电话，几次试着也睡一睡，可眼就是闭不上，总是想着这四万去哪里找。说实在的，自打发儿子上学，家里两本工资卡已领空，确实是没钱了。按说，作为镇工业助理，找个理由向手下的企业周转一下也不是没有可能，可镇里有规定不允许不说，向谁张了嘴，就欠了人情，万一人家以后以此在工作上要方便，政策再不允许，不是给自己下了套子吗？现在唯一的办法就是贷，只要符合规定、手续齐全、程序运作规范，就是镇里领导知道也说不了什么，谁能不遇到难事呢？可具体咋操作呢？以前还真没贷过。

天亮时才迷糊着，又被下车的人吵醒，睁眼一看手机已经八点，就想给懂这事的一个朋友打个电话，恰巧小妹的电话又来了，没等我开口，小妹便说，哥，你都知道了？我说，你不说，就没人给我说了？还是亲妹呢。小妹说，哥，不是我不说，让你担一路这个心事，我能放心吗？他刚才回来一告诉我给你说了，我就把他骂了一顿。我说，你别怪他，是我先告诉他你已经说了他才说的。小妹埋怨道，哥，你也会使诡计。我说，我不这样，你能说吗？小妹说，本来打算多做点活，先把哥的钱还上，没想到，这里活好干钱难要，先给的工钱除去工地上这样那样的开支就不剩了，再要，人家让等等，一等二等活就完了，更难要了。我说，这不是白受罪吗？还待在那里干啥？小妹说，不干，就凭家里那点地，手里连个活钱都没有，日子咋过？其实，只要揽下活，就是人家留个尾巴不给，算着都是赚的。要不是年前什么金融风暴刮到这里，大部分工钱都欠着没给，我们也不会难成这样，我们也是急得没办法了才告诉你的。我说，妹，你放心，我一定帮你过了这道坎。小妹说，哥，能办就办，不能办也别急，这事就是急也不在乎三天两天，你回去再说也一样，千万别在车上想。我说，妹，你放心，出门在外，啥轻啥重，啥着急啥能缓，我还是能处理好的，不过，你以后一定要记住我以前说的那句话。小妹说，哥，我记着呢。我觉得手机里小妹在流泪。

晚上十点多出了徐州站，就坐上了往返县城昼夜不停的大巴。凌晨一点到了家，妻子开了门，问了几句儿子学校的情况，听说我在车上已吃过晚饭，就让我赶紧洗澡休息。我洗完澡躺在沙发上，又继续想贷款的事。正想着，妻子走到跟前说，还不去睡？我说，这不是睡下了吗？妻子一把拽起我说，到床上去。我笑笑说，这待遇可是好长时间没享受了，今晚太阳是不是从西边出来了？妻子也笑笑说，好好表现，这待遇算什么？说完就推着我进了卧室。

与妻子并排躺在床上，灯虽关了，眼却仍闭不上。妻子探起身子看看我，问，为啥还不睡？是不是在想啥？我说，不想啥，这就睡。妻子重新躺下说，明天就要开学了，不想啥，我可睡了。我一愣，腾地探起身子，瞅着妻子说，是不是送儿子有功，想报答我？妻子瞅着我说，送你儿子上学，有什么功？

就是有功，也轮不上我报答你。我又把脸靠近妻子说，是不是
想让我享受更高级别的待遇？妻子嘴一撇，说，我这天天让人
烦的黄脸婆，哪有啥更高级别的待遇让你享？说完就瞅着我笑。
我仍笑着说，半夜三更，话里有话地暗示我，是不是想让我叫
你舒坦舒坦？妻子一转身，背对着我说，我一直都很舒坦，却
不知道你要享的更高级别的待遇是啥，要享你享，不享我可要
睡了。我扳平妻子的身子说，这可是你说的。说完，立刻翻身
上马，身子一展开，就快马加鞭纵横驰骋起来，像火车的隧道，
两旁不甚分明的景物在无暇顾及中频频后退，妻子开始长鸣，
我更是扬鞭催马风驰电掣，没想到前面出现了一座银行大楼，
一看是傍湖镇西门的那家，就想到了贷款，一想到贷款，我就
看见银行门口一群膀大身宽的汉子用刀子逼着矮小干瘦的妹夫
去贷款。我赶忙紧勒缰绳。缓冲中，妻子见动作慢了下来就说，
快。但我再没兴致快起来，就下了马。妻子让再来，我仰躺在
床上直摇头。

　　没有满足的妻子开始了愤怒。妻子说，是不是在广州住了
宾馆？我说，是。妻子又说，是不是找了小姐？我说，没。妻
子转身骑到我身上，按住我的双肩说，没找小姐，咋这样？我
一把拽下妻子说，来回折腾了好几天，我能不累吗？妻子说，
我看你不是累的，是心里有事，你一进门，我就看出来了。我
说，没事。妻子说，没事？有事没事你能骗得了我吗？你要是
遇事不摆在脸上还能总是个助理吗？我说，适可而止吧，别这
山望着那山高了，能月月拿上工资就不错了。妻子说，你看你

那点工资多让人稀罕。我说，又来了，今夜能不能先让我睡个安稳觉？

　　妻子是一名教师，原在城区一所县直小学上班，前几年先是不吱不声地托人在县医院开了个病历请了假，接着就通过县里一个负责教师人事的同学，把自己的工作关系转到了县城一个较远的郊区村小，然后又自作主张在县中学附近租了个门面做起了学生用书的生意。自去年公务员涨了工资，教师要拿绩效工资的消息传进了妻子耳朵里，年前就以儿子高考为由把门面转给了别人，同时把暑假后想回县城上班的要求说给了同学。对于周末才回家并有亲热需求的我，妻子总以怕惊动儿子为由，不是草草打发，就是坚决拒绝。非常时期，我不计较，但没想到儿子高考一结束，我就更惨了，先是说我的工资养不了家，更别说供儿子上大学，接着就说马无夜草不肥，人无外财不发，见我不理，就让我催要小妹拿走的钱，我仍不理。妻子见我不理她，就开始了冷战，先是做饭只做她和儿子的，我要吃得自己动手，我心想自己动手就动手，只要相安无事。可经过几年商场打拼的妻子已然成了一盏并不省油的灯，每逢周末便旧事重提向我开战，我先是任凭重炮快枪杀声震天身心惨遭重创，仍频频挂起免战牌。可忍耐是有限度的，一旦妻子言语杀伤力太大，我就奋力抵抗，抵抗时若碰上从外面回来的儿子，我就赶紧打住迅速撤进儿子房里，妻子却以为援兵到了，继续穷追猛打愈战愈勇。儿子一看情形就出面干预，指责妻子，妻子一被指责，就收枪撤炮，一边为自己辩解，一边安抚生气的儿子，我就趁机逃出儿子房间。妻子安抚好儿子出来，见我在客厅坐着，就狠狠地挖我一眼，于是又开始了新一轮冷战。

我以为三更半夜要求睡个安稳觉并不过分，可没有了儿子干预的妻子，战火一旦燃起，就再也无所顾忌。妻子说，想睡个安稳觉可以，得先把要说的事说清楚。我说，还有什么没说清楚的？妻子说，你不是向我炫耀你的工资吗？现在哪个还用工资过日子？我说，不用工资过日子用什么过？妻子说，用工资以外的过。我说，这不是明摆着让我犯错误吗？你要知道，要是犯了错误，就连我被你攥在手里的工资也都没了。妻子说，那就告诉我啥时候去要回那两万，要回来，你不想送礼再升一级，我还想贷出去弄几个利息。我说，小妹能不还你吗？妻子说，你说她啥时候还？能给我个准确日子，你就睡觉，不然，你别想睡。我说，我记得咱买这房时，小妹给了十万。妻子说，她给的我还了，我给的，她还了吗？我说，装潢这房子时，要不是妹夫丢下挣钱的活，帮着设计，跟着进料，领着人没要一个工钱做了二十多天，你这两万能存下吗？妻子说，要不是亲戚，他能这样吗？我说，要不是亲戚，小妹会向你张嘴借钱吗？妻子说，要不是亲戚，就是向我张嘴借，我也不借她，既然钱借你了，帮你应了急，如今我急着用钱了，你就得赶紧想法子还，现在倒好，不光不还，还躲着连个话也没有，以后谁还借你？我说，小妹没躲也没藏，小妹一听说咱儿子考到广州去了，就操办钱，可钱不是土坷垃，想要顺手就抓来了，要不是这段时间工钱难要，早给你了。妻子说，以前只一个人出去都挣得来钱，现在两口子都出去了更挣钱，她不是没有，是不想还。我腾地坐起，开了灯，瞪着妻子说，如今全世界都缺钱，她那种在外饥一顿饱一顿的日子还有准？妻子也腾地坐起说，正因为没有准，你才得趁她有钱时抓紧要，你现在不抓紧要，等她的孩子也像咱孩子一样该花钱了，你就是要，她也不会还你的，她肯定现在就开始为孩子准备了。我说，小妹不是你说的那样人。妻子说，那你说是哪样人？我说，她要是你说的那样的人，不但现在大学毕业参加工作的不是我，她也不会等到我结婚后再出嫁。妻子说，这些都是你们兄妹间的事，跟我没关系，别说你上了大学有了工作，如果当时知道你是这种死眼珠子肉眼皮的性子，我嫁谁也轮不到你。我说，好好好！妻子说，你也别好好好，就是现在跟你了，也不能说就跟你一辈子。我说，你也别以为自己有啥了不起，要不是我托人情，你也不会知道你有个同学在县里负责教师人事，你更到不了县城来。妻子说，要不是到县城来，我能为这房子离开单位受好几年这罪吗？你这个胳膊专往外拐的负心汉。妻子说到这一跃而起，跳下床，把我和我的衣服一起推出了卧室，嘭地关上门说，吴一鸣，你给我听仔细，钱要不来，你不但不能在这屋里睡，我王彩凤还得跟你离。

　　早上到镇里点完名，见没有啥工作安排，我就向朋友打听起贷款的事。朋友问，你想在哪贷？我说，哪里合适就在哪贷。朋友说，咱镇上有两家银行，一家有个小额贷款业务，只要符合条件就行。我问，啥条件？朋友说，你找个搞养殖的或做生意的人当主贷，你担保，只需三天钱就能到手，就是利息多点，一分三厘多。我问，另一家呢？朋友说，另一家利息九厘多，可操作起来猫腻多，不贷到五万不合算。我疑惑地问，咋个不合算？朋友说，你要是在这家贷，得先找个说得过去的理由，还得找几个公务员或教师作担保，要是没有说得过去的理由，就要找个搞养殖、做生意或开厂子的当主贷，再联络几个担保，此外还要额外花点钱。我说，借钱还账肯定不能作贷款的理由，咱也不弄虚作假，可找人家当主贷，人家能同意？朋友说，别人找不同意，你找还能犯难？镇里这样的人哪个不认识你？我问，担保呢？朋友说，在公务员和教师中，你难道就没有几个两肋插刀的要好朋友？我说，此外还花什么钱？朋友说，无论主贷、担保，还是具体负责的，你要请场客。我说，请就请，这人情，我也不想欠。朋友说，一场客最低四五百元就打发了，但具体负责的四个人还得每人一条烟，不要多好，百元左右，又是四五百吧？我说，还有呢？朋友说，每一万元公证费一百。我粗略一算大吃一惊，说，钱没到手，就得先扔掉一千好几，我一月工资顶上也剩不了几个子儿，这还不算利息。朋友说，那当然，你看看，贷少了是不是不合算？我嘴上无话可说，心里却非常生气，这眼皮底下咋这样黑啊，正义愤填膺，朋友问，你看还办不办？我说，我打个电话。小妹听了我的介绍，说，行行行，比工地附近的私人贷款合算多了，哥你抓紧办，钱到手，你就从中把花掉的扣下，剩余的赶紧打进我们卡里。我说，真要能办成，花的钱算我帮小妹的，你也别争了，我再细打听打听。

挂了电话，我还是觉得心里别扭，真要办，这一千多花得确实不应该，可不花行吗？不花小妹咋过这道坎？既然朋友说到了这一步，我要是因为这一千多不办，朋友又咋看我呢？朋友见我仍不表明态度，就催促我。我一被催促，心里就有了主意，于是对朋友说，最好别在镇里银行贷了，万一出了事，砸了饭碗事小，这辈子名誉就毁了。朋友说，要不办，刚才我说的话，你千万别给抖搂出去。我说，我知道，你看能不能找个私贷。朋友又来了热情，说，私贷也行，驿庙村就有一个，利息也不多，一分，也不要这手续那证明，我做担保就行，你要办，咱这就去，今天就能拿到。我一拍手说，行，咱赶紧去。朋友边走边问，你的身份证和工资卡在不在身边？我停住说，也要这两样？朋友也停住说，没有这两样，拿什么证明你这个人？凭什么证明你有能力还贷？我说，这两样都在县城家里。朋友一摊手说，那只好等你明天带来咱再去。

我把找私人贷款的事给小妹说了。小妹说，哥，你认为咋好就咋办吧，抓紧点。

中午在镇政府食堂吃过饭，给在本镇住着的父母打了个电话，大体说了从广州回来的事，就匆匆回了县城。本打算趁妻子不在家，拿了两证把款贷到手，再瞅机会告诉妻子，身份证好办，一直自己保管，可家里能想到的地方都翻遍了，就是没找到工资卡。打电话向妻子要肯定不行，于是就在心中暗想，一定得出个点子把工资卡拿到手。

晚上妻子下班回来，我们各自打发了肚子之后，妻子去了卧室，我在儿子房里看书，正看着，我放在客厅的手机响了，我装作没听见，妻子一开始没理会，但当手机再次响起，妻子就去接听了电话，接完就进了儿子房间，把工资卡扔给我说，明天你们财政所登记完，就给我拿回来。我没动，也没吱声。待妻子摔门出去，我赶紧把工资卡收起来。一夜高兴得连做好梦。

国庆长假，我跟着傍湖镇的一家企业到江南考察，这天回来，一进门妻子就盯着我看，我问，你看什么看？妻子没有理睬，转身从卧室拿了两张纸出来，往餐桌上一放说，你签个字吧。我瞅瞅妻子，又看向餐桌上的纸，我一看就慌了，继而对妻子怒目道，谁给你订的离婚协议，你让我签？妻子也怒目道，我给你订的，你签了净身出户，以后儿子上学咱 AA 制，这房子我先给儿子看着，儿子大学毕业要是回来结婚，把房子交给他，我也走，公平吧？我把手里的包往地上一掼说，我不同意。妻子说，你不同意也不行，你心里早就没有这个家了。我说，我心里咋就没有这个家了？妻子说，你自己知道。我马上想到了给小妹的两万，便说，就因为借小妹的两万没要来？妻子冷笑着说，那两万，她给了。我吃惊地问，给了？妻子说，对，给了，你走后，你妹夫到县城办事时给的。我问，给了你还离啥婚？妻子又冷笑着说，正因为给了，我才坚决离。我重复道，正因为给了你才坚决离？理由呢？总得有个理由吧？妻子说，你妹夫还钱时还给我透露了一个很重要的信息，也就是我坚决要离的理由。我说，什么信息？妻子说，你妹夫说你还给他贷了四万，利息一分，期限半年。我镇静下来说，就因为这，你就一点情分不讲了？妻子亮开嗓门说，我再讲什么情分，你哪天再瞒着我用这房子做抵押贷款，让人家收了去，不但我没地方住，儿子回来也没个地方住，你说我跟你还讲什么情分？说完举起一把水果刀，逼迫道，签不签？不签，我就死给你看。我说，两万都还你了，四万还能远吗？妻子说，问题不在这，少废话，你签不签？我说，真就一点情分都没了？妻子说，没了，一点都没了，半点都没了，我再给你五秒钟，一、二、三……我见水果刀已顶住了妻子的心脏，急忙说，别别别，我签我签，我签还不行吗？

重新提包出门，外面已暮色苍茫，宽展的街道上车如流水，两旁耸立的楼群也开始霓虹闪烁。才几年的工夫，县城就有了大都市的风范，本以为，再经过几年的打拼，就可以不用再来回奔波，可转眼间又不得不远它而去。打的到了父母家，刚对父母说完要在家里住些日子，小妹的电话就打了进来，说，哥，你在哪？我说，我在咱爹咱娘这里，有事吗？小妹说，没有，只是想告诉你，那两万给嫂子了，当时你出差在外，就没告诉你。我说，知道，这段时间你们还好吧？小妹说，还行，那四万，我们一定按时还，你别担心。我说，我有啥要担心的，实在不行，我到时候把利息给人家，咱再接着贷。小妹说，哥，我不会让你在中间犯难的。我说，小妹别客气，谁让我们今生有缘做兄妹呢？父母年纪都大了，帮不上你，我可不能看着你犯难不管你。小妹说，哥，你就别说了。我说，妹，你今后一定要记住我以前说的话，哥是妹的根据地，哥是妹的大后方。小妹没有应答，我又听到了手机里小妹啜泣的声音。

　　我以为小妹是因为感动，后来，我才知道，那晚工地上的一场飓风，把妹夫搭好的六层楼网架全部刮倒，砸了下面十几辆小汽车。

风光的事

　　花初露帮着叶晨光把喜对子写完，就接到了花艳美的电话，接完电话，便出起神来。

　　晨光一看，三下五除二收拾完笔墨，然后对走过来的岳母说，我们回了。可岳母没接他的话，问初露，谁这么晚了又打来电话？初露像是打了瞌睡被惊醒，说，小妹工作忙，当天一早到。说完就扯了晨光往外走。晨光出了大门，转脸回望时，见岳母依旧伫立在灯光里望着他们，就说，没啥事，赶紧关灯休息吧。还想再说些什么，却被初露一把扯进了街上的月光里。

　　农历八月的月光真是格外好，每年的这个时候，晨光总爱同初露晚饭后一起走出村，站在村东的大渠上，手挽着手吮吸着分外温馨的稻香，然后揽着初露坐在就地展开的一张报纸上，相偎着听身旁的稻子与土地的说不够的留恋，看月光下的村庄。每每这时，晨光总是情不自禁地轻轻哼唱起《小芳》《月光下的爱情》《月亮代表我的心》，初露也总是沉浸在晨光饱满、深情而富有磁性的歌唱中，动情时也会随着唱起来。晨光见初露跟着唱起来，一曲结束，就开始唱《爱的世界只有你》，"你始终出现我梦里，爱你爱得那么神秘，想你的时候，感觉是那么的甜蜜，就像春风掠过心底"，像事先设计好一样，初露会对唱起来"我许下心愿在心里，就这样一直陪伴你……"如此你接我续，直到家家灯光次第熄灭，才起身回家。

　　晨光走着走着，又想起月光下村外的美好，就扯了一把急着往前走的初露说，到村外走走吧。初露脚没停，脸也没转，甩给他一句，你看这几天忙的，你不累？晨光说，权当放松放松。初露步子稍一慢马上又快起来，不，赶紧回。晨光想起了刚才的电话，就问，艳美是不是出了什么事？初露猛一停，转过脸，晨光看得很清楚，初露眼里含着怒气，立即意识到自己话说得不吉利，就像犯了错的孩子一样，赶紧往前走，以为这样初露就不会责怪他，可初露没跟上，话却追了上来，让你明天早起来写，你偏今晚写完了再走，你看都啥时候了？晨光停住脚步，等初露走到跟前道，明天早饭后就得贴，这么多，我就是起得再早，写完能晾干吗？初露头也不回地说，不能啥时晾干啥时贴？晨光边走边说，贴喜对有讲究，喜日子头天中午十二点前得贴完，你难道不知道？初露哼了一声说，我哪知道，这么大的村子就你能，就你知道。晨光说，都一个村子住着，人家找上门来请你帮忙写字，你不想顺个人情锦上添花？何况这回可是你亲兄弟，我这做姐夫的，要是这时候手脚不麻利，还往后缩，不等别人说，你就先瞪眼了。初露立即站住，我瞪眼了吗？我啥时给你瞪过眼？晨光也赶紧刹住，没没没，你从来没跟我瞪过眼，一年四季时时刻刻都是面含情眼带笑，我一见，就赏心悦目通体舒泰，总是想，我这是哪辈子修来的福气呢？初露笑着拍了一下晨光，你就会嘴贫。晨光说，我的表现也是可圈可点的，别的不说了，就说今晚这字，我可是用了心下了力的，明天一贴出来，保证让你更风光无限。初露收了笑，我不稀罕这风光，我要的也不是这风光。晨光问，你以前不就是最喜欢这风光吗？初露说，如今社会发展这么快，我就不能跟着有变化？晨光说，与时俱进，好，你说吧，你要的是啥风光？就是这天上的月亮，我也伸手摘了给你。说完还做了个很轻易摘到月亮又双手献上的动作。

晨光写喜对在驿庙是一道风景。小学四年级时的一个星期天，邻家婆媳妇让晨光爹写喜对，晨光爹却把他拉了去。在众人怀疑的目光下，晨光初生牛犊不怕虎，按照爹先前事无巨细的教导，把一手楷字写得横平竖直棱角分明，让围观的咋看咋顺眼咋看咋劲道。晨光一搁笔，众人都惊呼老子英雄儿好汉，跟前一个高中生还说了句青出于蓝而胜于蓝。尽管大家不懂这句文绉绉的话，可有老子英雄儿好汉那句在前，这句也肯定是夸晨光的字确实比他爹的好。从此，村里每有喜事，喜对都是晨光写，只要晨光一提笔，正在事主家干其他杂活的人就立刻丢了手里的活围上来，眼瞅着，嘴也不闲着，一个劲地夸好。人逢喜事好风光，晨光无疑又给添了一道热闹景致，事主每到这时候也格外欢喜，总是笑呵呵地凑上来随着大伙直点头。这时候最烦人的就是管事的大老执，总是催着大家各就各位抓紧干活。一开始，大家都像没听见，直到大老执一而再再而三地催，大家才散开，可手里忙着，眼还见缝插针地往晨光那里瞟。有的瞟着瞟着就又停了手里的活，大老执便走过来说，你看这呆鹅，把晨光当美女了。大家笑罢，就散开各就各位，可没两分钟又都围了上去。

若是晨光写到了初露家附近的人家，跟晨光同班的初露也爱钻进人群里看，有时还热心地帮着晨光扯纸，或是小心地拿下写好的喜对。后来有段时间，只要一听说村里谁家办喜事，初露拔腿就往这家跑，一到就往围观晨光写字的人群里站，站进去不用人支派，就忙着展纸扯正，看晨光执笔在手，看晨光屏气凝神，看晨光龙飞凤舞行云流水……眼瞅着笑，心也跟着暖。但渐渐地，初露就不去了，就是去了也不往跟前偎了。虽远远地站着跟女伴说着别的事情，心却早跑到正写喜对的晨光跟前，还暗暗地生了说不清道不明的羞涩。

晨光爹给村里人家写喜对是出于一种爱好和热情，晨光不仅深受父亲熏陶而且经过了严格的专业训练。四岁时就被爹有意识地叫到跟前观摩写字，五岁帮爹扯平纸，六岁开始练笔画。一年级时，除能把字在田字格里写周正，回家还能在米字大方里写规范。三年级时，在第一节毛笔字课上，令语文老师刮目相看，不仅在班上表扬了他，还把他的字拿到办公室让包括他爹在内的所有同事看。到了初中一年级，晨光不但在爹的指导下把隶体字写得像模像样，还掌握了魏碑的书写要领，同时又喜欢上了房弘毅楷书的《王羲之书论四篇》，每天晚上读上几页，手痒痒了就照着写上一会儿，渐渐地，不但字写得像了，王羲之的书论也让晨光眼界大开，很多句段即使掩卷也都张口就来，比如第一章中的"夫纸者阵也，笔者刀矟也，墨者鍪甲也，水砚者城池也"，再如第二章中的"筋脉相连，意在笔先"和"每作一竖，常隐锋而为之，每作一横，如列阵之排云"，第七章的"横贵乎纤，竖贵乎粗，分间布白，远近宜均，上下得所，自然平稳"，及第十二章的"倘一点失所，若美人之病一目，一国失节，如壮士之折一肱"，等等，晨光对书中名句都深有领会，从中还悟出许多世道人心。

字在村里写得顺风顺水的晨光，不料在考高中时，因头天晚上给村里的刘家大姓写喜对而误了第一场考试，成了村里的民办教师。当了民办教师的晨光虽然练字的时间多了，却十二分地惋惜没了考大学的机会，就参加了县教师进修学校的中师函授。等初露在徐师大专科毕业，硬逼着当支书的爹托人分到村小时，晨光拿到了大专文凭。这时，晨光还学会了各种美术字体，熟悉各种型号的油画笔和排刷，写起字来像关公舞大刀，技艺娴熟干净利落。于是，村里需要更新宣传栏内容和书写各种标语时就找上了他。

有时，初露没有课也会找个没课的同事一起去给晨光帮忙，等同事看出了苗头扯个事由不去后，初露便自己去，可这样的时间并不长，每当初露要去帮晨光时，校长总是很及时地给初露安排别的工作，她爹也开始紧锣密鼓地托人给介绍对象，且放出话来，初露的对象，首先必须是吃国家饭的。聪明的初露立刻就明白了，校长的安排爹是幕后指使者。一个周末的晚上，初露就在家当面锣对面鼓地向爹挑明了，说，您老别费心了，对象我自己找好了。爹强硬地将手一挥，说，你自己找的我一百个不同意。初露说，你一百个不同意我一万个愿意。爹说，你要给我拧，我就让他滚回家种地，然后把你调到别的学校去。初露眉一拧，你要敢，我就死给你看。

　　自那天之后，初露无论在学校还是在村里总故意接近晨光。晨光早就有心，只是怯于初露的身份，天天只能像热锅上的蚂蚁，在心里横冲直撞干着急。一见初露向自己抛出了绣球，就麻利地拉开了丘比特之箭，如此风疾雨骤，没等放暑假，两人就通过镇里的同学领了结婚证。初露爹见木已成舟，也就没再反对，再说当时上面已下了给民办教师转正的文件，初露爹认为，凭自己的人缘和晨光的能力，晨光转正也是水到渠成的事，就欢欢喜喜地给两人摆了喜酒。民办教师娶了个公办教师媳妇，一时在镇里传为佳话。至今，驿庙村人仍记得晨光和初露结婚时写喜对的事。当时，晨光给初露家写完就回家写自己的，几个平常喜欢跟他开玩笑的见他写了"喜趁良辰迎淑女，愧无美酒宴嘉宾"后，就起哄，让他在自家洞房门上写点带彩的，围观的一致叫好。他开始不愿意，禁不住纠缠，就想，大喜的日子不能扫了众人的兴致，就写了"喜今日银河初渡，祝来年玉树生枝"，可那几个人还觉得不过瘾，就让他改，他说不会，其中一个道，你不会我会，我说你写，他说好，可一答应就后悔了，最后没办法只得把"祝来年玉树生枝"改成了"望来年宝贝逗人"。两人拜完天地，起哄的人让初露读门上的那副喜对，不明内幕的初露在众人的嬉笑簇拥下来到了那副喜对前，初露读了"喜今日银河初渡"，大家一片叫好，可一转身看了"望来年宝贝逗人"，拨开人群就要走，可这哪能行？几个人拦住初露，并威胁，不读，就把她抬起来。初露不想被人抬起来就读了，读完脸上红云四起。等晚上人走尽，晨光刚把门关好，初露就一把拧住了晨光的耳朵，问，谁叫你写这喜对的？晨光假装被拧得太疼直叫唤，又让窗外听房的大笑不止。

结了婚的初露没有了青春期的羞涩，却多了小学时代的热情，只要晨光晚上加班帮事主写喜对，初露就是再忙，也赶紧丢下活给晨光打下手。看着晨光写出"郎才女貌""花好月圆"，写出"鸳鸯比翼""龙凤呈祥"，还有"珠联璧合""地久天长"，等等，就好像往日重现，初露就在心里对晨光添了说不尽的柔情蜜意。有次写完，晨光瞅着沉浸在兴奋中的初露说，你知不知道我为啥现在写喜对比以前更热情？初露笑着问，为啥？晨光答，我每写一次，就是对咱俩的又一次祝福。

初露见晨光慢下来，就停下问道，咋又磨蹭起来了？你看天还早？晨光紧跟上来，并在心里犯起了嘀咕，这艳美到底在电话里说了啥，让这么多天都高高兴兴的初露来了个一百八十度的大转弯？

回到家，初露径直去了洗澡间。晨光就像往常一样，翻开房弘毅的《王羲之书论四卷》看起来。谁知才拿起，初露的手机就响了，晨光像以往一样瞅了一眼没打算接，可眼收回时蓦然想起了刚才艳美的电话，就有了好奇心，好奇心一有，就拿起了手机，按下接听键，说话的却是岳母。岳母也没问是谁在听电话，就说，你们一走，我就打电话问了艳美，我跟她说了，初露是老大，到时候初露说了算。晨光没听懂，就问，啥事？这时电话被初露夺了过去。听了一会儿，初露说，妈，这不是你要操心的事，快休息吧。说完就关了手机，然后对呆着的晨光说，你还不去洗，愣啥愣？难道天还早？晨光见初露没有要说清楚的意思，就接过替换的衣服转身离开，不料初露又一句跟上来，以后不要随便接我电话。晨光转脸说，你这手机一开始就"总想对你表白"，我要再不接，马上就"总想对你倾诉"了。初露说，以后就是唱着《东方红》走向未来了，你也别管。晨光说，那我建议你把来电铃声换成《荷塘月色》，"剪一段时光缓缓流淌，流进了月色中微微荡漾，弹一首小荷淡淡的香，美丽的琴音就落在我身旁"，多有情调？初露说，我高兴用这首，你管得着吗？晨光不好再说，就头点得像鸡啄米，好好好，那你就时刻带着手机，再不，明天就去买个新的，这个连来电显示都没有的旧手机确实不能再用了。初露嘴一撇，越说你越大款了。晨光头一昂，不是大款也能花得起。那你就等着感受不是大款的滋味吧。初露说完身一扭上了床。晨光听后走过来说，感受就感受，又有啥了不起？初露没搭腔，扯过厚毛毯盖在身上，见晨光还站着，就说，我先给你提个醒，这大话还是别说的好，说大话容易闪舌头。晨光再也沉不住气，有些生气地说，艳美又咋惹你了，你像吃了冲药似的冲我来。初露一愣，心想，这事还没定，还是先别跟他说，这些日子里里外外都靠他一人忙，今天又忙到现在才回家，若是再添了这心事，怕是连觉也睡不成了，就笑笑说，你说我不冲你还能冲谁？晨光听后立即心里一亮，不再计较艳美的电话，嘴一咧说，好好好，冲我就冲我，谁叫咱是树上的鸟儿成双对呢？不过，你先别急，等我洗完澡。初露顺手拽下裹头发的毛巾向晨光砸了过去，美的你。

晨光洗完澡，见初露靠着床头柜瞅着自己，以为初露在等他，就三步并作两步上了床，接着手就在初露身上不老实，可初露却把他的手重重地甩到了一边，这可是以往没有过的情况。只一愣，晨光又想到了艳美的电话。晨光问，你今天究竟咋啦？初露答，没咋。晨光说，没咋？我不信。初露说，明天还得忙，老实睡你的觉。晨光说，你这样，我睡不着。初露转过脸直瞅着晨光不说话。晨光被她瞅得心里发毛，但也就一眨眼的工夫，心里底气又足了起来，反正我这句说得没错，你不是瞅吗，我就让你瞅个够，于是又把脸向初露靠了靠。初露见晨光的脸越靠越近，以为晨光又有企图，就转开脸说，有你这份心，我就啥也不要了。

晨光猛地把心提了起来，歪头盯着初露说，艳美到底在电话里说了啥？你快说呀。初露说，没说啥。晨光紧逼道，真没说啥？说着伸手抓起初露的手机，你不说，我这就给艳美打电话。初露一把夺过手机扔到床里边，你真想知道？晨光胸一挺，天大的事，咱俩一起面对，我不能让你一个人为难。初露又瞅了瞅晨光，说，英俊结婚，艳美要交礼一万。晨光腾地跳起，啥？她要交一万块？没等初露回答，晨光突然又像想起啥一样，右手挠了一下头，坐下说，就因为这？一万就一万，不就是一万吗？初露说，还有一万的磕头礼。晨光说，那也不值得你这样。初露手一伸，你拿出来我看看。晨光左手托着初露的手，右手在上面拍了拍说，没有咱就借，好在时间还允许，完全能凑齐。初露说，借钱交礼，要是让人传出去，你我就好看？晨光说，艳美都交这么多，咱要是不跟着随，就是你不嫌丢人，我还怕脸没处放呢。初露问，你说咱能跟谁借？

夫妻俩双工资，两边老的都有退休金，家里又没啥磕磕碰碰，村里谁都认为他们不光是存了钱，还一定是一大笔，可去年春天拆了平房盖了谁见谁说气派的两层楼，再加上装修，存款不仅折腾光，还欠了债，好在不多，当年省省俭俭就还齐了，没想到的是双胞胎今年高考成绩出奇的好，儿子考进了北大艺术系的本硕博连读，闺女上了南京师范，两人赶紧把刚攒下的钱全拿出来给了孩子。谁知孩子才去学校没几天，初露就接到了英俊从深圳打来的电话。初露把消息告诉了晨光，晨光听了问，不是说好的春节吗？初露答，年龄都过三十了，这不是巴不得的好事吗？早结早了。晨光抬头看天，太阳明晃晃照得刺眼，又赶紧低下，接着长长地叹了口气，这日子，真是越渴越给盐吃。初露佯怒道，有种你就别吃这盐。晨光笑笑说，开个玩笑你就当真了。初露仍正着脸说，我能不当真吗？你这玩笑开得多意味深长。晨光急了，咋又意味深长了？初露说，时间紧，要做的事多，咱长话短说，我也不指望你为英俊结婚做出多大的贡献，我要的只是个态度，态度知道吗？态度决定一切。晨光做了宣誓的姿势刚要表决心，见初露的同事走了过来，马上改成了停的手势，初露与同事打了招呼一起回了办公室。

放了学，初露夫妻俩就一块儿去了娘家，进门却见爹在院里发火。初露知道，爹自打从支书的位子上退下来，脾气一直好得不得了，这次是发的哪门子火呢？爹见他俩进来，就止了火进了堂屋。迎上来的娘告诉初露，英俊来电话说十月一回家结婚，家里什么也没准备，你爹正骂他结的不是时候呢。初露抬腿进屋说，骂什么骂，这不是天大的好事吗？你的宝贝儿子，终于让你抱上孙子的念想有了盼头，我看你是高兴的。爹说，时间这么紧，家里又这么乱。晨光说，房子现成的，乱就收拾，人手不够就花钱请，不就是里里外外粉刷粉刷布置布置吗？他们在家又住不了几天，这事您就别操心了，我负责。爹瞅瞅晨光没吭声。初露说，是不是不相信我们？说着伸手一拉晨光，那好，爹心疼咱，舍不得让咱插手，咱们走，不但省了力气，更省了钱。娘拦住说，你这个嘴，从来没饶过人，你爹不是看你俩上班忙吗？晨光说，大喜的事，再忙也能抽时间，白天没空，晚上就加加班，反正也就这几天，眨眼的工夫啥都备齐了。爹问，酒席呢？初露答，酒席好办，现在镇里哪家饭店都包办，不论多少桌，一结束就用收的礼钱结账，连事先操办烟酒菜的钱都省了。晨光见岳父瞅了初露一眼没说话，就说，我看还是在家办，大喜的事，图的就是个热闹。岳父说，酒席就在家里办，钱我早就准备好了，问题是这贼羔子说了回来的日子就没了下文，你说酒席得是个啥标准？对方那边到底能来多少人？初露说，这不是很简单的事吗？一个电话打过去问清楚，爹说，那好吧，家里收拾的事可就交给你们了。晨光说，好在还有十多天，您就放下一百个心吧。

为了岳父的一百个放心，晨光不但把所有放学后的时间都用上了，准备酒席赶集时还请了两天假，虽然表现不能说让初露多么满意，最起码可以让初露看出是绝对卖了力气。晨光本以为再用心写完喜对，就万事大吉只欠东风了，哪想到这礼钱上又给出了难题。按两人事先的商量，除了像艳美结婚时那样，一千元的礼金、一千元的喇叭钱，额外给英俊一千元的磕头礼，并在布置新房时再添上两千，万没想到，艳美的一个电话就搅了他们的计划。真要再坚持原来打算，到时村里人会说，同是嫁出去的闺女，又都是拿工资的，咋就这个多那个少呢？要是英俊媳妇知道了，再是个不通情理的，以后冷脸就有看的了。话又说回来，为娘家兄弟结婚多花几个，名义上是给自己争脸面，实际上是帮父母，平常的走动虽不可少，特殊情况下格外关照一下，血脉亲情才最能体现。可格外关照还得钱开路，如今哪里去借这么多钱？

两人想得脑子发涨，都没想出跟谁去借。眼看天要亮了，晨光对初露说，你快睡会儿吧，我天明想办法。初露说，想什么办法？不想，不就是仗着两人工资高吗？想在我跟前显摆就显摆了？就按娘说的，我是老大，我说了算，哪能她想咋就咋？然后蒙头就睡。晨光关了灯也跟着躺下，但任凭咋努力都睡不着。

天刚亮，晨光没叫醒初露就去了岳父母家，先是把昨晚写好晾着的喜对分类收起来摆放在明处，以备初露本族的忙人来了贴，接着就打扫院子，把厨师专用的大水缸灌满，把酒席用的碗碟之类冲洗干净……等一切忙完，正想着还有啥活没做，岳父走过来说，英俊的初中同学会临时决定安排在酒席上，事不宜迟，你抓紧去镇里按菜单再买五六桌的，还有烟酒。晨光不敢怠慢，转身开了院里的机动三轮车，带上两个帮忙的就去了镇里集市。

按理，英俊结婚，从同住一个村子方面来讲，他晨光也是个客，客人哪能干这些活？更不必来这么早，等忙人到齐了，管事的大老执自会派专人干这些活。尽管如此，他仍愿意尽心做，因为他早就把这里当成了自己的另一个家。

人常说，一个女婿半个儿，可这半个儿确实没有整个儿好当。做儿子的，在爹娘跟前，就是年龄再大，做啥都可随便，可哪个做女婿的敢在岳父母面前不一本正经？更何况做女儿的都希望听娘家人对自己的男人夸个好，初露也经常告诫晨光，在咱家，你啥事都可以不做，在我们家，你要时刻塑造自己的良好形象，给我长脸面。所以晨光在这方面格外严格地约束自己，就像在学校里处处为人师表身正为范。记得晨光争取转正的那几年，按说，当时转正对他来说并不难，照着校长传达的上级精神，转正分两步并行，一是每年按镇里得到名额，根据表现实行量化积分由高到低直转，一是报考师范学校。所谓表现，一是教学成绩，二是所取得的县级或以上奖励。他教的学科成绩年年在镇里名列前茅，还时常在县里挂名次，得的奖励就不用说。学校就他一个民办教师，又最年轻，自他进了学校，只要上面没有公、民办必须都有的特别限制，年年的县镇先进，学校都给他，论资排队，他肯定在全镇前面。可等具体条款一下来，晨光就不乐观了，直转倾向年龄大的。不久的暑假开学后，学校又调来了好几个民办教师，县奖励也开始有了竞争。尽管头一年岳父暗中干预，校长又把县先进给了他，可后来他看出别的民办教师意见大，心里就有了想法，此后上面再来先进名额，他就首先声明放弃竞争。这让初露非常生气，学校里不好说，放学回到家自然就兴师问罪起来。晨光说，我就是再努力，只要得了先进，别人就认为是沾了岳父的光，这既辱没了岳父的名声，又让我不好在同事面前抬起头来。你再看咱学校里的几个民办老师，岁数都比我大，有的都跟咱爹差不多岁数，还有的教过咱，咱咋好意思跟他们争？初露一听想想也是，就问，你打算咋办？晨光答，考，我就不信我考不上。要考，就得有时间看书，可晨光的时间并不多，天天学校、家里两点一线来回跑不说，当时两家弟妹都小，初露又有了身孕，两个家平常都得照看着。特别是一到农忙，白天忙不完，晚上还得加班到很晚，回到家饭碗一放，身子就像散了架似的直往床上扑，心疼得初露有时直掉泪。正打呼噜的晨光一感觉脸上有水珠，就激灵醒了，然后就安慰初露，等初露心情好了睡着了，他就悄悄起床到书房用起功来。初露天亮眼一睁，见身边没有晨光，就知道晨光干啥去了，先前几次没有说什么，后来这样的次数多了，初露就夺了晨光手里的书，对着晨光瘦得不成样子的黄脸说，咱不考了。晨光说，哪能不考呢？不为多涨的两个工资，也得为自己争口气。功夫不负有心人，晨光第一年报考就如愿被录取，还在镇里考了个第一。在徐州的运河师范上了两年，回来就成了名副其实的公办教师。

工作问题解决后，晨光、初露又把心思用在了两边的弟妹身上。两家大门每年春节的对联都是一个内容，尽管字体晨光年年都换，门心是"忠厚传家久，诗书继世长"，门竖是"日照南窗一年生计精筹划，春回大地无限风光任剪裁"，横批是"万事如意"。晨光写好晾干，就让两边的弟妹贴，贴好，还让弟妹们读一遍。等到弟妹们都如愿地考取了自己喜欢的学校，两人又把心思转移到一对儿女身上。如今儿女也双双考取了让人羡慕的大学，同事们都夸晨光不简单，村里人都说初露有眼光，把晨光看得真准。

没想到刚把儿女欢欢喜喜打发去学校，英俊又结婚，你说晨光能不像初露说的那样充分地表现吗?

从集市回来,岳父母家已十分热闹。该忙的忙,不忙的就在一旁吸着烟说笑。见他进来,忙着的跟他点点头,不忙的,有的夸他喜对写得比以往哪家的都好,还说到底是自己小舅子结婚,平常公平公正的叶老师也有偏心的时候,有的问他这回能拿多少礼。他笑着说,该拿多少拿多少。听他这样说,就有人进一步问道,你说你该拿多少?这可是最要面子的时候,晨光正要说,急匆匆过来的初露一把拽了他就走。

两人进了一间没人的屋,初露关了门然后说,刚才艳美又打来电话,她说原先定下的数不能改,她还说这么多年,一直没能帮家里做点啥,就想趁英俊结婚,向家里尽尽心表示表示,再少,就没脸来了,她老公也说了,不然就不回了。晨光问,你是不是把咱的情况跟艳美说了?初露答,你认为我能说吗?是俺娘说的,艳美还说,要不,她帮咱出,我没答应。晨光说,你千万不能答应,你要是答应了,礼簿上给咱写得越多,咱就越丢人。你要是拿出老大的身份逼她跟咱交一样的数目,就是她心里对咱没意见,别人要是知道了,咱更丢人。初露问,你说咱咋办?晨光说,明摆着的事,还能咋办?初露顿了顿说,你上集市后,俺娘给了五千,说是爹让给的,我没接。晨光说,这钱你也千万不能接。初露又说,刚才英俊也把我叫到一边,拿出了一万元,说是给咱两个上了好大学的孩子的,我也没要。晨光说,他在家结婚虽说没花多少钱,可回到深圳再办喜宴,哪样不得他掏钱?咱没钱再帮他,这钱说啥也不能要。初露说,还有咱爹，怕咱手头紧，就让人把我叫回了家，把他的工资卡给了我，说，里面虽不多，多少也能凑凑数，不行就再多找几家借借，二老都是奔七十的人了，平常又医药不断，你说我能要吗？我又推给了他。晨光鼻子一酸差点掉下泪来，控制住自己的情绪后说，这事你就别操心了，我想办法。初露说，那就尽力吧。说完就出了门。

晨光重新把门关上，掏出手机跟买菜时遇见的一个要好同学联系起来。同学说，不好办，手头确实没有这么多。晨光说，你就帮我想想别的办法，越快越好，一定搞定，拜托了。

若不是英俊结婚，十月一日这天记礼簿执笔的应该是晨光。晨光不但字写得好，账也算得清，多年来从无差错。每当村里人办喜事，晨光写完喜对，如果能抽开身，都应邀给事主记礼簿，他也乐意做这份差事，借记礼簿不仅能搞清事主亲戚间的亲疏远近，还能知道事主平常的交际圈有多大，结交的都是啥样的人，同时还能从来客交礼时的只言片语和呈现的种种微妙情绪，了解到事主与这些亲朋间的感情是又增了一层，还是又疏了一分，是比以前更有人缘了，还是不如从前了，并知道所收的礼钱是否能顶上事主办喜事的一应开销。

可晨光今天不仅不能记礼簿，还没机会往跟前凑，但即使不往跟前凑，晨光也知道今天是自己最风光的时候。他昨晚趁大家看唢呐班表演的空当开车去了同学家，回来就把两万元在僻静处给了初露，没等初露问他钱哪借的，就对初露说，英俊结婚不同寻常，该风光的时候就得风光风光，要是艳美再加码，你就告诉我，一个电话马上 OK。说完就去厨房看菜去了。

今早天一亮，晨光便去到集市拿预订的鲜狗肉。没想到风风火火地赶回来，还没喘匀气，岳父又说鞭炮恐怕不够，让晨光再去镇里买两盘一万响的应急。晨光听了心里一激灵，两盘一万就是两万，是不是在借故提醒我？想到这，尽管认为岳父不是这样的人，可还是对岳父说，这个我明白，您放心就是了，我这就去。说完转身就走。出门见艳美两人正从出租车后备厢里往外拿东西，就赶紧回头向院里的初露招手。初露跑到晨光跟前，晨光往前一指说，艳美两人来了，她要再问交礼的事，你就说依她的意思。初露说了声知道，就同晨光一起向艳美两人迎了过去。

互相亲热地招呼罢，晨光就去了镇里。回来远远地看见收礼的地方被围得满满的，且还不断有人往跟前凑，就知道最引人注目的礼房交礼高潮到了。晨光以往给人家收礼，都是事主出过嫁的闺女在交，从闺女交的礼钱大家就能看出，事主的闺女是在应付，还是尽其所能地帮衬娘家一把，同时还能看出事主闺女家的日子过到了啥地步。这时候，也往往是小日子过得挺滋润的闺女显摆自己春风得意的时候。

晨光想着这些，不知不觉就走到了跟前，可他没停步，拿着鞭炮进了大门。他知道，此时初露、艳美就在收礼的方桌前，他也想听听收礼的夸赞初露、艳美的话。等他到堂屋放下东西走到院子里，交礼的具体细节就通过你传我说，钻进了晨光的耳朵里。有的说艳美确实不简单交了一万。有的说初露交一千也不算少，才盖了房又刚送走两个大学生，不容易。有的说，再不容易也该交一样数目，都拿着工资，以后省省就又有了，该要面子的时候偏不出手……晨光听到这脸腾地红了，继而想找个地缝钻进去，可院子里硬邦邦的水泥地上人挤人，哪有地缝可找？随即火就蹿了上来，他左推右挤到礼房那里找初露，他要问问初露，给她的钱哪去了？为啥不跟艳美交一样数目？挤到跟前没见到初露，又不好意思打听，便在院里院外四处寻，还是没见到，难道是怕我责问躲起来了？找着找着，晨光先是觉得事已至此没必要再找，接着又感到再串来串去就是不知丢人反以为荣了，听到锅屋的厨师喊他，便趁机一头扎进去磨磨蹭蹭再没出来。

结婚典礼举行罢，接着就是上拜。英俊拜了家族、亲戚，给初露、晨光磕完头，主持仪式的大老执把盛磕头礼的喜盆敲得当当响，初露就把红纸包着的十张一百的票子递了过去。大老执报完数，英俊接着又给艳美两口子磕头。还没等英俊直起身子，大老执就敲着盆喊艳美，艳美也把一个红纸包传了过去。大老执接到手里打开，一张张高叫着数完，晨光觉得又比人家矮了一截，继而想到今后咋还好在村里见人呢？咋还能像以前那样给办喜事的人家记礼簿呢？

晚饭后收拾完，两人一起出了初露母家大门，晨光腾腾腾直往前蹿，任初露在后边咋喊都不理。回到家，上气不接下气的初露问他为啥走这么快？晨光依旧一声不吭，还破例先进了

洗澡间，洗漱完就上了床。才躺下，初露的手机就在身边响了
起来。晨光立马伸手，随即像被蝎蜇一样缩了过来，又恢复了
原来的睡姿。直到《走进新时代》第三次越来越亢奋地唱起，
晨光还是没接，等初露裹着浴巾匆匆进来，手机却戛然而止，
紧接着就来了条短信。是艳美发来的晚安，初露回复完把手机
往床上一扔，问道，为啥不接电话？晨光一个翻身，背朝初露
打起了呼噜。初露这时想起之前对晨光的告诫，就说，咱结婚
都快二十年了，你可是头一次这样对我，有种你就一直坚持下
去。晨光像进入了深度睡眠状态，鼾声如滚雷不说，还很有规
律地由远而近又由近到远。初露又说，我之所以这样做，是不
想让全家人担忧我们为了一时的风光背上债。晨光腾地坐起，
横眉冷对，说道，那好歹也跟我说一声。初露说，我是怕你不
同意。晨光声音又高起来，你明知我不同意，为啥还这样？初
露说，家里不是没有这么多吗？晨光说，我不是给你了吗？初
露说，你能不还人家吗？家里里里外外啥都靠这点工资，平时
省省俭俭都紧赶紧，这笔钱咱啥时候能还上？晨光说，我能借
就能还。初露说，那好，我明天就给英俊。晨光说，本来就是
给他的，反正现在还不还都得付一年利息。初露一惊，你说
啥？你不是说是借的吗？晨光说，又不是土坷垃，到地里就抓
来了，我高利息贷私人的。

婆婆手中的书

　　远远地看见，轮椅上的婆婆戴着公公的金丝眼镜在看一本书。

　　这是县城中心广场相对幽静的地方，在我家所在的明珠园小区南门旁。三月暖阳下的婆婆背倚青翠欲滴的凤尾竹，两边是几株竞相灿烂的桃花，一阵花雨过后，芬芳便沿着她眼前的一条三米宽的猩红大理石通道向我延展而来。我驻足在汤沐路上，用惊疑的目光搜寻着婆婆的周围。

　　我的搜寻没有结果，婆婆却在我的搜寻中打起了瞌睡。不得了，要是一头栽下来……我赶紧跑过去，到了跟前，婆婆一激灵醒了，见是我，脸一红合上书放在身下说，妈让你见笑了。我说，妈，我高兴都来不及。婆婆一愣，说，我这样，你高兴都来不及？我听了也一愣，随即赶紧说，确实是高兴都来不及，您看，我喜欢书，没想到您也喜欢书，怪不得人家常说不是一家人不进一家门，看来我不仅进对了家门，还有了位志同道合的婆婆，您说我能不高兴吗？婆婆眉眼一开，话就多了，我这乡下老婆子，哪喜欢啥书呀，只是闲着无聊翻着玩的。我说，闲着无聊翻看书，这说明妈兴趣高雅。婆婆故意脸一正说，你这孩子真是越说越不着调了。我也故意把身子往后撤撤说，妈，您别说，您皮肤本来就保养得好，这大红风衣一穿，眼镜一戴，还真像位大学者，看来您年轻时就有这风度，只是这些年家里让您忙得顾不过来了。婆婆不再接话，左右看看，问我，你爸呢？我摇摇头说，没看见，可能在附近，要不就是回家给您拿东西去了，还是我送您回家吧。婆婆又前后瞅瞅说，我还得再练走呢。脸一沉马上又阴转晴说，好，回家，你咋还没去上班？我推着她边走边说，去局里参加个活动，正在等同事，就看到了您。婆婆说，不耽误你吧？我说，不耽误。说着，就横过马路进了小区大门。

去年暑假，我终于结束了三年的城乡两头跑和两年的租居生涯，搬进了这个小区。本来看好的是三楼一百平方米的三室一厅，交首付时，一对要结婚的年轻人想用一层的一百一十平方米的与我们换。丈夫不同意，我说，我就愿意住一楼。丈夫拗不过我，只得同意，这样一来，不仅多了一室还少花了上万元。儿子亮亮刚到县实小上一年级，我就让公婆扔掉种的两亩地搬了过来，没想到公婆先后出了事。先是才来没几天，公公去接亮亮放学把脚崴了，才刚好利索，婆婆又在今年元旦后的一个星期天带着亮亮去广场看节目把右大腿摔骨折了。正值班的丈夫匆匆从镇里赶到医院，怒从心头起，说要不是我，哪有这事？还没等他说完，正要进手术室的婆婆撑起身子指着丈夫说，来县城是我和你爸愿意的，好在玉慧知我们的心，如了我们的愿，不像你个没良心的熊羔子，我们还能动，你就开始嫌弃我们了。转脸又对公公说，我不治了，这就回乡下，免得惹人烦。我赶紧劝婆婆说，妈，别生气，他也是看您受罪心疼才这样的。好在婆婆的骨折并不太严重，既没打钉也没上钢板，只是复位后在外进行了固定。等出了院，婆婆要回乡下养着，公公也跟着坚持，我没同意，说，爸妈来时好好的，要想回乡下住段时间也得好好地回。公婆互相瞅瞅没再说啥就住了下来。

　　一开始，婆婆在床上除了看电视就是看她从乡下带来的那本书。好书的我见婆婆看起了书，而且一看就像入了迷，心里就直痒痒，也想看看婆婆看的到底是啥书，唯恐打搅，先是远远地低头歪着身子看书名，可书包着皮儿，看不到，就又凑近看内容，这一看不要紧，婆婆被惊动了，合上书不好意思地说，闲书，翻着玩的，说完就压在了枕头下。我不好再看，以为是婆婆在乡下信了教，那么让她身心入定的准是经书。等能下床了，我就和丈夫买了轮椅让公公每天午后推着婆婆到广场去。婆婆到了广场某处选定的地方就练走，练累了就看书，公公就在周围转转，然后再练，直到亮亮要放学了才回家。往常从没离开婆婆视线的公公，今天哪去了？

　　刚搀着婆婆上床躺下，我的手机就响了起来，按下接听键，才喊了声爸，就听公公喘着粗气说，玉慧，不好了，我就去了趟厕所的工夫，你妈就不见了。我说，爸，您别着急，我在广场碰到了妈，妈想睡觉，恐她在广场着了凉，我就把她推家来了，刚睡下。挂了电话，我笑着对婆婆说，您看爸对您多好，一会儿不见，就急得快疯了。婆婆哼了声说，他才不呢，要是真对我好，我就不会一直看那书了。我说那书好哇。婆婆说，书当然好，要是不好，这么多年，我能一有空就看吗？见公公进了门，婆婆就眼一闭转身背对着门睡了。公公见婆婆不理，就干笑着对我说，玉慧，你不知道，我可急坏了。我笑笑说，爸，您看着吧，我得走了。爸说，你抓紧走吧，别晚了。我刚把防盗门关好，就听屋里啪的一声，好像一本书落在了地上，接着就听婆婆说，上厕所也不说一声，要不是玉慧看见，我一头从轮椅上栽下来你就高兴了。又听公公说，你不是在看书吗？不就是三五分钟的时间吗？婆婆又说，三五分钟，几个三五分钟？骗子，大骗子，骗了我的青春，骗了我的梦想，骗了我今生今世，眼看不能实现了，又用这本书搪塞我，你是天下最大的骗子。我一定要勇敢地站起来，我一定要坚强地活下去，不达目的誓不罢休。婆婆要达到啥目的呢？活动的时间眼看到了，我不能再继续听下去。

　　活动结束，广场上华灯初上，回到家，亮亮在客厅看动画，公公在厨房忙着。儿子见我进来，说，妈，爸也回来了。我问，你爸不做饭，在哪呢？儿子头也不回地说，在跟我奶奶争电视。我一惊，在跟你奶奶争电视？儿子不再答话，我好奇地走到婆婆门前，侧耳倾听，果然娘儿俩在小声地吵。

丈夫说，妈，我求您了，就让我看一会儿。婆婆说，不行就是不行。丈夫说，就半小时，过了半小时，不结束也不看了。婆婆说，我也只看半小时。丈夫说，您看的那节目一天都放好几次，不在乎这半小时。婆婆说，你看的也是，现场直播完还有复播，复播之后，再播下一场时还要插入这一场的精彩镜头。丈夫说，无论是复播还是插播，都不如现场直播看得带劲。婆婆说，我也是，看第二遍不如看第一遍有趣。丈夫说，您天天看那一个台，还没看够？婆婆说，没有，内容天天变，我越看越想看，越看越爱看。丈夫说，您看了有啥用？婆婆说，我看了就对那地方更加了解。丈夫说，就是了解了又有啥用？婆婆说，谁说没用？我看了就知道那里昨天发生了啥，今天又有啥变化。丈夫说，知道了又有啥用？又不能到那里去。婆婆听到这话声音就高了，谁说我不能到那里去？这辈子，我一定要到那里去。丈夫说，好好好，您老人家能到那里去，就算是能到那里去，也没必要把着电视不放，又不是让您管单位里的监控。婆婆说，我倒真想管你们单位的监控，看看你个熊羔子天天在干啥，可我没有那本事，我只好在家里做我想做的事。丈夫说，您最想做的事就是看您那本书，您还是看您的那本书吧。婆婆说，那书上说的都是过去的事。丈夫说，现在各地都一个样，只有过去的种种才呈现出浓厚的地方味，您只要知道那里过去的事就可以了。婆婆说，不知道现在，就没法比较，光知道过去，就看不到前景，日子过得就没有心劲。丈夫说，我不想听您说这些，我只想看球赛，到底让不让我看？婆婆说，我也不想跟你说这些，我也想看我的节目，你到底出去不出去？丈夫说，您刚才明明让我看了，为啥我看着看着您就给关了？婆婆说，你看就看，为啥又蹦又跳又响天震地地喊叫？丈夫说，不是精彩吗？不是进球了吗？婆婆说，就是精彩也不能喊，就是进球也不许叫，影响到我了。丈夫说，好，妈，我的好妈，我再也不喊也不叫了，就让我接着看吧。婆婆说，我也想接着看。丈夫说，您接着看您的书。婆婆说，我都把书看好多遍了。丈夫说，再多读几遍加深记忆。婆婆说，我都倒背如流了。丈夫说，我不信您都倒背如流了，我提几个问题您要是都答对，我就让您看。婆婆说，不是让我看，是你不能再跟我争着看。丈夫笑笑说，对对对，是我不能再跟您争着看。婆婆说，明白就好，开始吧。丈夫说，把那本书给我。婆婆说，不行，这书里东西，以前我也教过你，你应该不会忘记，你就想起啥提啥吧。丈夫说，行，您听好了。婆婆说，少废话，抓点紧，别耽误我看电视。丈夫说，燕京八景。婆婆答，容易，琼岛春阴、太液秋风、西山晴雪、居庸叠翠、玉泉趵突、卢沟晓月、蓟门烟树、金台夕照。丈夫问，据《白塔山记》记载琼岛春阴中的琼岛正名是什么山？婆婆答，万寿山。丈夫问，居庸叠翠一景中的居庸指的是什么？婆婆答，居庸关。丈夫追问道，居庸关在哪里？京北南口之中。丈夫说，我不信问不住你。婆婆说，我的儿，你就问吧，难不倒你老妈的。丈夫说，卢沟晓月中的卢沟桥卧在哪条河上，这条河古名叫啥？婆婆答，卢沟桥卧于永定河上，古名无定河。卢沟桥始建于金大定二十九年，至金明昌三年始竣工，长二百六十余米，两旁望柱共二百八十一根，桥下有十一个桥孔，桥上两侧有形态各异的狮子……丈夫截住道，我没问这么多。婆婆说，你没问这么多，我也会，书上没有的，我现在也知道，你再问？丈夫说，我不问了，再问球赛就踢完了，妈，我的好妈，就让我看吧。婆婆说，那不行，你不问，那换作我问你答。丈夫说，你问我答？婆婆说，是，只要你答对一个就可以接着看。丈夫爽快地说，你快问。婆婆说，你先让我喝口水。

婆婆喝完水说，刚才你提的问题都是书上的，我现在提当今的，不过你放心，万变不离那地方。丈夫说，提吧，是一九四九年毛主席站在天安门城楼上庄严地向世界宣告了什么，还是现在天安门广场都有哪些标志性建筑？婆婆说，别自作聪明，你听好，这个城市电视台现有几个频道？丈夫说，我又不天天看，我哪知道？婆婆说，我告诉你，十四个，其中包含十个标清频道，一个高清频道，两个数字付费频道和一个国际频道。丈夫说，妈，可怜可怜儿子，请拣我会的提问。婆婆问，从二○一二年一月一日起，这个台的哪四个频道启用了新标识和呼号？丈夫说，重新提重新提，换别的换别的。婆婆说，重新提换别的你也不会，我先告诉你，这个台的卫视、青年频道、新闻频道、卡酷少儿卫视启用了新标识和呼号，还有，青年频道是以前的青少频道改的，新闻频道是公共频道全新改版的，新闻频道以"新北京，闻天下"为口号，全天实时滚动播出，生活频道上了一档新节目《北京话，话北京》，这个节目的核心概念是"北京话、北京故事、北京文化、北京精神"，首期推出的是《四合院里的北京精神》，我最爱看这个节目，你不知道吧？丈夫问，还提不提问？不提问我就开始看球赛了。婆婆说，你还没答对一个呢，你别急，明天亮亮再不让你看那台电视，我让你在这看重播，但前提是你得答对了。丈夫说，好吧。婆婆又问起来，贯穿长安街的地铁是几号线？东起哪里西到哪里？复兴门站可转往哪号线？丈夫说，妈，我不看了，您也别问了。婆婆说，你不是去过北京好几次吗？不是说这条线来回走了好几趟吗？丈夫说，哪次去都有人带路，谁注意这些？婆婆说，你大小是个官，出门有同事一起，可以不注意，你妈我是老百姓，真要能去，也没人跟着，我得事先有准备，到时，我想去天安门就去天安门，想去鸟巢就去鸟巢，想逛王府井就逛王府井，想登长城就去八达岭，我想去哪就去哪，谁也不麻烦。丈夫说，我哪能跟妈比？婆婆说，你以后回到家，别像你爹以前那样，进门就吆五喝六咋咋呼呼的，还以为我会像你小时候那样宠着你？不行了，你现在成家立业了，在单位上有领导周围有同事，回家上有老下有小，碰鼻子碰脸的还有左右邻居，在外为政要以德善行天下，居家要尊老爱幼体贴媳妇，你看人家玉慧，多好的媳妇，知冷知热的，说话做事都往人心里去，你动不动就吹胡子瞪眼算啥？丈夫说，弄了半天，您是拐

弯抹角地教育我。婆婆说，不教育你，你都不知天有多高地有
多厚，别以为我这段时间待在床上不知道，你要是不想让我和
你爸在这住就直说，我们明天就走。丈夫说，我可没这样想。
婆婆说，量你也不敢，看你的球吧，我看书。

　　我听到这，就笑着进了厨房。

　　上床睡觉时我问丈夫，妈看的是啥书？丈夫说，是闲书。
我问，总得有个名字吧？丈夫说，你这书迷是不是也想看这
书？我说，看妈捧着那书宝贝似的，我哪敢想？丈夫说，不敢
想就别问，睡觉睡觉。我打掉丈夫摸上来的手说，别碰我。丈
夫说，晚饭前，妈还夸你知冷知热说话做事都往人心里去，你
就不知我现在想干啥？我说，我咋不知你现在想干啥？可你得
先告诉我妈看的是啥书。丈夫眼一瞪，你烦不烦人？我也眼一
瞪，烦人。丈夫扑腾着扯了被子就要关灯，我没让，他就蒙了
头。我还是像往常一样，拿起下午顺道买的小说集《爱情到处
流传》看了起来。

　　这本书是北京一位叫付秀莹的女作家写的，年初以来，学
校语文组的女教师都在谈论这本书，出于好奇，就趁空上网搜
了搜。一搜才知，作者就是因《爱情到处流传》这篇小说而一
举成名，成了文坛新锐。她的小说不仅感情细腻，叙述有声有
色，而且很平常的事一经她娓娓道出，读起来就如有诗意在心
中流淌，最让我惊奇的是，我俩长相似孪生姐妹，因此我对这
本书有了阅读的欲望，便把电话打到教育局附近的席殊书屋，

接电话的营业员说卖完了，于是我就订购了一本。没想到刚进家门，婆婆就问我，你年前是不是出了一本书？我说是。婆婆又问，你前些天是不是去北京开会了？我说是。婆婆仍不罢休，你写书用的笔名是不是叫付秀莹？我马上知道婆婆误会了，就笑。婆婆见我笑，就自言自语道，这北京真是奇了怪了，还有跟俺媳妇长这么像的？随后又对我说，赶明你买本她的书看看，是不是也跟你写的一样。我说，妈，不一样，我写的是教学方面的，人家写的是小说。后来跟丈夫一说，丈夫笑过说，妈是魔怔在那地方了。我问，魔怔在哪地方了？丈夫脸一正，没你的事，该干啥干啥去。

如今拿起这书，想起旧事，就暗自笑笑，笑罢就读起来，大体浏览完两个序，就迫不及待地读起第一篇，谁知才读了开头"那时候，我们住在乡下"，丈夫就一把把书夺过压在枕下说，你到底睡不睡？我说，睡，你把书给我，我看完这一篇。丈夫说，要睡就快睡，别折磨人。我说，谁折磨你了？丈夫说，你不睡我睡不着。我笑笑说，那你告诉我，妈看的是啥书？丈夫说，你真想知道？我说，是。丈夫翻身坐起道，说来话长了。

听了丈夫的话才知道，婆婆上中学的时候就是学校文艺宣传队的骨干，高中毕业回村后，因各方面表现突出成了驿庙村第一生产队的妇女队长。当妇女队长没两年，婚事就提上了日程，婆婆放出话来，谁能让她到北京看看就嫁谁。那时，这个条件对许多深慕婆婆美貌四处托人说媒的小伙子来说，比上九天揽月下五洋捉鳖都难，于是求亲的人如潮水般涌来又如潮水般退去。有的退去了还不甘心，可不甘心也没用，当时每天拼死拼活连一日三餐都挣不饱，谁有闲钱上北京？还要到处转悠几天才回来，那得多少钱？婆婆爹娘一见门庭陡地冷落下来就慌了，可慌也没用，婆婆就是不听劝，仍固执己见，还说，如果男人连这点勇气都没有，往后的日子还能好到哪里去？以后的日子好不了，我还结婚干啥？看着一般大小的一个个都出了嫁，就是没出嫁的也找到了婆家订下了亲事，婆婆的爹娘就再也存不住气了，四处托人说合。每有愿见面的，婆婆也去见，见了长相说得过去的，婆婆就问，你能带我去北京吗？那人一听先是支吾，见支吾不过去就起身走了。回家爹一知道就大发雷霆，你说你个闺女家去北京干啥？难道那里有你的魂？婆婆针尖对麦芒，那里就有我的魂，我去北京就是去找我的魂，伟大领袖毛主席不仅是我们大海航行的舵手，更是伟大时代的灵魂性人物，我要去见毛主席，我要亲眼看看他老人家生活的地方到底好不好，你不让去，就是不关心毛主席，就是阻碍革命青年实现革命理想。上纲上线了，婆婆爹就不敢再说什么。过后没几天，在镇里工作的公公就上了门，进门对刚放工回家吃饭的婆婆说，我能带你去北京，我向我们伟大领袖毛主席保证，一定实现你的愿望。婆婆放下肩上的铁锨，瞅着眼前这个经常跟着镇领导下村检查，自己早就心向往之的青年说，你洗洗手在我们家吃饭吧。

可无论是婚前还是婚后，公公并没有带婆婆去北京，婆婆之所以没追究，是因为当时全镇上下正热火朝天地抓革命促生产，大小是镇里和队里干部的公公婆婆，当时就是有那个经济实力也没空去、不能去，按当时婆婆的话说就是，革命形势一片大好，我们现在的任务是齐心协力做好榜样带好头，一切私心杂念都要靠后，好在我们是早晨八九点钟的太阳，好在我们的前途无限光明，好在我们来日方长。后来就生了大姑姐、二姑姐和我丈夫，这期间，婆婆一直被家里老的、小的还有后来分的责任田缠着，公公又整天不是开会就是出差，有时十天半个月都不见回家，哪还有指望？不过，公公只要去北京，就给婆婆尽量多地捎回一些有关北京的吃的用的和看的，那本书就是二〇〇〇年公公从镇纪委书记的位置上内退下来前去北京买来的。婆婆每次接过公公从北京捎来的东西都说，你以为这些就把我打发了？我是不会忘记的，你一直欠我的。公公婆婆捎来的东西，几乎都被孩子们传没了，唯独那本书，婆婆任谁也不让碰，自己一有空就看几页。包书的皮子，先是用报纸、牛皮纸，后来就改成前一年的厚挂历纸，而且一月一换。好在那时候两个大姑姐都相继上了班，后又结了婚，我丈夫也到了高三最后的冲刺阶段，自己的事都忙不完，哪还有闲心看婆婆的书？要不是那段时间婆婆隔三岔五地鼓动我丈夫考北京的大学，还强调北大、清华二者必选其一，我丈夫哪里会知道那本书里都是啥？为加深我丈夫对北京的了解，高考完去大学报到的那段时间，婆婆总向他灌输那本书里的内容，先是介绍，后来就提问。我丈夫要是不感兴趣，或是所提问题答不上来，那么后来他冷不丁地冒出的异想天开的和非分的要求就自然得不到满足。久而久之，我丈夫就看出了其中的门道，为达目的就极力迎合，有时还反过来提问婆婆。提问时不像婆婆那样直来直去，而是将书中犄角旮旯处，婆婆不大注意的内容拆开自编成问题，比如，涉及书中"新春谈联"这部分内容的，要是婆婆提，就是"风袅炉烟移昼漏，月临书幌正宵衣"是圆明园哪个轩的对联？我丈夫提时就问，圆明园多稼轩的对联是什么？或者是，"月临书幌正宵衣"的上联是啥？要是婆婆能答出来，我丈夫会再问一个，里面的"漏"字咋讲？婆婆若说书里没说，我丈夫就会说，书里是不是有这个字？既然有，就得知道是啥意思。再比如，书里"岁朝清供"中有介绍梅花的内容，要是婆婆问，就是北京梅花以种类分有哪三种？轮到我丈夫提，他就会说，北京梅花分为白梅、红梅和粉梅三种，其中叫绿萼的是哪一种梅？初次提，婆婆会一愣，接着马上说是真六安白梅。我丈夫不等婆婆问对不对，立刻又问，毛主席的名句"待到山花烂漫时，她在丛中笑"出自哪首词？写于一九六一年几月？婆婆答不出就故意怒骂，你个熊羔子有意难为我，想穿新衣服没门。我丈夫争辩道，从书上得来的知识要举一反三，如果我也像你，只知道一加一等于二，二减一却不知等于几，不学着触类旁通，我还考啥北大、清华？婆婆听了，觉得儿子说得很有道理，就说，新衣服不光买还要买两身给你替换着穿。时间一长，我丈夫对那本书简直可以说是烂熟于心，婆婆有一次吃饭时对公公说，怪不得人家说，书读百遍，其义自见，读得多了，不仅书中知识掌握了，不少书中没有的知识也能知道。公公就

看着婆婆点点头笑笑说，我就知道，那本书我买对了。婆婆眼
一瞪，对个屁，我是不会忘记的。

　　尽管我丈夫格外努力，结果还是没如了婆婆的愿，我们一
起就读于省里的一所师范大学。毕业回到镇里那年，我丈夫考
了公务员改行到镇政府上班。遗憾叹息不止的婆婆无力扭转乾
坤，就把心思先后用在了大姑姐、二姑姐的孩子身上，谁知刚
把大姑姐、二姑姐的孩子熏陶到该上学，人家又跟着丈夫带着
孩子，一个去了南京的婆婆家，一个去了上海的婆婆家，于是
婆婆又寄希望于才出生的亮亮。于是老家的房子，按照婆婆的
旨意，被闲居在家的公公翻盖成了北京的四合院。为更多地得
到有关北京的信息，婆婆先是让公公装了有线电视，后又买了
电脑联了网，并规定，电视只能看北京台，她跟亮亮一起上网
也只搜索有关北京的内容。此外，只要她发现北京又有了新变
化，房子里清一色跟北京有关的贴挂，包括客厅的北京地图，
都要想办法更新或补充，托人捎不回来，就让我丈夫从网上订
购。特别是亮亮的房间，简直成了北京图片展览馆，不但图片
及时增加，还适时指给亮亮说，这是故宫、这是颐和园、这是
万寿寺皇家寺庙，这是天安门、这是人民大会堂、这是中南海，
国家领导人在的地方，这是改造后的王府井步行街、这是国家
大剧院、这是现代文学馆，里面有好多国内著名作家的手稿，
这是亚运村、这是水立方、这是鸟巢，在北京奥林匹克公园内，
是二〇〇八年北京奥运会主体育场，这是……没等婆婆再说，

亮亮就抢先道，奶奶，我知道，这是卢沟桥、这是万里长城，不到长城非好汉，这是北京大学、这是清华大学、这是北京科技大学，我将来要去北京上大学，这是火车南站，我们去北京下车的地方，这是西直门长途汽车站，由此可以去锡林郭勒盟大草原，这是北京国际机场可以去世界各地，我不仅要带你去北京，还要带你走遍全国，再到世界各国转一圈。每到这个时候，婆婆就会抱起亮亮一个劲地亲，边亲边说，好孙子，比你爸爸强，比你爷爷更强。这还不算，为了让亮亮把普通话说得更好，不但自己学说普通话，连公公也让跟着学，并杜绝在家里用家乡话交谈。没想到，我成了局外人。

我本是傍湖镇中心小学的一名教研员，跟丈夫结婚第二年参加了县教育局举行的小学校长公开竞聘，被调到县直第二实小任副校长，公公婆婆当时都住在距老家不远的镇政府家属院。我们结婚时，考虑到工作方便，就把政府家属院的房子给了我们，两人回了老家。刚到县城上班时，我买了月票每天城里乡下两头跑，在镇里当纪检委员的丈夫每天都在我到家前把饭做好，虽然每天来回奔波挺累，但由于新婚生活的甜蜜，也就没觉着什么。后因工作太忙，再加上两头赶时间确实紧张，就在学校附近租了房，有时丈夫来县里应酬，晚了也留在县城。若不是过于思念亮亮，有时双休日也不回乡下，因此对婆婆了解很少。要不是丈夫今晚告诉我，我还以为每次回老家都有种去了趟北京，走进北京胡同平常人家的感觉是公公所为，并还打心里一个劲地感叹，到底是见过世面的镇里干部，就是退了也让家里与时俱进、与北京同步。

我又问丈夫，你拖泥带水说这么多，还没告诉我那本书的书名呢。我丈夫好像谈兴未尽，仍接着说，爸妈原以为亮亮一来县城上学就有闲空了，打算收种完秋庄稼错过国庆节的旅游高峰期，到北京尽兴地转转，没想到你又插了这一脚，还接二连三地出了这么多烦人的事。我听到这气腾地就上来了，再也不问那本书叫啥名，就说，你意思是说我没事找事，我是所有事的始作俑者，我是所有事的罪魁祸首？丈夫见我红颜大怒陡起风雷，就拥着我说，没这么严重，说准确点是好心把事办坏了，可以理解，可以原谅。我猛地一挣脱，说，滚一边去，然后指着被甩下床的丈夫说，我要是好心把事办坏了，你就是蓄意让家里天天不安宁。丈夫爬起来问，我咋又蓄意让家里天天不安宁了？我说，你明知妈骨折了心烦，还故意三天两头不着家，太阳从西边出来一样早下班一回，横草不摸竖草不拔不说，还故意跟妈争电视气她，我砸烂你的屎。我说着把一只枕头向他扔了过去。丈夫接住，腾出一只手竖起食指放在嘴边轻轻嘘了一声，我马上意识到，天这么晚了不该发火，就转身睡下。丈夫上了床一往我身边靠，我就往一边躲。丈夫见任凭自己以前哄我高兴的伎俩用尽也没成功，就说，其实我每天也想尽早回家，可身不由己，我每次早回来都想为家里做些啥，可每次回来一看到妈坐在床上不是看电视就是看那本书，我心里就难过，难过这么多年，连亮亮都跟我们去过北京好几次了，妈却一次没去过，还始终心不甘，心不甘，还从没提过要求，就自己闷着，我不想让妈这样闷着，就故意到妈面前跟她磨牙斗嘴，只要妈不看电视，不看那本书，跟我接腔，哪怕无中生有不着边际地训我几句或是骂我几声，我都高兴。

我听着，先是心头一热，继而串上喉头，眼里就汪满了泪水。再后来，我就转身扑在了丈夫怀里。等情绪平复下来，我对丈夫说，等妈腿好了，我一定要带妈去北京。丈夫说，对不起，我以后再也不动不动就向你发火了。

俗话说，伤筋动骨一百天，婆婆的腿没到一百天，就让把轮椅捐给了县残联，开始自己练步。为了让婆婆尽快恢复，我每天晚饭后再去跳广场舞就让婆婆也去。婆婆不敢跳，我就陪她围着足球场转圈，等婆婆健步如飞后，我又建议她跳广场舞，我一看她犹豫，就把决定五一节陪她去北京的信息透露给她，婆婆听后自然高兴，一高兴，也不说自己愿不愿意跳广场舞，却问我最喜欢唱啥，我曾听丈夫说过，这个问题婆婆以前也问过公公，问过他和亮亮，就答，我最喜欢唱《我爱北京天安门》《北京的金山上》和《挑担茶叶上北京》。婆婆更高兴了，也不管耀眼的广场霓虹灯下身边众人走来串去，就亲昵地揽着我说，到底还是咱娘俩亲。我笑笑说，亮亮就不跟您亲了？婆婆说，亲是亲，我问他，他却说最喜欢唱《谁是我的新娘》。我旁若无人地大笑，笑完，婆婆说，还有北京，他说他最喜欢《牵挂你的人是我》，你说他一个镇干部咋喜欢这么腻腻歪歪的？北京是我丈夫的乳名，《牵挂你的人是我》是我们俩爱情的见证，我不好把这些告诉婆婆，脑子还开了小差，想没回家吃饭的丈夫晚上去了哪里、现在回家没有。婆婆见我不说话，又说，你爸更邪门，一问就说喜欢《老包铡美》，再问就是《三大纪律八项注意》，这家里只有咱俩志同道合。再不接婆婆的话不行了，我赶紧说，谁叫人家说婆媳同心呢？婆婆又亲昵地紧搂了一下我说，你跟我来。我不知道婆婆要去哪，见婆婆已在前面走，恐她有闪失，就急忙跟了上去。

到了婆婆看书练腿的那片竹林前，婆婆就唱着《我爱北京天安门》跳了起来。随着婆婆充满童真的歌声，我记忆的闸门哗啦一下子打开了，我回到了载歌载舞的童年，我想起了小学烂漫如花的日子。婆婆一曲跳完，就让我跟着学，我先是扭扭捏捏跟着模仿，渐渐地就找到了感觉，两遍不行再来第三遍。回家时我问婆婆，这么多年了咋还没忘？婆婆说，其实我一直没丢。我问，咋没见您跳过？婆婆说，我跳的时候你们看不见，有时是家里只剩下我自己的时候，有时是在心里比画，在心里比画的时候最多。

第二天婆婆又教了我《北京的金山上》，第三天教了我《挑担茶叶上北京》，第四天教了我《北京颂歌》，第五天我们连起来把四首曲子跳了一遍，婆婆见我跳得跟她一样熟，就夸我学得真快，我说主要是妈教得好。婆婆说，就是教得再好，没有基础也跳不成这样。我就实话实说道，我上学时学的跟您教跳的动作一样。婆婆惊讶地问，和我教跳的一样？教你的老师是谁？我说了小学音乐老师的名字，没想到婆婆哎哟一声，我以为她愈合的骨折处又有了不适，慌忙扶她，她摆摆手说，没事，那可是我的中学同学，她现在在哪呢？要是能联系上，约个日子我们见见面。我说，她退休后到外地看孙子去了。婆婆说，这个年龄都这样，去就去吧，咱再接着跳。

当晚跳完回家的路上，婆婆说，教我们的老师是从北京下放来的音乐老师，她来那年，好心的校长担心她自己一间宿舍害怕，建议她在住校的学生中找个做伴的，她就看中了刚上初一的我。从初中到高中，我一直给她做伴，她不仅把我选进了学校的文艺宣传队，晚上还给我讲北京的名胜古迹、风俗人情，她说她在北大上过学，还说北大的校园叫燕园，每逢周末都跟同学结伴从燕园去毗邻的圆明园、颐和园，在昆明湖荡舟时还一起唱《让我们荡起双桨》，唱《听妈妈讲那过去的事情》等好多歌曲，有时还去清华园会中学的同学。我问她清华园是不是清华大学的校园，她说是，并进一步解释说，清华园原是康熙年间所建的熙春园的一部分，道光年间，熙春园被分成了东西两个园子，西边的叫近春园，东边的仍叫熙春园，咸丰当皇帝后把东边的熙春园改成了清华园。我就是从那时起有了想去北京的愿望。

我问婆婆，北京那么好，您音乐老师为啥到咱这里来？婆婆说，犯了错误。我问，那么好的大学毕业的学生能犯啥错误？婆婆说，她在北京一个中学教书时，因业余时研究搜集八角鼓、岔曲、莲花落等旧北京的曲艺而被打成了右派。我追问道，后来呢？婆婆说，我毕业后还去学校找过她几次，"四人帮"被打倒给她平反回去时，我还送过她，以后就再也没了她的音信。我又问，您知道她在北京啥地方住吗？婆婆想了想说，在地坛附近，就是病逝没多久的轮椅作家史铁生写的那个地坛，她要是还活着，我要是能去北京，兴许还能见到她。我说，音乐能让人年轻，您一定能。婆婆说，但愿吧。

进了小区大门，我又问婆婆，您知道北京曲艺中的八角鼓是咋回事吗？婆婆答，我当然知道，那本书上，不光我刚才提到的都有，连夯歌、滦州影戏、北京评书和瞽人艺术等都介绍得很细。我装作不知道地问，哪本书？婆婆在路灯下停住问，你不知道我那本书？我摇摇头。婆婆说，你咋能不知道呢？我问，是不是那次在广场我想看，您偏藏起来的那本？婆婆说，是，可好了，去北京，不看那书，就是去一百趟也等于没去，到家我就拿给你看。

回到家，婆婆帮我打发了喝多酒的丈夫睡下，就回自己房间随手把门关了。接着学校工作就忙了起来，书的事没有再提。

第二天正好是周六，我早饭后去菜市场顺便拐到音响店买了个在老年人中流行的播放机，回家取出内存卡，在网上依次下载了《我爱北京天安门》等四首歌，放给正根据那本书上的介绍做"鸡丝巧冻"这道菜的婆婆听，婆婆兴奋得一个劲地说，这样跳起来更能找到以前的感觉了。晚饭后一到广场老地方，婆婆就按下播放键让我跟她一起跳。开始时，婆婆还穿着外套，跳着跳着就在两曲间隔把外套脱了，放外套时看见有不少年龄相仿的人也在跟着跳，就指给我看，我一看，也像婆婆一样来了精神，本打算顺着曲子跳两遍就结束，结果多跳了两遍。关上播放机，婆婆还对跟跳的人说，如果有兴趣，明晚就到这斜对面的正阳小学门口去，那里宽敞。

星期天晚上，不仅跟跳的，老的少的都有，闻声围上来看的人也挤得风雨不透，婆婆自然成了领舞。后来的日子，我有时因工作关系不能跟婆婆一起去跳，婆婆就让公公跟去负责播放。一时，婆婆的名字在广场尽人皆知。

转眼五一节就到了。四月二十八日，跳舞提前回来的婆婆收拾好去北京带的东西就给那本书换皮子，我下班回到家看到后，满怀着歉意地把刚接到的学校让我放假加班的消息告诉了婆婆。婆婆听了，正忙着的手就愣住了，随后对我说，不能去就不去，多少年都过来了，哪还在乎这一时半刻？你看我天天读着北京的过去、看着北京的现在、吃着北京的饭菜、住着跟北京一样的房子，不就像天天生活在北京吗？我说，妈，这不一样。婆婆停了停又说，其实去不去北京都无所谓，只要心里有这个想头，日子就有了奔头，有了奔头，啥烦恼的事就再不往心里放，一不往心里放，就是再平常的日子，也会顺风顺水有滋有味，再说了，我要是去了，我那帮子跳舞的不就散了？你说是不是？我答，妈说得极是。

婆婆又低头包她的书皮，可她的手却抖个不停，那本书便从没包好的书皮中脱落在地上。我赶忙拾起来一看，书名叫《北京通》。

进城陪读的父亲

　　过完年，父亲说，他要和母亲搬到县城住。

　　正准备去学校的我立马愣住了，转脸瞅瞅一样愣在旁边的妻子淑翠，没有找到原因，就想问父亲，可父亲既然有这种想法，肯定有很充分的理由，即使问出认为不妥也无法阻止，索性不管三七二十一先坚决表明自己的态度，再想办法让父亲打消念头，便对父亲说，你和娘都是快奔七十的人了，又从没在县城住过，你们到那，人生地不熟，平常又没人照顾，更何况现在的县城车多人多，我放心不下，不能去。父亲说，你说不能去就不能去了？我说，坚决不能去。父亲说，你说的不算。我说，不管我说的算不算，你和娘都不能去，再说，你和娘一去县城，家里就淑翠一个人，别的且不说，就是咱家的六个设施菜大棚，淑翠也忙不过来。父亲说，菜不种了。我一惊，这设施菜比做生意都保险又赚钱，难道说不种就不种了？父亲说，说不种就不种了。我说，不种，地荒了可惜，地里的设施更可惜。父亲说，转包，再不就入股。我问，转包给谁？入谁的股？父亲向我手一挥，上你的班去，说了你也不懂。我说，正因为不懂，我才问，不说清楚，更不能去，我这班也不上了。父亲脸一正，家里现在还不是你说了算的时候，我想去哪里，就去哪里。我火气腾地上来，却被淑翠按住。淑翠说，你发啥火？爹想去自有他想去的道理。我说，有啥道理？简直是异想天开，都这么大岁数了，还这样！父亲说，你再说一遍？淑翠推了我一下，对父亲说，爹，别生气，你还不知道他这嘴，平常说话，有哪一句让人喜欢？你和娘想到县城住就去，换换环境，享享清福，也是我们做晚辈的福气。父亲指着我说，你听淑翠说话，亏你还当了这么多年老师，真不知道你在学校里是咋教学生的。说完就往门外走。我说，我咋教学生是我自己的事，你想去哪里是我们全家的事，全家人不同意，你也去不成。父亲猛一转身，你小子给我听仔细，同意不同意是你的事，愿不愿意去是我自己的事，我就想到县城当一回城里人，你拦得住吗？我告诉你，你想拦也拦不住，咱看谁说的算，要不，就分家，你过你的，我过我的。

　　我放下电动车，去追出了门的父亲。淑翠一把抓住我说，你不上你的班，干啥去？我甩开她的手说，你别管。淑翠又一把拉住我说，听见了风你就以为是雨，说了个棒你就以为是针，

爹只是顺嘴说说，你跟他较啥劲？他万一真生了气，气出个好
歹来，你有什么好处？我说，巴不得是顺嘴说说，可要是真的，
那就麻烦大了。淑翠说，你看你，芝麻粒的事从你嘴里出来就
能震惊中外，就是真到城里住，又有什么大不了的？我说，大
棚菜不种不说，家里的鸡鸭猪羊不说，光三个孩子上学吃饭就
够你忙的！淑翠说，你看村里不少人家都是妇女在家，人家能
行，难道我就不行？你要不放心，你就趁早调到咱镇里来，一
日三餐，我侍候你。我说，难道我不想调回来？我做梦都想。
淑翠说，那就抓紧想办法暑假后调回来，我也好有个帮手。我
说，你是教育局长还是我是教育局长？淑翠说，生就的死眼珠
子肉眼皮，你当了教育局长，更不会把自己调回来。我说，别
扯这么远，先解决这火烧眉毛的事。淑翠说，你看看你，八字
还没一撇，就火烧眉毛了，你别急也别躁，先上你的班，我抽
空问问咱娘，看咱爹为啥要去城里住。我说，别打听，一句话，
说啥也不能去。淑翠说，不知道为啥，咋想办法拦他？我猛然
醒悟，就是，爹为啥要到城里住？淑翠说，我如果知道还要
问？我说，刚才爹也没。淑翠说，你刚才比皇帝嘴都大，容
咱爹说了吗？说过你多少次，你就记不住，人一上年纪，都成
了老小孩，只能顺着哄，不能硬顶，你偏记不住。我自知理亏，
没有接，淑翠又说，其实，咱爹真要坚持去，就让他去，教了
几十年书，退了的这几年，又一直没闲着，该让他和娘歇歇了，
世上还有挣完的钱？我说，到城里住，咱那里有房子吗？就是
有房子，这么大年纪住在那里，咱不在身边，能放心吗？就是

能放心，村里人不说我们吗？淑翠说，没有房子咱就租，租不到合适的咱就买，在城里弄了房子让老人享福去，谁能说我们什么？

听了淑翠的话，我突然对淑翠有了看法，是不是淑翠不想让爹娘与我们一起住了，是不是她以往说话做事让爹娘看出了什么？可如果淑翠有想法也该先跟我说，但从没听她向我提起过，是她以前表现出来了我没往这方面想，还是她有意背着我在一步步达到自己的目的呢？爹娘真要去了县城住，在外打工的两个妹妹知道了，我如何解释？火气再次升腾。我盯着淑翠，想着如何从淑翠的身上找到爹娘要到县城住的原因。

淑翠见我不说话，就问，你看着我干什么？我说，你是不是很赞成咱爹娘到县城住？淑翠说，如果爹坚持，我支持。我说，如果我反对，你是不是也会极力劝我也支持？淑翠说，你这话什么意思？我猛地把身边的一只红色塑料水桶踢到一边，说，是不是你早就蓄谋已久？淑翠一惊，稳住自己说，李如金，你把话说清楚，我不明白你的意思。我更加气愤，握紧拳头步步紧逼，孩子给你看大了是不是？帮你把钱存足了是不是？正想冲出拳头教训教训这个毒妇，没想后背挨了重重一掌，接着娘的声音直捣我的耳鼓，一个星期来家一趟，横草不摸竖草不拔，你有什么功？凭什么打人？淑翠咋又惹你了？我看你敢碰她一个指头。没等我转身看看娘在哪个方位，娘已站到我和淑翠中间，瞪着我说，该上班不走，在家耍什么威风？拿俩工资就以为自己是县长了是不？咋厉害的？见我不说话，又转脸问

淑翠，他又发的哪门子贱？淑翠说，娘，没事，爹要搬县城去
住，如金误会了。娘又转身说，如金，这事我知道，跟淑翠没
牵扯。我问，娘，你们真要到县城去住？娘说，不能去吗？我
说，能去是能去，就是县城现在高楼大厦那么多，出门爬高下
低的，多不方便！娘说，我跟你爹正商量着，还没定下。我说，
在家住得好好的，为啥要去县城呢？娘说，宝子在县城上学，
你爹不放心，想去照看他，明年好让他考个好高中。淑翠说，
如金，听见了吗，咱爹都是为了你儿子，你刚才还冲爹发火。
我说，考好考不好，在于他自己学不学，以前，爹上学时饭都
吃不上照样门门功课考满分，我上学时刚分地，也没让谁看着
照样考第一。娘说，以前家里穷，有心没有力，现在日子红火
了，就不该让孩子再受那份罪。我说，你们一走，菜没法种了，
家也不像个家了。娘说，你爹说，菜到时没法种就不种，孩子
却耽误不得。我说，娘，儿孙自有儿孙福，你和爹都这么大岁
数了，还操这份心。娘说，话是这样说，可心里不能不想，人
心无尽呀。你爹说，有条件达到的，我们一定要通过努力去争
取，至今，你爹只要一提起你们兄妹三个，就会说自己教了一
辈子书，却没把自己的孩子教出来，这是他这辈子最大的失败。
我说，我们现在不是都很好吗？娘说，你爹说，如果当时能在
你们三人身上多用点心，你们可能会比现在更好些。你们三个
中，就你进了大学，还是个白眼狼，动不动就对淑翠吹胡子瞪
眼动拳脚，这个家要不是淑翠啥都撑起来，你能安心在学校教
书？以后再这样，我饶不了你，你爹更饶不了你。淑翠说，娘，

别说他了，快让他走吧。

　　俗话说，开学三天松。可我一到学校，学校就像拉开的弓，一天比一天紧。我们学校的省现代化示范初中评估验收进入倒计时，我因被抽出来专门准备文字材料，整天忙得头昏脑涨，别说有时连着两个星期都不回家，就是回家也是匆匆拿了替换的衣物就走，连句话也顾不上说，娘说家里啥也别想指望你，淑翠说你是不是把家当成了旅店？每次回家都不见父亲，他要到县城住的事，我自然早就抛到了九霄云外。淑翠的电话总是在周五的晚上定时打过来，先是问我这周还回不回家，再就是问这周伙食咋样，能不能吃好，身子胖了还是瘦了，等等，我一听就烦，如果正忙着，我二话不说就把手机关了，如果不忙，我就说，你是迂魔还是神经病？我又不是三岁两岁的小孩子，你也不是七老八十了，烦不烦？淑翠听完稍一停，又说，爹娘这星期都好，宝子往家里打电话说头回月考考了全班第一名。家里六个菜棚，两棚长茄已近扫尾，除了开支，赚了五千多，两棚豆角才摘了三次就收回了成本，两棚黄瓜头茬摘的让上海的菜贩子每斤两元拉走了。我一听这便高兴起来，就说，谢谢你淑翠，我这段时间忙，不能回，你一定要把家里照管好。有时想起爹要进县城的事，就顺口问一句，淑翠总是说家里正忙着，爹哪有闲心提这事。我听完就挂了电话，然后对自己说，人一上年纪，想啥就说啥，说完就忘了，有时我还责备自己那次太当真。可有时又想，父亲的想法也不是没道理，真要在县城弄个房子住下来，既能照顾宝子上学，还能闲下来散散心，毕竟忙了大半辈子，也真该享享福了，若逢星期，自己也可直接去县城，一来看看爹娘和宝子，二来也可让自己与城市生活接轨，换换环境，放松放松。但想想也只是想想，父亲哪能离开自己一手建起来的菜棚子呢？

在我的记忆中，父亲总是能把别人认为不可能的事，做得风生水起。三年困难时期，人们都在为吃饭而发愁，父亲却用学习转移饥饿，六十年代初考进县师范，有时一天只吃一两个红芋面掺榆树叶子蒸的窝窝头。父亲的成绩在班里出奇地好。每星期回家带饭，从县城到家六十多里，他从没坐过车，都是兴冲冲两腿跑。第二年学校解散，父亲回家在村里当了民办教师，他无论教几年级，从来都不给学生布置课外作业，自己却在晚上用学校给学生印讲义做补充练习的蜡纸刻印中外名著中的精彩片段发给学生读。父亲的行为引起学校领导层的不满。可每当上面抽考或竞赛，他班里的学生又都能获得最好的名次。因为他对教学的独特偏执，就是他从八十年代中期转成公办教师后，晚上也很少给我们兄妹仨辅导功课，甚至可以说从没有过。

五年前，父亲从村里的小学校退了下来。几十年养成的家里学校两点一线的生活乍一改，还真不习惯，每逢星期，我一回家，父亲就让我打听打听哪个学校需要临代教师，他可以做。我说，退了就歇着吧，还做什么临代？父亲说，我这不是闲着没事吗？身体又不是不允许。我不耐烦地说，要找你找，我没空。此后父亲再不问我，后来听淑翠说，父亲自己找过几回，还向县教育局的一个老熟人打电话问过，那熟人说，现在全县学生上学高峰已过，在职教师都用不了，哪还有临代可做？父亲才罢休。可到底闲不住，他买了个电动三轮车替淑翠接送上学的孩子，让淑翠到村里电子厂上班。那年秋后，趁村里实施产业结构调整的机会，他把家里的一块责任田改成了设施菜，又拿出教学的那股认真劲一头扎了进去。没想到春节时一亩黄瓜不仅收回了所有投入，还赚了一千多。喜出望外的父亲拉了黄瓜架又栽上了特种长茄，春后又得了两千元，还因此上了县里的报纸、电视。一举成名的父亲在村里的协调下扩大了规模，收购了邻近的三个菜棚。淑翠见父亲忙不过来，就辞掉了电子厂的工作。一次县电视台的记者问他，同样的地块，你种的菜为啥这样抢手？父亲笑笑没吱声，又问淑翠，曾在村里小学做过代课教师的淑翠说，爹种菜跟别人不一样。记者又问，哪地方不一样？淑翠说，一是爹种菜不用化肥，所用肥料全是在周围村子、学校收购的人粪尿和土杂肥，虽然没有用化肥的产量高，可菜的味道正，一来二去，菜贩子就围上来了，名声也就传出去了。记者又问，还有呢？淑翠答，爹爱看有关生态蔬菜种植的书，还常看电视逛集市掌握蔬菜行情。这次的记者采访，我是在学校读报时知道的。此后，父亲又收购了两家无人料理的菜棚，成了村里的蔬菜种植技术员，到别人的菜棚指导，在镇里举办的培训班里讲课，一时在镇里传为佳话，父亲也说，这是他生命的第二个春天。你想，把种菜视为他生命第二个春天的父亲，能丢下自己的菜棚到县城去吗？

但在我们学校被评估验收完的第二天早饭时，我接到了已上小学五年级的小儿子的电话，小儿子说，爷爷带着炸弹去县城了。我大惊，你再说一遍？就听淑翠说，别听他的，哪有什么炸弹！就听小儿子又说，这大热的天，爷爷用电动三轮带了满满一罐煤气，不仅是带着炸弹，还是带了个定时炸弹。淑翠又说，你再胡说，你爸回来又得揍你。我听出头绪，就对小儿子说，把电话给你妈，你赶快上学去。接着我就问淑翠咋回事。淑翠说，爹先搬到县城去了。我又一惊，你不是说他忙得没空提这事吗？淑翠说，从你们吵过，爹确实从没提过，可总是隔三岔五地骑着电动三轮车出门，也不知去了哪里，一回来，不是说县城这几年变化真大，到处都是花花绿绿的，天天像过节办喜事，都快认不出来了，就是说宝子上学的一中比他和你在那上学时还漂亮，附近的居民小区也一个比一个好看，别说住里面，就是看看心里都幸福，还说县城原来只有一道街，吸根烟的工夫都能走来回，现在纵横开了好几道，真要逛一遍，两三天都逛不完，不搬县城住，这辈子真是白活了。听多了，我才知道，他是去县城了，可又不好问去做啥，就没对你说，今早爹才说，没想到他在县城啥都办妥当了，他说他先去适应适应，过段时间再让娘去。我问，住呢？淑翠说，爹说实小附近，离一中不远。我又问，是楼房还是独院？淑翠答，爹说是独院，先租了住下，以后再说。我听到这心里那个火，可又不好对淑翠发，就压住火说，说走就走，菜棚就这样扔下不问了？都这

么大年纪了，咋还想到啥就干啥？淑翠说，你还不知道，咱这
片菜棚让徐州的一个蔬菜公司包了，种、收、卖都不用我们操
心，咱的菜棚是入了股的，不仅年终有分红，我在里面负责技
术指导还另拿工资，收入不会比以前差多少，你就别操这个心
了，该让爹歇歇了。我说，既然已经定了，就这样吧，你平常
一定得抽空去县城看看，该买的帮着买齐全，该洗该换的也帮
着洗好换齐备。淑翠说，那当然，只是今天公司来人，作为咱
家股董代表，我离不开，你看你是不是请个假去县城看看，毕
竟满满一大罐煤气，天又热。我说，煤气不能在县城买？淑翠
说，爹说县城的贵。别问了，你赶快去。我说，咋跟爹联系？
他又没手机。淑翠说，有，爹说昨天在镇里配的，手机没花钱，
充话费送的。我说，别啰唆了，把号码给我。

　　出了校门，尽管不到八点，五月的太阳已经有了相当的热
度。我坐上过路客车，眼前总是闪现父亲骑在电动三轮车上那
前倾的背影和他身后那罐不停晃动的煤气。尽管城乡之间已全
都铺成了水泥或柏油路，万一在躲闪来往车辆时车把摆幅过大，
或是一边的车轮轧上了一块砖头、石块，那煤气罐是不是要与
车厢剧烈地碰撞？一碰撞，罐中的煤气是不是像圈了很久的疯
狗暴怒得四处撞击？撞击产生的气压是不是会让罐里的压强再
度增高？压强越来越高了，煤气罐是不是能承受得了？不能承
受得了不就是小儿子说的定时炸弹吗？县城的煤气就是再贵又
能贵到哪里去？我让司机再开快点，明明加速了，可还是觉得

慢，又让司机再快，几次下来，司机转脸瞪了我一眼不再理我。我没办法，只能心里暗暗发誓以后说啥也要买车。可远水能解近渴吗？父亲不是没事找事吗？

我平时有个坏毛病，心里一急手心就出汗，手心一出汗，全身就不自在，全身一不自在，就觉得浑身的汗毛眼成了黄河的决口。找到父亲时，我早已是大汗淋漓，可父亲正坐在电扇下挺惬意地看着我。先是放了心，继而一股无名火莫明其妙地腾空而起，我问父亲，那罐煤气呢？父亲说，在厨房里。我说，你省几个钱不孬，一家人都差点让你吓死。父亲说，有什么可害怕的？又不是定时炸弹。我说，天这么热，晃晃荡荡几十里，不是定时炸弹是啥？父亲嘴一撇，就你心眼小，不就是一罐煤气吗？我说，不就是一罐煤气吗？不能到县城再买？父亲腾地站起，你风风火火追我来，就是来跟我吵架的？在县城买，你知道哪家的好？不好的煤气买到家里，耽误了宝子的饭咋办？我几十里路顺便捎来，又不费啥力气，还落个心里踏实，有啥不好？你叨唠啥叨唠？

我还能说啥？便屏住嘴，紧咬牙关，浑身直抖，满心里埋怨淑翠多此一举。正在这时淑翠的电话打了进来，我像抓着了出气筒，狮子般怒吼起来，你叨唠啥叨唠，不就是一罐煤气吗，有啥好担心的？就你心眼小。说完啪地挂断电话。父亲指着我哈哈大笑起来，你小子真行，把我的话倒过来又说给淑翠。笑完，掏出自己的手机，按了号码放在了耳边，只几秒钟，父亲说，淑翠，乖孩子，我没事，现在别再给如金打电话，他现在成了条疯狗，刚咬了我，又咬你。

我暗自笑笑，就看起房子来，上下两层，坐北朝南，上有三居室、卫生间，下有一居室、厨房、餐厅、客厅、储藏室，大理石铺地，仿瓷粉墙，室内装潢一应齐全，楼上的三居室还安装了空调，站在二楼的阳台上看院子，院子不大，沿正房门西侧向南一分为二，西边设有南北纵向的方形草坪，草坪中间镶着个椭圆形花池，花池内月季、一串红等竞相开放，东侧全为水泥地直伸到大门外与巷道相连。随后上楼的父亲问，看中没有？我说，这么个独院租金肯定不少。父亲说，一月要五百，因是熟人介绍，房东每月减了五十，我一次付了一年的房租，又每月少要五十，不贵吧？我说，就你和宝子两人，每月花五十赁一间房就行，不值得这么破费。父亲说，你娘来了住哪儿？二宝和如玉、如兰的两个孩子来了住哪儿？要是你和你妹妹她们都来了，是不是跟自己的孩子挤挤就行？我说，三个孩子不是在家跟着淑翠吗？父亲说，暑假后，我想办法把他们都转过来，让淑翠少受点累。我说，那也不必租这么贵的房子。父亲说，听说上一中，差一分就拿一万，要是宝子明年因多考了一分上了县城最好的高中，我不是赚了五千多吗？我说，除了住，吃喝不花钱？水电不花钱？父亲说，在家除了水不花钱，啥又不花钱？如果咱宝子再能考上不花钱的实验班，你说我是不是当了城里人还赚大发了？我说，咱宝子要是明年考个县状元，县长一高兴再奖咱十万，你不是更赚了吗？父亲说，你小子别挖苦我，只要敢想就实现了一半，说不定咱宝子明年真考个状元呢。我说，您老人家就等着发大财吧，我得回校上课了。说完就下了楼。

暑假没放，我就去了徐州学电脑，为的是拿到证好申报中学高级教师。可在徐州没几天，淑翠就打电话告诉我，三个孩子一考完试，娘就领着他们去了县城，爹不仅让四个孩子分别报了各自喜欢的暑假兴趣班，自己还在县城中心广场跟人学起了太极拳，早上一练完就去市场买菜，早饭后就用电动三轮车带着娘在县城里转悠，县城转一遍，就让娘参加了广场上的一个戏剧沙龙，想听就听，想唱就唱。开始娘还不愿意去，爹就开导说，听戏是一种心情享受，唱戏是一种身体锻炼，娘问唱戏咋能是身体锻炼，爹说，唱、念、做、打，全身的哪个关节没动起来？嘴一张一合，还呼出内脏中积存的废气，又吸进了新鲜的空气，你说是不是在锻炼身体？娘想想真是这么回事，这两天早饭后收拾好就去广场，听爹说，简直成了戏迷，《天仙配》《朝阳沟》精彩选段张嘴就唱不说，还唱京剧《梨花颂》，在广场戏曲爱好者活动处一张口，不知道的还以为是上了春晚的梅葆玖来到了咱县城。我说，咱爹可真不简单啊，我得把这些事给如玉、如兰她们打电话说说，也让她们高兴高兴。淑翠高兴地说，那你就快告诉她们吧。

又过了几天，我正上课，手机来了条短信，我打开一看是父亲发来的，上面说，好好工作天天向上。我没明白是咋回事，午饭时就拨通了父亲的电话，电话是宝子接的，我问他发短信的事，宝子说，今天农历六月初一，是小年，爷爷说，咱家在小年搬了新家，过上了新生活，应该有一个好开端，就给全家每个人都赠送了一句话，我们四人的是好好学习天天向上，奶奶的是好好爱戏天天向上，妈妈的是好好种菜天天向上，两个姑姑和姑父的是好好打工天天向上，你的我就不说了。我问，你爷爷给他自己的呢？宝子说，爷爷送给自己的有两条，一是好好照顾孙子们上学天天向上，二是好好练拳天天向上。他还送给咱全家一条呢。我问是啥？宝子说，是好好生活天天向上。我听了鼻子一酸，眼泪啪嗒就掉了下来。

暑假开学，我调到了望湖镇中学，听娘说，是父亲在同学会上托了好几个同学才办成的，不光把我调回了本镇，还把二宝、莺莺和红红也转进了县实小。我听了，打心里敬佩父亲的能耐，同时也因自己的无能感到惭愧，就对娘说，你告诉爹，儿子谢谢他了，等八月节，我让如玉和如兰也回来，好好地谢谢他老人家。娘说，你爹说了，一家人客气啥？只要你把工作干好，帮着淑翠把家照顾好，我们就放心了。我说，娘，你告诉爹，你们就放一百个心吧。

可八月十五那天，我因帮淑翠向外走菜没能去县城，如玉、如兰也因节日加班没能回来，我打电话告诉父亲，父亲说，你们忙，不能来，我能理解，不就是个八月节吗？今年不能来，还有春节，要是春节还不能来，还有明年，明年不行，还有后年，再说了，只要听到你们的声音，有你们的孩子在身边，跟你们在身边不是一样吗？

　　国庆节的前一天，娘带着四个孩子回了家，淑翠问，爹咋没回来？娘说，他过些日子有个比赛，想趁孩子放假好好练练。我说，才学几天，能比出啥名堂？娘答，你爹说，是县里为普及老年太极运动才举办的，他参加的是最简单的二十四式，不为得奖，只为参与。我问，是不是一个一个地赛？娘说，是一队一队的。我又问，都是哪些队？娘说，听你爹说，是县城各个广场和居民小区各自组成的，光中心广场就有好几个队。我又问，爹参加的是哪个队？娘说，是陪读队。我说，陪读队？娘又解释说，就是来县城陪孩子上学的人组成的，名字还是你爹起的呢。我笑着说，一听就知道，只有他才有这本事，哪天比赛？娘说，是重阳节后的那个星期六，没几天了。我说，到时候，我和淑翠一定去给爹鼓掌加油助威。娘笑着说，好，到时咱都去。

　　比赛那天，我和淑翠早早地坐车到县城的家中，父亲已先走了，娘和几个孩子也已穿戴齐备，正等着我们一起去。没想到的是，如玉、如兰也都夫妻双双地分别从南京、上海连夜赶了过来。我问她们咋得闲了？两人都说，一听孩子说，就相约在国庆小长假调了休，一来看看爹和娘的新生活，再就是顺便看看孩子。我听了说，真是太好了，咱们一起去广场吧。

　　中心广场彩旗飘扬，大红的巨幅标语随着氢气球的牵引在空中摇曳，有的上面写着热烈庆祝省第二十一个老年节，有的写着发挥余热大有可为，有的写着弘扬太极运动创造美好生活。设置在评委席旁的大红拱门上写着"全县'体彩杯'太极拳（剑）比赛"，拱门周围穿着大红、纯白、粉绿等色太极运动服的参赛者，有的在散步放松，有的在活动关节，有的在向熟人笑着招呼，有的运拳出掌反复练着一些复杂的动作，有的剑走龙蛇舞着参加比赛的套路。他们的身边都有一个拿队牌的人，牌子上有的写着滨河公园队，有的写着火车站广场队，有的写着鼓楼小区队，有的写着中心广场一队、中心广场二队、中心广场三队……我顺着牌子找到了中心广场陪读队，就看到穿着纯白太极运动服的父亲跟他的队友们正一起练着太极拳二十四式。我们没有惊动他，一起绕到他后面远远地看他练，等他练完了一遍，我们才走拢过去。父亲见如玉、如兰也来了，高兴得一个个拥抱，拥抱完，又张开双臂，仰天高喊，啊，今天是我最高兴、最幸福的一天。四个孩子兴奋得拍手跳跃，娘和淑翠、如玉、如兰激动得抹着眼泪笑，我和两个妹夫与父亲的队友们一一握手问好。

比赛开始了。先上场的是火车站广场代表队，这一队是八个妇女，衣服是大红的，排成两列，踏着齐步进场，收势后，又喊着一、二、一退下。得分一亮出，父亲就跟大家一起鼓掌，边鼓掌边向我们和他的队友们评说这一队的优点和缺点，然后再看下一个队的表演。

父亲的陪读队是二十四式太极拳比赛项目中最后一个出场的，十个老汉精神抖擞地站成两排，清一色的纯白穿戴，父亲排在前排的第一位，亮着嗓子喊着一、二、一齐步进场，走到指定位置，一起向评委敬了礼后，才从二十四式的起势开始，单鞭、云手、高探马……一招一式，动作整齐，舒展自如，沉稳有力，俨然十位太极高手在向大家作精彩的展示，不断引来围观者的阵阵喝彩。收势一完，我以为父亲的比赛结束了，可他们又同时向评委一抱拳，随即双手展开，一块块一尺见方写着黄色宋体字的红绸，变戏法一样从袖口拽出，在他们的手中亮出来，前排的放在胸部，连起来读是"天天练太极"，后队的举过头顶，写的是"生活更美好"。赛场响起经久不息的掌声。

　　不用问我也知道，陪读队最后的表演，一定是父亲设计的。

锦　绣

苗锦绣听了村里广播心就激灵了一下，先是觉得心尖尖在动，接着就是心跳加快，再接着整个胸腔腾腾着热浪势不可当地向周身荡开，刚传到正刷碗的手上，手上的节奏就快起来，好在早饭简单，三下五除二把锅碗洗好抹净放妥，围裙解下往门后一挂，就直奔卧室上起网来。啪啪啪敲了一阵键盘，又晃了一会儿鼠标，摸起手机就是一个群发，没多时，她家的楼梯就有了接二连三的响动，眨眼工夫姐妹们就到齐了。

苗锦绣瞅瞅像平时一样整装待命的姐妹们说，咱们学开车吧。

姐妹们听了没像以前小腰一挺立即说是或者好，而是你看看我我看看你。离锦绣近的李凤英伸手摸了摸她的额头，又摸摸自己的说，锦绣姐，你不发热。锦绣啪地打下凤英的手说，你才发热。凤英笑着说，是不是刚才广播的教练是你家亲戚，你号召姐妹们给他旺旺人气？没等锦绣回答，凤英又故意放低嗓门说，是不是那帅哥是你网上聊来的相好的？让我们去当电灯泡那可不行。说完瞅了瞅众姐妹，姐妹们哈哈笑起来。锦绣脸一红，抬起胳膊就把凤英抓在手里，你个贱蹄子再胡呦，看我今天不撕了你的嘴。凤英边挣脱边求饶，趁空子还使眼色向姐妹们求救。可没等姐妹们动手采取施救措施，锦绣就停了手说，我可不是跟你们闹着玩，刚才广播难道你们没听见？凤英说，学开车得去县城驾校，咱这里咋学？说不定是从哪冒出来的卖狗皮膏药的江湖郎中，要是收了钱再从咱这蒸发了咋办？锦绣说，现在的村广播是啥人都能随便用的吗？再说了，咱们又不是没走过南闯过北见过世面，是不是卖狗皮膏药的，一看一问不就心中有数了？见姐妹们都没接腔，又继续说，我也上网查了查，理论、倒桩、九项、路考，如果不出意外，还真像广播里说的，一个月就能拿证，等我们拿到证，都买辆车，虽说赶集上店走亲戚有些太张狂，可一旦有了急事咱就再不用求人。孩子的节假双休日，人家城里的能到咱乡下来转悠，咱就不能抽空一起到城里去看看？一样的车，再加上咱一样的穿戴，大街上一亮，那个气派。凤英说，好是好，我也早就想学，可只要一想心里就打怵。锦绣说，我陪你跟栓子第一次见面时你还抖得像筛糠呢，现在咋啦？你眼一瞪，栓子就没命地找地方躲，遗憾的是咱这小区的楼建得太好了，屋里连个老鼠洞都没有。一旁的姐妹们又是笑，笑完也各自说对学车的看法，反正能想到的都说了出来，最后归到一句话，就是怕学不会。锦绣说，人家能学会咱们也能学会，广播里也说了，只要报了名交了学费，包教包会。有的说，还真没听说乡下有咱这样的女人学开小汽车的。锦绣说，看那电视上，城里像咱这个年龄的女司机多啦，如今啥都在变，就说咱们，没结婚前，都是出了学校门就去外面打工，这家里地里的一应活计谁能做好？嫁到这里，转眼咱们的孩子都上学好几年了，有的眼看都上中学了，哪个不是里里外外一把好手？还有，没搬到这里前，就是煤矿塌陷导致原来房子的屋山歪了墙裂了，也不愿往这一分钱不花的安置房搬，说舍不得住了那么多年的破屋烂院子，还强词夺理说上楼下楼不习惯，你们想想在外打工时，出出进进哪里不是一会儿上一会儿下？那上上下下的楼可是比咱这高多啦，现在又咋啦？哪个不说这里好？再说咱这里到处都是机动三轮车，以前都是男人的天下，现在男人都出去了，咱们不照样开着村里村外跑？政府早就说，妇女能顶半边天，像咱们这样一不开店二不上班只能守在家里照看老人孩子的，眼下顶的可不是半边天了，那可是一个整天都让我们顶着呢。凤英说，谁说不是呢？天天能累死。锦绣歇口气说，既然顶了家里的天，就得像电视上说的应与时俱进，该会的咱都学会，就是一时学不会，咱也要笨鸟先飞，也要拳不离手曲不离口，你们说是不是？众姐妹都说，是是是。锦绣又说，最主要的，麦忙刚完，地里也没什么可忙的，虽说能打零工挣几个钱的这园那棚周围有的是，可世上哪有挣完的钱？咱们不如趁孩子们放暑假停下来一门心思学开车，真要错过这个机会，等年龄大了再想学，腿脚不灵便不说，老的小的该操心的事一件接着一件来，哪还有这份闲情？凤英说，锦绣姐，还是那句话，你说咋样就咋样。众姐妹也都随声说，听你的。

锦绣又把自家大厅里或坐或站的众姐妹逐个看了一遍，最后把目光落在凤英脸上说，如今城里人讲究有房有车，咱们虽在乡下，但现在生活条件好了，房有了，车也应该有，谁要愿意呢，这就回去准备一下，下午咱就一起去报名，谁要不愿意，咱也不强迫，我也不是绕着圈子让姐妹们掏腰包给八竿子打不到的不认识的外来人拉什么赞助旺什么人气。凤英打断说，锦绣姐，我可是跟你闹着玩的，你看哪个不愿意？然后把脸转向众姐妹，咱先说好，等咱拿到证有了车，哪个天胆的逢年过节再敢说买不上票不能回家了，咱开了车就去找他个混蛋算账去。锦绣笑笑说，我晚上就给我们家前程打电话，让他给栓子兄弟提个醒，狼来了，再不想着回家，人就没了。凤英一愣，啥狼来了？锦绣仍笑着说，不是狼来了，是帅哥到了。凤英猛然醒悟，伸手在茶几的针线筐里拔了根带线的针瞅着锦绣说，锦绣姐，这回是不是该我把你的嘴缝上了？

锦绣她们住的村子叫程楼，因属煤矿塌陷区，镇里审时度势把原来规划的程楼新村地块分两期建设，第一期改为高层安置小区，安置原程楼村的所有农户，一期所余地块卖给开发商，卖地所得再加上煤矿补偿，作为一期的建设资金。麦忙前全部搬入新居的程楼村人一分钱没拿就住上了跟城里一样的新房子。

程楼新村建设时，村里不少壮年妇女就去工地上当小工挣两个小钱，因为是体力活，经过浪里淘沙，最后就剩下锦绣她们十几个要好的姐妹。还没等全部搬入，先住进去的凤英小叔子，因没新房婚事一直拖着的二栓子首先办起了喜事，考虑是刚搬进新居，双喜临门，就没去镇里的饭店办，临时决定把酒席设在新村大门前没开张的集市空地上。地点一定下，就愁坏了村里的大老执，又不是年节，能端盘子前后跑的男人一个也没有。正为此事发愁的凤英一天晚上把苦诉到了锦绣家里，锦绣当机立断一个短信把众姐妹招到家说了自己的想法，众姐妹一听个个赞成，锦绣一边让凤英告诉管事的大老执，一边又让一位姐妹做伴骑着电动车去了镇里一家服装厂。办喜事那天，锦绣带着众姐妹穿着嫩绿色镶着粉红边的喜庆套装在酒席间往来穿梭，成了婚宴一景，至今被周围村庄传为美谈。从此，村里一应酒宴招待服务都让她们众姐妹唱了主角。当然，这是后话。没想到的是，这群因出力流汗抱成一团的众姐妹在麦忙中又大显身手，自愿组织起麦收志愿者服务队，跟着村里联系来的收割机一个地块一个地块地跑，灌袋、扎口、装车、运输一条龙服务到家，整个忙季没收农户一分钱，不仅赢得了"程楼新村十五姐妹"的美称，还被镇里的各大生态园区争相高薪聘请。

县驾校为方便广大农户学车，在全县积极开展"驾校进农家"活动。由于程楼新村周边村民居住比较集中，县驾校派来的林教练就在新村大门旁设了个报名处。吆喝了一上午的林教练没见到有人来报名，下午就准备开车回县城，还没启动车，就见从小区呼啦啦出来的一群打扮俊俏的小媳妇把他围了个水泄不通，他立即意识到，这就是县里电视和报纸上介绍过的十五姐妹。林教练想想自己的言行在这之前并没有冒犯她们，正猜着把他围起来要干什么，一听锦绣说是报名学开车，眨眼工夫神情肃穆的红脸关公成了眉开眼笑的弥勒佛，赶紧下车重新摆好自己的工作台逐个办理相关手续。一应手续办完，林教练说，我建了个 QQ 群，各位如有兴趣就加入，我随时恭候各位考驾过程中提出的一切问题。

自在驾校报了名，锦绣姐妹们虽说过学车的这一个月不再干活挣钱，可架不住周围园区真心实意的软磨硬请。她们有时到正施工的徐州金冠农业生态园的日光能温室里打打下手，有时到汉韵风情庄园里为花木苗圃锄锄杂草，有时到刘寨的秋后上市的西瓜示范大棚里压压瓜秧，有时还被镇里开业庆典或周年庆祝的店铺企业请去做做礼仪服务，可无论再忙再累，晚上回到家把老人孩子安顿睡下后都拿起考理论的书来看。

到底是多年没真正摸书本了，锦绣一拿起书就犯困，迷迷糊糊中一个激灵醒来再看，眼瞅着书，心却不在书上，如是再三，大半夜就过去了，想想天明还有推不掉的工要做，就硬着性子睡下了。醒来，准备好一家老小一天的吃喝，又匆匆忙忙跟姐妹们一齐走了。路上，锦绣说起自己看书的事，众姐妹都有同感，她心就慌了。学开车是自己鼓动的，真要头一关都通不过，村里人听了笑话不说，还会让那个高高大大长相挺俊的林教练瞧不起。要强惯了的众姐妹哪能受这个委屈？赶紧按着林教练留的号码打过去，说了原委，林教练问，有没有网？锦绣答，如今小区谁家没有网？林教练就说，网练。锦绣疑惑地问，网恋？跟谁网恋？网恋就能理论过关了？林教练知道锦绣听岔了，又进一步解释说，在百度搜驾校一点通，网上练习。锦绣脸一红说，我还以为你让我们这些老娘儿们在网上谈恋爱呢。没等林教练再说就挂了，回头说给众姐妹，众姐妹晚上到家一试，还真管用，竟上了瘾。真有不明白的，要么QQ上一讨论，要么聚到锦绣家一起翻翻书对照着互相提提，还真没了拦路虎。十天后坐车到徐州的广山驾校考完出来，互相一问结果，全部合格，不禁欢呼。

得知锦绣考了个满分，众姐妹又纷纷夸起锦绣来，到底还是姐姐，处处给我们树榜样。可一问起凤英，凤英脸上就挂不住了，不多不少正好90，十五姐妹中倒数第一。众姐妹就不解地瞅着凤英，要说脑子好用，凤英可是第一，咋就考得最少呢？众姐妹立马想起来，这些天，凤英从没在网上跟她们聊过，更别说一起在锦绣家聚会。就都想问问凤英这些天把功用到哪里了。锦绣看了看凤英渐渐绯红的脸，就对众姐妹说，只要都通过就行了，谁又没规定考得多就奖，考得少就罚。众姐妹就不再吱声。

　　按往常，理论通过是要等些日子才能上车的，可由于是暑假期间，县城驾校收了不少回家度假的大学生，考虑到大学生的特殊性，再加上还有不少报考的中小学教师，驾校安排考试的时间间隔就短了些。时间紧，又必须达到规定的练车学时，锦绣她们考完理论的第二天就开始练车了。林教练对她们说，这样安排对她们很有利，只要不出意外，月底就能 OK。

　　倒桩训练临时定在二栓子办酒席的那片空地上。林教练在锦绣她们的帮助下，用红漆画好甲乙两个车库和进出库行进的路线，又在规定的点上竖了相应的杆子，一切准备好后，众姐妹便开始在林教练的指导下，认识车内哪是离合器哪是脚刹哪是油门哪是挡位、手刹及其作用，等都记住了，就一个个练习起步和直行。林教练说，这些是倒桩的基础，必须先有初步的认识了解和运用。

　　初次握着方向盘起步，锦绣非常激动，多少年了，都是看着别人开着车从眼前扬长而去，没想到今天自己终于成了驾驶员。可林教练纠正说，应该是准驾驶员，努力之后通过所有的考核，才能成为真正的驾驶员。锦绣听了，就鼓动姐妹们，都好好努力吧，等拿到证，我一定在咱村新开的聚仙酒楼为姐妹们祝贺。凤英补充道，到时也一定好好谢谢林教练。锦绣说，那当然，他要是不到场，咱以后就不让他在这设教学点了。林教练两手一拱说，谢谢各位漂亮姐姐，其间若有得罪，还请漂亮姐姐们多多谅解。锦绣说，严师出高徒，姐妹们真要出了差错，你别客气，该嚷的嚷，该说的说。

因为锦绣她们都有开机动三轮车的经验，说确切些，进出库只练了一下午，还主要是纠正开三轮车积下的坐姿不正、伸头歪身往窗外看和打方向盘不规范等毛病，第二天就开始了移库训练。

由于移库要看的点比较多，开始姐妹们都很慌，让右打死偏左打死，让前行偏挂了倒挡，不但出了线，有的还碰歪了杆子，更可笑的还有一开始就进错库的，这让林教练非常恼火，先是强压着斯斯文文的，后来就发了脾气。锦绣见了一面示意姐妹们别慌张，一面又悄悄走到村里的吉祥超市买了饮料让林教练消消暑解解渴。

林教练见锦绣一而再再而三地不是递饮料就是送湿毛巾，凤英一从车上下来，也帮着锦绣在自己跟前侍候，还悄悄对他说，要是都会，还让你教吗？说不定还得教你呢。林教练就不好再发脾气了。

林教练一不发脾气，姐妹们就逐渐镇静了，一镇静脑子也清醒了，一清醒，先看哪个点再看哪个点也就不颠倒了，一不颠倒移库也不出大错了，小毛病一改，几天下来，林教练就高兴得不是说这个做得完美就是说那个完成得漂亮。

临考的前一天，林教练很严肃地进行了一次模拟考试，并规定出错的罚款五元，可凤英说，五元太少，都不当回事，二十元吧。林教练说，二十就二十，你当监督员负责收，最后归总，罚少了给大家买水喝，真要罚多了，咱们一起聚餐。凤英还真把这当回事，转身到村里超市要了个大空纸箱子往地上一放说，咱丑话说在前头，谁挨了罚，就自动把钱放在里面，可别等着我要。众姐妹都说行，保证没有一个赖账的。没想到结果只凤英一人受罚，不是移库过程中出了线和撞了杆，而是超时。众姐妹见她红着脸掏了钱放进了纸箱便谁也不看发起了呆，就没取笑她说嘴打嘴。林教练看了眼发呆的凤英走到纸箱前把钱拿出来，又从自己兜里掏了二十元对大家说，凤英姐姐受罚，我当教练的也有责任也得罚，说完去了超市。不一会儿抱着十多瓶茉莉蜜茶走了出来，发完又说，时候不早了，明天还得考试，大家都回吧，我再陪凤英姐姐练一会儿，提提速度。

锦绣瞅了凤英一眼，把自己摊的一瓶给了林教练说，好好教凤英妹妹练，明天要是都过关，我再请你吃饭。林教练说，没必要，要是都过了，说明大家很配合我的工作，我得请众位姐姐们吃饭才是。凤英说，都别客气了，我还得抓紧练车呢。

锦绣回到家从窗口往练车的地方一望，见林教练正在一旁看着车库里的车按规定程序移动，就去了洗澡间。可等锦绣洗换好再到窗口，却没了车，就打凤英手机，凤英手机已关。转脸往去县城的公路上看，夕阳下，一辆跟林教练白色大众一样的车正绝尘而去。

锦绣又打凤英家里电话，电话是凤英上二年级的女儿接的，她说妈换了衣服就出去了，她正跟奶奶在一起。锦绣就望着县城的方向出起神来。

考试当天一大早，林教练就开了辆小型面包车来接锦绣她们，锦绣上车时见凤英也慌慌张张从小区里跑出来往车上挤，就跟没事人一样跟凤英打了招呼。车到了待考点，林教练去打听考试安排情况，众姐妹就在面包车旁边站着等。

锦绣看着周围越聚越多的人和车，心里直嘀咕，怪不得人家说，到啥地方碰到的啥人就多，果然不假，真要数数，肯定比程楼村的人还多，没想到一个县一次竟有这么多人学开车，真要都开了车在大街上跑，那不得像电视上说的大城市一样天天堵车？怪不得县城周围的路开了一条又一条，立交桥也跟着建了一座又一座。这样嘀咕了一阵，天渐渐热起来，锦绣就到附近的超市买了矿泉水分给姐妹们，自己打开才喝了一口，就见林教练满头大汗地挤过来，正热得有些撑不住的姐妹们都问啥时考，林教练答，不好说，考试的人太多，还得等等再说，说完，把众姐妹招呼进车里就又离开了。坐在前面的凤英不仅把空调往大里开，还自作主张放起了歌曲。歌曲都是这段时间电视还有村广播里放的革命歌曲，不少歌不仅听着亲切，还都会唱。有的把头仰在靠背上闭着眼用手在腿上跟着音乐打着拍子，有的小声地跟着唱，凤英唱着唱着声就高了，锦绣制止到，别出声，万一让车外的人听见了笑话。凤英声音又低了下来，低着低着，就打起了鼾声，姐妹中有的就笑，锦绣又出面制止到，这几天练车累了让她睡吧，谁要睡也可以，只要林教练来了说准备考试，我就把你们叫醒。

快到十二点时车门被猛地拉开，没等锦绣叫，便都激灵一下醒来了，见进来的是林教练，就问啥时考，林教练说，快了

快了。凤英问，快啦是几点？林教练答，下午一点左右吧？谁要
饿，就忍忍，确实忍不住就到附近超市买点吃的垫垫。林教练见
大家都没有动，就又出去。等再进来，锦绣看了眼手机都下午三
点多了，又问林教练到底啥时考？林教练说，这就准备这就准
备，都下来快下来。众姐妹来了精神，呼啦一下子都下了车。谁
知又在考区门口等了一个多小时，等排到时已是下午五点。

考试一开始是一个一个进的。锦绣是第一个，一进门，就
见考试设置的车库周围地上到处都是纵横交错的线，到处都是
林教练说的电子眼。锦绣不知道哪个电子眼正对着她，直觉得
身上冷气飕飕心怦怦直跳。要不是林教练指示，她根本不知从
哪里走向哪里。等在指定待考的位置站定，她就安慰自己别害
怕，有什么大不了的，不就是移个库吗？说是这样说，可一上
了车，手又抖得不听使唤，咬着牙强作镇定后，就开始按规定
的程序操作，哪想到越怕啥越来啥，车还没完全进库，就听不
知安在哪里的喇叭里说1号碰杆出线，不合格，再补考一次。
锦绣不知所措，坐在车里不知下一步该咋办，就觉得满身的汗
毛孔像村西大沙河边的抽水机出口，汗水争着往外喷。时间一
分一秒地过去，用手擦擦被汗水迷蒙了的双眼，透过车窗寻找
救星一样的林教练。就见林教练已快步走到车前，快速拉开车
门让她下来，然后把车停在了开始的位置让她再来。

锦绣拉开车门深吸了一口气稳住神，就对自己说，这次一
定要合格，一定要给姐妹们开个好头。按规定程序再次起步，
像是经过了千年万年，车才停在了规定的位置，一听喇叭里说1

号补考合格，泪就哗地流了出来。

锦绣马上意识到自己的动情太不是时候，就赶紧擦净眼泪开了车门，向在待考点等着的一位姐妹打了个手势表示胜利，就向门外等考的姐妹们走去，半道上碰着才进来的一个，又不约而同地抬手拍了下掌。

出了门，锦绣就对没考的姐妹们说，现在不是会不会的问题，关键是能不能稳住自己，只要深吸一口气把自己稳住，其他一切都 OK。在她的激励下，姐妹们一个个从容走进考场，又一个个面带笑容从考场走了出来。

凤英是最后一个考的。一想到她头一天的模拟失败，她还没进去，姐妹们便都叮嘱她考时尽量动作快点，弄得凤英紧张得直想哭。锦绣拨开众姐妹揽着凤英说，大家都别说了，咱凤英妹妹一定能考过去。凤英挣开锦绣举起右掌面对大家说，姐姐们，我发誓，我今天一定能考过去。

凤英说完就很壮烈地进了考场。锦绣她们像约好了似的，立即分头寻找能让自己垫着看到考场情景的东西。等喇叭里一报完考试结果，众姐妹又从不同的方向往考场门口跑，逮住刚出来的凤英抱着就亲。锦绣在一旁看着心里直笑，等姐妹们都亲过凤英了，就说，别疯了，天不早了，快上车吧。

上了车，凤英说，这回考得真悬呢。众姐妹问，我们都见了，不是很顺利吗？凤英说，移完库，再进库时，唯恐再超时，就心急了点，心一急方向盘就打早了，要不是昨天林教练教我危急时刻把后视镜合上，进库时左视镜肯定要碰杆，那就前功尽弃了，要是那样，现在哪还有脸在这里说？死的心都有了。锦绣说，就是这次考不过去，下月还能再考，下月再过不去，就再考，因这死了还真不值，不就是学个车吗？人家一辈子不会开车的多着呢。跟凤英坐一块的就搂着凤英的脖子说，这不是会不会开车的事，咱村里谁不知道咱这妹妹事事都要强呢？坐在凤英后的就说，这样看来，林教练的妙招还真救了咱凤英一命呢，凤英可得好好谢谢林教练。凤英瞅着车内后视镜中林教练的脸说，那还用说？一定要好好谢谢林教练。坐在前面的就趁机转脸开起了玩笑，林教练可是帅哥靓仔啊，咱漂亮的凤英妹妹打算用啥谢人家呢？车内顿时静了下来。锦绣见状赶紧说，是不是学开车学傻了？都老大不小了，咱平常在一起疯惯了说啥都行，人家林教练可是正儿八经的县城人，老实厚道不说，最关键的是现在正开着车，咱可不能开玩笑扯上林教练，让他不自在，不要命了是不？

　　锦绣停了停见没人再接话，就说，我咋觉得考试的车库比林教练给咱画的又宽又长呢？众姐妹都说，这倒是真的。有的就问林教练，是我们感觉错了还是真不一样？林教练笑笑说，是真不一样，你们练的车库比考试的窄十厘米。又有人问，为啥这样？林教练接着说，你们想想，窄的车库都能进出自如没有差错，宽的还用说吗？众姐妹仔细一想，还真有道理，就都夸林教练教开车经验多。有的又说，林教练经验多那可是人家自己费尽心思总结出来的，科学点地说，叫专利，形象点地说叫秘密武器，秘密武器可是深藏不露的，有时就是用了也不说。

大家也看见了，光教倒桩就露了两招，要不是咱发现问他，就是我们拿了证还被蒙在鼓里呢，林教练确实不简单。锦绣见凤英正着张脸目视前方一声不吭，恐姐妹再说出不三不四的话来，就说，既然知道林教练确实不简单有本事，又让咱姐妹们碰上了，这可是咱姐妹们的福气，这段时间咱们一定啥心思都别有，就一心一意跟着林教练好好学开车，争取早把开车的过硬本领学到手。又有人接着说，林教练，你听我们锦绣姐说的在理不在理？林教练答，在理。那姐妹又问，中听不中听？林教练又答，中听。那姐妹又问，像不像大领导？林教练又答，像像，真是太像了，锦绣姐和你们十几个窝在乡村旮旯里真是太亏了。那姐妹话还真多，又说，现在城里人除了家里老婆都时兴再找个情人，你看你相中我们中的哪个了，我给你当个介绍人。林教练笑笑说，姐姐又拿我开涮了。没等那姐妹再张口，锦绣就制止到，你是不想让林教练送我们回家了，还是不愿跟林教练学开车了？满嘴胡说，也不怕林教练笑话。姐妹们都给我听着，以后在外都正经点，不该说的就别说，不该做的更别做，你以为你说了做了丢脸的是你自己？我可告诉你，你身后不仅有你的老人孩子亲戚邻居，还有咱十五姐妹的脸和咱程楼村的脸呢。

锦绣说完，用眼角扫了一眼凤英，凤英脸上红云乱窜，本打算晚上到她家串串门的，现在看来没有必要了。

众姐妹经过桩考见识了县城驾校的气派，回来的路上多次让林教练在程楼新村附近建设个标准的驾校，林教练边开车边说道，驾校是要建的，现在条件还不成熟。锦绣说，这小区再加上紧邻的蔡家居委居住区，还有外地人来这周围开的这厂那园，以后学车的人肯定不少。林教练说，这是我来这设点的原因之一，但建驾校不光考虑人口密度，还涉及其他方方面面。锦绣说，缺地方是不？那好，你选好位置，我们负责用自己的地跟村里人调换，保证比县城的驾校还大。林教练笑笑又摇摇头没吱声。锦绣又说，要是缺资金，十万八万我们帮你凑，要是再多，我们给你担保到银行贷，要是再觉得你担的风险大，我们就参股，跟你一起把这驾校开起来。见林教练还是光笑不说话，锦绣以为条件说得还不能让林教练觉得成熟，便又说，等我们考完，就帮你办这事。众姐妹也齐声说，我们都会帮你的。林教练说，看来，我是没白认识你们这些热心的好姐姐，到时候再说吧。锦绣一听就不高兴了，什么叫到时候再说吧？要办就坚决果断，要是建设标准要求高，看不上本地现用现凑起来的建筑队，我就让我们家前程把建筑公司从深圳撤回来，有啥大不了的？林教练又笑笑说，最起码我得请示一下驾校领导吧？锦绣说，这还像句话。

　　按照锦绣她们的一致要求，林教练没有像别的教学点那样，九项中做单边桥训练时找两根水泥棒替代，连续障碍中的圆饼用在摩托车修理铺借的淘汰不用的外胎，而是把她们直接安排到县城的乾坤驾校进行训练。众姐妹欢呼罢，锦绣就开始想每天咋样来回跑。本打算开个机动三轮一车把姐妹们拉了去，或是各人骑上电动车一块去，林教练说每天训练非常辛苦又早来晚走不安全，不如还是他负责接送。无论这接送是县驾校当初的安排，还是林教练出于好心，或是林教练给自己今后的工作开展有意识地做广告，锦绣都觉得心里过意不去，跟姐妹们一商量，除了负责林教练中午的一顿便饭，每人每天拿出二十元归总给了林教练。林教练坚决不收，锦绣就执意要给，还说，真不收，就不让他接送了，加上路考训练满打满算不过十天左右，每人出点小钱天天到县城转悠还学本事，哪能让你林教练白辛苦？林教练还是坚持，锦绣就说，一个大男人咋像我们女人家推来搡去一点不干脆？林教练就不好再说什么。

记得当初报名时，林教练就对她们说，只要理论考过关，往下一切 OK。费了吃奶的力气好歹把理论考过了，林教练又对她们说，只要倒桩考过了，往下就容易了。谁知现在一想考倒桩时的训练和考试，锦绣就禁不住心里打战，便在进行九项训练里最关键的坡道起步时，把这感觉跟林教练一说，林教练又说，九项更容易过。锦绣就对林教练说，是不是姐妹们被你哄上贼船，就得听你忽悠我们到底？林教练一本正经地说，那当然，不把你们忽悠到底，你们能坚持到底吗？你们不坚持到底能学到真本事吗？不能学到真本事能拿到证吗？不能拿到证我能算负责到底吗？不负责到底你们把我架起来打夯我能受得了吗？锦绣就说，我警告你林教练，你得有这个思想准备，哪天被你忽悠急了，我一声令下，姐妹们也会把你架起来打夯的。林教练笑笑说，我期待着因你们而感到自豪的那一天。

说是说笑是笑，该练还得好好练。烈日当头，在四十五度的陡坡上练坡道起步，姐妹们感到难度最大的就是左脚控制的离合器。林教练说，坡道起步很简单，只要会数1、2、3就行，数1时，左脚先慢松离合器，等到感觉车头颤着上抬了，就再松点，感觉动力更足了，就控制住别让左脚动，接着再数2，右脚立即松掉脚刹，随后数3迅速按下手刹，车就上去了，就这么简单，这里面谁不会数1、2、3？凤英说，说得轻巧，做起来咋这么难？简直是魔鬼训练，惨无人道。林教练听了只是笑笑，笑后仍对坡起时手脚配合不好车后溜的严厉训斥，你别以为只是简单地爬个坡，你这车一溜下去控制不住，后面有车咋办？没有车有人咋办？没有人路旁有深沟悬崖咋办？这是人命关天的大事，我是在培训安全使者，不是培训马路杀手。锦绣见姐妹们一个个哭丧着脸，便暗中一个个给打气，就是被林教练训得再狠，也千万别计较，还要反过来想，没仇没怨的，为啥要训咱？不就是咱出错了吗？不就是对咱负责吗？真要嘻嘻哈哈把咱们都糊弄过去了，以后遭罪的不是咱们自己吗？所以咱要时刻记着，咱是来学开车的，只要按他说的多练几遍，肯定能把技术要领掌握住，把车练好。

　　锦绣的劝说还真顶用，姐妹们心态一放平，不论是侧方停车、单边桥、连续障碍、百米加减挡，还是起伏路、直角拐弯、曲线行驶、限速通过限宽门，练啥都顺手，一顺手，林教练每天计划安排的训练任务就能完成，一完成，林教练高兴，姐妹们更高兴，都高兴，日子就显得快。转眼又进入了九项考试，众姐妹又是皆大欢喜。只是一提起天天的来回折腾，众姐妹就会问林教练这些天跟领导说了没有。林教练答，没有。众姐妹就催促他赶紧找机会问问驾校领导啥时在程楼建驾校，要是不建，她们姐妹联合建，到时聘林教练去当校长，不去也得去。林教练仍是笑着直点头，就是不给个许诺，这让姐妹们十分生气，这人咋这样？

千辛万苦终于熬到了路考。林教练说，曙光就在前面，姐姐们就再加一把劲吧。说完每人发了几张纸，发完强调要全部会背。锦绣一看是路考要领，密密麻麻这么多字头就大了，这时又听见众姐妹诉起苦来，就顾不得自己头大，又一个个地劝。等众姐妹不言语了，林教练又开腔了，不会背的不能上车。众姐妹又唉声叹起气来，看来这学开车，还真是吃不完的苦受不完的罪。锦绣又说，这世上干啥又容易？姐妹们不吱声了。

路练分两部分，一部分是灯光模拟，一部分是上路行车。借林教练的话说，路考就考四个字，安、全、意、识。为了练好这四个字，锦绣姐妹们又开始了新一轮起五更睡半夜和城乡之间的往返奔波。

两部分训练，固定在每天的同一时间。从家上了车，邻座的就互相提问要求会背的内容，到了县城练车的地点就开始进行灯光模拟操作训练，练到上午九点，每四人一组跟林教练在县城外环规定的区域，也就是路考时的路线进行路练。一轮下来，姐妹们又感叹不已，锦绣以为又要诉苦，围上去一听，原来说的是县城的变化。林教练知道后就说，你们这才看了县城的一个角，也是最偏僻的地方，哪天要是把你们带到更好看的地方，你们连家都不想回了。姐妹们的兴头还真让他给吊了起来，一致央求林教练抽空带她们去看看。

　　一天，林教练感觉她们路考没问题了，就比往日提前结束了训练，把训练车送回驾校，又把面包车开了过来，招呼姐妹们上了车，就顺着外环直往北行，拐弯上了正阳路又一路向北，走到头往西一拐，没多远就停在新建的风景区大门前。姐妹们前呼后拥进了门，见有山有水，有亭有台，山随路转，曲径通幽，繁花似锦，果树飘香，左看看看不到头，右望望望不到边，明知不是江南可真胜似江南。凤英说，能在这里的一间房里住一天，死也值了。锦绣又嚷道，就你命不值钱，动不动就把死放在嘴上，真要死在这里，林教练说还有比这好的呢，你还能去看吗？林教练说，就是的，如今县城发展得快着呢，去年这里还是荒草遍地臭水横流呢。众姐妹们说，哪天要是被扔在这里，还真难摸到家。

　　逛着逛着，不知不觉天就黑了，在附近餐馆吃晚饭时，林教练说，别看这里现在是城外，再过一两年，跟北边的煤矿矿区连起来，这里就是县城的中心。说完又提议吃完饭到城里去看看，众姐妹没等嘴里的饭咽下去，就连声说去去去，哪能不去？

　　开车沿着一条新辟的大道往南走，远远地看到前面灯火辉煌，映得大半个天如同白昼，再前行，飞扬的歌声传进了车里，兴奋在耳里，姐妹们在车里就沉不住气了。才到跟前，就吵着让林教练快停车，林教练只好就近找个地方把车停下。众姐妹好奇地跟着林教练从西北角走进去，晚上成群结伴来散步的人真不少，躲闪着曲里拐弯深入其中，还真是一处一景，景景不同。先看到有水的廊亭周围有好些中年男人在打拳，顺着歌声行至东北角，跟锦绣她们年纪相仿，随着流行歌曲的节奏跳广场舞的女人们有好几百，再依路往南，就是孩子们的乐园，在大人的陪伴下钻迷宫的、跳蹦蹦床的、荡秋千的、在铺沙的浅水里划小船的，还有倚坐在东西走向的一段回廊台阶上看天说笑的，无所不包，应有尽有。再折转向西，是身披霓虹灯光芒的楼馆区，楼馆前的广场上不分男女老幼，一律排着整齐的四纵队，行进中整齐地做着拍拍手扩扩胸转转腰等有益身心的动作，虽然正唱的歌是《解放区的天》，可遗憾的是锦绣她们不知道这是跳的哪种舞。可能是主广场的原因，人也更多，更热闹。再顺着楼馆西侧向北曲里拐弯地走一阵，就到了林教练开的面包车前。众姐妹恋恋不舍地上了车。凤英说，要不是学开车，这辈子也不会知道县城还有这样的好地方。锦绣问，是不是又要死一回了？凤英说，看来还真不能死，等拿了驾照，一定要开着车把县城转一遍好好享受享受。

　　为进一步满足姐妹们，林教练特意围着姐妹们说的这片好地方转了一圈才往回开。经过东北角时，锦绣从窗外收回目光说，等学完车，咱也请林教练帮忙找个教广场舞的老师到程楼教教我们，以后，程楼的晚上也一定跟这里一样热闹。林教练说，不用我帮忙，请凤英姐姐教就行了，她这段时间经常坐我的车到县城学跳广场舞，只是没到这里来。

稻　花

正是硬质一号蜜桃采摘的日子，稻花像个轻盈曼妙的陀螺在不停地旋转。

按说，作为欣凤果园农场的女主人，还是个新婚不久的小媳妇，此时应该在自家空调房里悠闲地看着电视或听着音乐，再不就是很有兴致地品尝着金穗派人送来的新鲜桃子。可她坐不住。这是他们农场第一个桃子丰收年，这些天，她一直跟着金穗守在果园里，一边做着采摘的准备，一边不时用手机发布果园采摘的信息，接收四面八方客户的订单。采摘的第一天，稻花更是起得格外早，果园里员工穿梭，客商云集，所有投入和家里的一切开销全都寄托在这缀满枝头的桃子上。

稻花一会儿让人去客厅叫金穗快去迎新来的客商，一会儿到分拣装箱区郑重地交代几句，一会儿风风火火奔向采摘园，眨眼间，又眉开眼笑地跟着装满桃子的一溜电动三轮车回来，车才停稳，她第一个跳下来帮着卸车，听到手机嘟嘟响，又麻利地掏出手机看网店里来了哪位大咖，款打多少，桃要几箱。刚下车的一位徐州客商问金穗，这个一身粉红的俏女子是谁？金穗答，稻花。客商又问，哪个稻花？金穗说，我媳妇上官凤。客商停住步说，就是你从南京农林大学聘来的那个美女？金穗也止步道，对。客商说，你年前不是说娶不起吗？金穗说，当时还真是娶不起了，可后来……一言难尽呢，您快屋里歇着喝茶吃桃吧。旁边的员工却笑着说金穗，这稻花是天下打着灯笼都难找的好媳妇，能娶上她，算你福气，还背后这样说人家。另一个说，他这是要饭的捡了个大元宝、穷书生祖坟突然冒青烟中了状元得意的。

　　这客商见金穗不说本想顺坡下驴，可一听大家这样言语，好奇心猛地被高高吊了起来，就又停步决定打破砂锅问到底，咋个一言难尽？金穗道，回头再说。客商就快步走到稻花身后，从稻花右肩朝前伸过头看着问，这是哪来的仙女啊？稻花刚接了一个订单正要安排人备货，猛见有人话音才落又凑上来，便往左一闪身转过脸来上下看了看来人笑笑说，哎哟，这是哪来的老板呀？人咋这么帅哇？客商脸一正说，原来是稻花呀，你咋能不认识我呢？两年前可是我开车把你送到这里来的，这让我多伤心呀？稻花仍笑着说，您这一说，我还真想起来了，原来是徐州果品批发公司的王老板啊，脚踏徐州，声震苏鲁豫皖，

早让人高山仰止，才几日不见，您咋就让我认不出来了呢？肯
定又发大了。说完双手一拱，欢迎王老板大驾光临，快请屋里
坐。王老板也赶紧手一拱，不敢不敢，谢谢谢谢，难得仙女还
记着，请问仙女，你不是金穗聘来的技术员吗？我看你这派头
咋像这果园的女主人呢？稻花说，我在这里上班，当然是这里
的主人。王老板说，主人和主人可不一样，你这主人可不像一
般的主人。稻花说，你说我这主人咋就不一般呢？王老板道，
我看你像金穗的那口子。稻花笑笑说，到底是王老板厉害，这
难道还值得大惊小怪吗？我就不能成为金穗的那口子吗？王老
板说，我早就说你们是天造地设的一对，转脸又瞅着跟过来的
金穗说，你欧阳老板可真不够意思，我辛辛苦苦把你和她从徐
州高铁站接来，我即使不算媒人，也功不可没吧？你结婚咋不
通知我喝喜酒呢？见金穗笑而不答，又说，是不是又像如今乡
下时兴的，婚前先生一个再办个双喜临门呢？周围忙着的哄地
笑起来，稻花脸一红，见金穗还不说话，就说，喜酒当然办了，
还是桃花宴，遗憾的是您不在服务区。王老板一惊，你是说当
时我手机不在服务区？不会吧？金穗笑着说，王老板别闹了，
哪天给您补上还不行吗？王老板说，哪天是哪天？是今天，还
是以后？是以后，也得有个准确日子吧？要是一拖再拖，就跟
吃喜面挤一块了。众人又笑，稻花脸又一红，听完金穗说那也
是喜酒啊，就啪地一掌拍在金穗背上，说，运桃子的车又来了，
快陪王老板屋里喝茶吃桃去。金穗就推王老板，王老板走着仍
回头说，那不行，今天一定得告诉我日定何时，酒设何处。金

穗瞅了稻花一眼，小声对王老板说，我们是新事新办，根本没摆喜酒，您快进屋歇着吧。王老板偏又停下问，咋就没摆喜酒呢？金穗答，摆了还能不请你？

　　打发走最后一位客商，天已上了黑影，稻花匆匆洗了澡又吃了婆婆送来的饭就回了村。自打年后从徐州回来，每天即使果园再忙，稻花都要一早一晚回家两次，今天有点晚了，她想公公一定等着急了。

　　出了果园大门，就是村东南以前挖土盖房时遗留下的坑塘，近几年因为村里积极响应上级号召打造蓝天碧水美丽家园，坑塘不仅被清理拓宽，起了百荷湖这个好听的名字，还从北、西两面架起了水上曲廊直指湖中心八方飞檐翘背的好望角。稻花顺着新修的水泥路沿湖东向北走了百十米，又过了向东通往傍湖镇的大路就到了家。进了堂屋门，见公公正在客厅的轮椅上右手带着左臂上下旋转，叫了声爹，听公公说了声回来了，就上了楼。一会儿下来，打开客厅的沙发床，把公公扶到床上便开始了每天必做的功课，边做边兴奋地给公公讲今天果园的事，金穗爹听着总是不断地笑着点头，有时问上两句，稻花就具体细说说。没想今晚刚给公公揉了两下左手大拇指，稻花手机就响起了蔡依林的《桃花源》，稻花偏头往桌上一看是妈从县城打来的，才听了两句，便对公公说，您先等等，我到楼上。稻花上了楼进了卧室关上门问，妈，有啥事，您说。妈说，没啥事就不能给你打个电话？稻花说，听您说话这么冲，以为谁又给您气受了，说出来，是哪个不懂事的，本姑娘给您出气。妈的声音又高了，就是让你气的，都一个多月了，也不来陪我住几天。稻花说，您和爸跟弟弟在县城住着，他又没多余房子，我去了住哪？是不是您掏银子让我进高级大宾馆？妈说，那也得给我打个电话问个好吧？总不能让我天天给你打电话吧？稻花说，前两天不是才向您问过吗？妈说，前两天？前两天是哪一天？都快三天了，还前两天？真是白养你了。稻花说，我这不是忙得抽不开身吗？妈说，忙忙忙，再忙每天也得给我打电话，早问好晚请安，我给你报销电话费。稻花说，行，我手机快欠费停机了，明天先给我充一百。妈说，你这没良心的，还真让我充？稻花说，是。妈说，还真是白养你了。稻花说，嫁出去的闺女泼出去的水，千古一个理，我正忙着，要是没事，可就挂了。妈说，你敢，天天给你公公做功课，陪我聊几句就不耐烦，他有儿有女，你个做儿媳的逞什么能？稻花说，他儿子忙，他女儿远，俺婆婆年纪也大了。妈说，那也轮不上你逞孝顺。稻花说，妈，我确实正忙着。妈说，正忙着也得告诉我，我重要还是他重要？稻花答，都重要。妈说，都重要也得有个轻重。稻花不想再这样下去，就说，当然是您重要。妈说，我重要，你还在他跟前显什么孝顺？稻花说，您真让我说？妈说，你说。稻花说，我的好妈，我这几天确实忙，等忙完这阵子，我摘筐鲜桃送您尝。妈说，我不稀罕。稻花说，不稀罕我可真挂了。妈说，你要敢挂，我这就打的去你那里，也让你天天给我做功课。稻花说，好，您来吧，我正盼着呢。说完真的挂了。稻花才要下楼，手机又响，一看是妈的，略一迟疑，又接，问，妈，您到底有啥事，快告诉我。妈说，就是想让你陪我聊一聊，行不行？稻花说，好，您说吧。妈说，别你娘的好嘴了，你家桃子是不是已上市了？明天给我往卡里打两千，我和你爹想趁这个周末跟着旅游团转两天，你爹这月的退休金用完了。稻花说，好，还有吗？妈说，没了，你快去给那个瘫子公公按摩推拿吧。

稻花一听这话就生气，可毕竟是亲妈，但亲妈又有几个是这样的呢？

稻花曾听奶奶说，妈自打一怀孕就梦想着头胎是个男孩，既从此结束生育之苦，还省了超生费，可生了一看是个女孩就不高兴，起名时，奶奶提议叫个什么花吧，拣最珍贵的花起，可妈透过窗户见稻田里正扬着花，就说生来就不惹人喜欢，命贱，叫稻花吧，一直教中学语文的父亲说，稻花好呀，稻花香里说丰年听取蛙声一片，诗情画意都有了。妈说有个屁，父亲又说，歌里不是也唱吗？风吹稻花香两岸。妈眼一瞪，我都快烦死了，你还唱？你再唱，我就把她扔到窗外喂狗。稻花乍一听还真生了气，可后来听得多了，听完也只是一笑，她知道，奶奶直到过世都没跟妈和好过，隔三岔五背地里说些挑拨离间她母女感情的话很正常，可稻花从奶奶平时的为人也能猜到起名一事绝不会是空穴来风。此后一有机会，稻花就说这事。这样一来妈不仅更恨奶奶，也更不喜欢她了，偏心弟弟就更做得显鼻子显眼。稻花一上学就缠着奶奶求老师给她起个好听的名字，越说我贱，我偏越金贵，于是就有了上官凤的学名。她还

在心里暗暗发誓，在学校一定要好好努力，将来考个好大学远
走高飞眼不见心不烦。

哪想到，稻花高考填志愿报了哈尔滨工业大学没被录取，
偏被班主任建议的南京农业大学录取了。接到录取通知书的那
一刻，稻花很失落，但转念想南京就南京吧，好歹也有七八百
里，北面的没缘分，等毕业了找工作就再往南，但她心里明镜
似的，这辈子既做母女，身为女儿，无论走到海角天涯，母亲
的生养大恩也得报。哪又想到，金穗去南农大聘技术员，一直
苦于工作无着落的稻花，一见了中学时很有好感的同学，就生
了归心，后来仔细一回味，才明白，其实自己心里一直不想离
家太远，不然工作早就在大三时定下了。稻花妈一听说一直咬
牙切齿要去离家千里万里的地方工作的女儿回到了本地，尽管
是被私人聘了，还是感激金穗把女儿拉到了身边，这时她也猛
然意识到，自己心底深处，对女儿还是十分留恋的。一旦这意
识显了山露了水，稻花妈就开始得寸进尺。她不想让女儿在乡
下上班，见劝不通，就不断托人给女儿说对象，并再三申明非
县城的不嫁。她以为只要在县城给女儿找个好婆家，她就可以
在县城扎下根，既不误照顾孙子，还可以在受不了儿媳气的时
候有个逃避的去处。可人算不如天算，稻花偏偏爱上了金穗。
稻花妈一听两人关系定了，心就恨了，说，生就离不开土坷垃
的贱命。稻花说，你本来就没让我贵，要是让我贵，还给我起
稻花这名吗？稻花妈顿时语塞，可强势惯了的稻花妈哪里甘心
败在女儿跟前，随即又说，再贱也不能让我白养你。稻花说，

再贱也不会让你白养我。

让稻花没想到的是，自来到驿庙跟村里人一熟，村里人偏觉得稻花这名叫着亲切，不像"上官凤"这名喊起来太文气，从此也像金穗的学名"欧阳欣"一样，很少有人叫，这让稻花暗地里很是遗憾当年费尽心思起了个好听的学名。

说归说，气归气，遗憾归遗憾，稻花妈见金穗长得一表人才，老实本分，又是回乡创业的大学生，光承包的土地就有上千亩，只要肯下力气，以后的日子也差不到哪里去，跟老头子一合计，也就默认了。年前金穗按本地风俗送了节礼，并说了年后结婚的打算，稻花妈听了心想，早结早了，如今年轻人开放得很，又天天在一起，绝不能像儿子，证还没领，女朋友的肚子就遮不住了，儿子这样就这样了，女儿可不能再这样，就同意了。等金穗一离开家门，稻花妈便问稻花，给多少大礼？稻花不解，说，什么大礼？不是送过了吗？妈说，三斤三两。稻花说，什么三斤三两？妈说，百元大钞三斤三两重，婚前男方得把这个送过来。稻花问大约多少？走过来的弟弟说，十多万，这都是前几年的老皇历了，现在又兴万紫千红一片绿了。稻花问，这又是多少？弟弟说，紫，五元的，红，百元的，绿，五十的，你算算就知道了。稻花腾地站起，他哪里有这么多钱？妈说，承包这么多的土地，哪年盈利不比这些多？稻花说，按理，应该有，可前年种稻，扬花时遇上了高温，所收不及投入，去年改种了三百亩桃，刚挂果又碰上了冰雹，连带被砸成光杆的七百亩麦子，损失惨重，要不是桃园里的所有套种盈利基本上抵了开支，就不光是承包租金托人去银行贷了，根本没有钱。妈说，没钱结的哪门子婚？稻花说，那也不能把我当商品卖吧？妈说，形势赶的，没办法，反正一个子儿都不能少。稻花说，别说一个子儿都不能少，就是这样要一个子儿，我也张不开这个嘴，要说你去说。妈说，好，我跟金穗说。稻花急了，你也不能说。妈腾地站起，你弟结婚时，咱都东挪西借给了，至今还没还清呢，我得收了补这个亏空。稻花说，那也不能用卖我的钱，是不是爸？稻花爸转过头来问了句什么是不是，便继续逗孙子玩了。稻花说，你还是中学教师呢，关键时候就这态度？爸说，中学教师咋啦？大学教授也不能扭转乾坤，也有过上街卖茶叶蛋的历史。再说，这么多年，我一心扑在工作上，家里事，还不都是你妈说了算？闺女呀，与其正面对抗，不如智慧一点曲径通幽，智慧懂吗？智慧。妈眼一瞪，什么智慧？智慧对谁？滚一边去。转脸又说，就是不让你补，我生你养你这么多年，转眼成了人家的人，金穗是不是得替你付我奶水钱？还有你上学的所有开支，所学又都贡献到他的农场了，不给不公平吧？稻花说，生我养我是你们做父母的义务。妈一拍大腿，说得好，我养儿防老，你总得尽尽做儿女的义务吧？稻花说，我说我不尽了吗？妈说，可你现在的表现让我们如何相信你呢？稻花说，以后的日子不是还长着吗？妈说，你现在都胳膊肘往外拐，我们以后还能指望上你吗？稻花说，你的意思是要一次性买断？妈说，对，一次性买断。稻花说，我一不答应二也没有这个能力。妈说，你不答应也得答应，你没有这个能力，我找金穗要，他只要是个男人就是没有也得给。稻花说，那你就跟他要吧。妈说，好。

没想到稻花妈当晚就说了。金穗接电话时，正好被受了风寒刚从镇里浴池骑电动车回来的爹听见了。金穗爹对金穗说，这个咱再难也得给，不然外观会看贱稻花的，人一旦被看贱了，以后的日子还能好到哪里去？金穗说，咱自己过咱自己的日子，跟外观有啥关系？金穗爹说，这世道不是你一个人的世道，这日子也不是你一个人的日子。金穗没再说什么，就回了桃园，一到桃园便马不停蹄向外打手机，还没打完，金穗娘就从家里打来电话，说金穗爹不省人事了。金穗飞速赶回家，叫了救护车就去县医院，CT报告出来，又转到徐州第四人民医院。稻花是一个星期后才知道的，知道后，对着刚打麻将回来的妈说，你是杀手，你是惨无人道的刽子手，金穗爹要是有个好歹，我一辈子都替你还不清，你要吃斋念佛自我救赎一辈子。说完就去了徐州。到了病房，见公公已醒过来，并脱离了危险，但左半个身子不能动了，听医生说，恢复需要过程，还需要奇迹出现。什么是奇迹呢？通过向医生和护士咨询及网上查阅，稻花了解到奇迹和病人心态关系更大。如何才能让公公有个良好的心态呢？丢下家里和一大片果园没人照管，公公要牵肠挂肚不会有好心态，婆婆要是回去了，一个人在家饭吃不好觉睡不香，公公不会有好心态，大过年的，让三个姐姐丢下自己的一家老小，公公也不会有好心态，要是她稻花能像亲闺女一样在医院侍候，公公肯定能有个好心态，于是就把金穗拉到一边说，你回果园吧，那里离不开你，也让三个姐姐回，这里有娘和我就行了。金穗和三个姐姐当然不同意，金穗娘更不同意，稻花说，如果你们都不把我当这个家的人，我走，你们都留下。这话说得严重了，不好再坚持，金穗娘赶紧说，就听稻花的吧。整整一个多月，稻花不仅楼上楼下、床前床后尽心尽力，还跟着做康复推拿治疗的医生学着给公公按摩，同病室的都对金穗爹说，你这闺女真没白养啊，金穗娘纠正说，哪是闺女？是没过门的儿媳妇。

金穗爹出院回家后，稻花除坚持每天早晚两次给公公按摩，还偷空算了算，在医院的所有花销，比两个"三斤三两"还多，如果比"万紫千红一片绿"，那其中的一片绿应该是很大的一片。当然，公公的病，虽并不全是妈的电话所致，但最起码是一个直接诱因，是妈的电话加速了公公脑梗塞症状的呈现。

金穗爹出院时，正月十五早就过了。

今年春天来得特别早，气温也升得快，噌噌噌，不仅年老的开始脱棉衣了，年轻的姑娘也陆续穿上露脐装。去果园的路上，要是有心看，无论路旁还是沟坡，甚至果园大门内侧的两棵杏树的枝杈上，也缀满了星星簇簇的蓓蕾。百荷湖边围着的垂柳更不用说，远观早已绿意朦胧，近瞧更了不得，嫩黄的芽苞早就排着队等着绽放。

依着稻花的心思，金穗爹从医院回来，金穗就该把他们的婚事提上日程。可稻花等了好几天也不见动静。两人单处时，稻花又多次将话题婉转地往婚事上面引，可金穗就是不来电。
这让稻花非常生气。他往日的敏感呢？他以前的雷厉风行呢？
是让妈的"万紫千红一片绿"吓傻了，还是让公公的一场突如
其来的病给打蒙了，抑或是对我有了别的想法？想想刚来到时，
金穗天天脸上洋溢的那个兴奋，行动那个敏捷，脑子那个灵光，
说青春焕发可以，说周身蓬勃着取之不竭的活力也不为过。特
别是两人关系确定的去年秋天，一听说政府大力提倡搞家庭农
场，金穗就在她的鼓动下积极响应，不但全镇第一个申报，把
他俩的名各取一字给农场命名，还计划用五年的时间在承包的
土地上种上优质杏、梨、桃、苹果等，让农场四季鲜果不断，
成为名副其实的生态果园。可如今果园才刚刚起步，美好的蓝
图描绘也正需要他俩珠联璧合、做大做强，金穗到底是咋啦？

　　确实，手头有限的金穗不光周转资金花完了，还借了债，又
要面子，想让婚礼好好风光风光的金穗就暂时不敢再提结婚的事，
可杏花开了不提也就罢了，梨花眼看又要谢了还不吱声，稻花心
里就真急了。再看金穗，该吃饭了，回到家里吃了就走，要不就
帮着稻花给爹按摩完再走，其间很少跟稻花说话，脸上还总是愁
云密布，像有多大的心事牵绊着。是不是他心里已开始渐渐疏远
我？要是这样，我再待在这个家就没有名堂了。可又咋说呢？

　　又是个星期五，稻花早饭后把自己的东西放进上学时就一
直带着的万向轮田园风涤纶面料拉杆箱里，对金穗娘说，她想
回镇里住些日子。正埋头吃饭的金穗一愣，猛抬起头瞅着稻花
说，果园里这段日子特忙，你又不是不知道。稻花说，光我知

道有啥用？你知道为啥不给我个日程安排？你不说，我哪里又知道你是咋想的？金穗又是一愣，回头对娘说，稻花都个把月没回家了，就让稻花这个双休回家看看吧，给爹一早一晚的按摩，我来做，这段时间，我跟稻花可学了不少。婆婆说，你哪比得上稻花？我可是亲眼见的，她一招一式都是跟着大医院的专家学的，你爹一天也离不了她。又瞅着稻花说，乖孩子，想爸妈了，就回家看看，东西不要带，晚饭前再回来，我们等你回来商量你和金穗结婚的事，这些天都忙晕了，差点把你们的大事忘了。回头又瞪了金穗一眼说，你这馕羔子，天天光知道在果园里瞎捣弄，我老糊涂了，难道你也脑子不灵光了？就是果园里再忙，也不能把你们的婚事丢到脑勺子后面去，快送稻花回镇里，要不就陪着她一起到县城逛逛，让她散散心，天天窝在这村旮旯里，真难为咱稻花了。

本来，稻花是说给金穗听的，也没打算走，只是做做样子，只要金穗一拦也就不再坚持，可没想到婆婆把话说到了这份上，就是不想走也得走了。她瞅了金穗一眼，拉杆箱一放，空了手就往外走。金穗不敢怠慢，赶紧放下碗开了院里的白色朗逸就追。

路上金穗说，咱俩的婚礼，这些日子我一直操办着，想等钱凑齐了给你个惊喜。稻花说，钱凑不齐，难道我们就不办了？金穗说，摆酒席的花销倒不用愁，现在都兴饭店下乡了，咱挑个好的请了来，婚礼结束就用收的礼结账，可大礼钱，我得想想办法，不过你也别担心，我已筹得差不多了。稻花说，我问你，你是买媳妇还是娶媳妇？金穗答，当然是娶。稻花说，既然是娶，就听我一句，大礼咱不送，你要真送，咱俩这就拜拜，天下处处有芳草，美眉倩妞大街上有的是，你该上哪娶就上哪娶去。金穗道，爹说了，再难也不能亏了你。稻花说，钱又不是大风刮来的大水淌来的，借了能不还吗？你让我结了婚背着债过日子，我心里能畅快吗？金穗说，你爸妈要是坚持呢？稻花说，他们坚持，我不是也在你家住这么长时间了吗？是不是还一直把我当你聘来的技术员呢？金穗说，不不不，我意思是说，还是别跟你爸妈闹僵，闹僵了，人家笑话。稻花说，死要面子活受罪，我不答应。

　　到了镇里苏果超市门前，金穗把车停下说，我去买点水果。稻花说，他们不在镇里，在县城，咱去县城。金穗又挂了挡直奔去县城的快速通道。到了县城中心的子隆小区超市门前，金穗又要停，稻花又没让，说，赶紧往前走。金穗问去哪？稻花说随便。金穗停下说，你不是来看你爸妈的吗？稻花说，我一想就来气，不看。金穗说，杀人不过头点地，你爸妈对咱也没啥过分要求，只是随了风俗要个脸面，也是人之常情，还是去看看吧。稻花脸一正，你到底走不走？金穗说，那好吧，咱先随便转转，我都好长时间没来县城了。稻花瞅着金穗点着头说，好好好，长本事了，跟我耍鬼点子，原来自己想兜风，却打着我的旗号。金穗说，这不是借你的光临时兴起吗？我不逛了还不行吗？稻花说，是不是刚才的话也是临时瞎编了骗我的？金穗停下车，举起右手，我发誓。稻花说，发什么誓？好好开你的车。稻花透过车窗向外看，街两旁树绿花艳，当街店铺广告更是别出心裁，一个个扑面而来，还没等看仔细又一一闪过。又过了两个红绿灯，看到了城北广场公园，便说，就在这广场看看吧，随后又补充说外面热就别下车了。

金穗见旁边有个婚纱摄影店，就说，咱不如趁机会把婚纱照拍了。稻花说，不在这拍。金穗问，在哪拍？你快说，咱这就去。稻花说，去咱果园。金穗一惊，去咱果园？咱果园现在只有桃树，花还没开。稻花说，那就等花开了拍，到时不光拍婚纱照，我还想在那里举行咱们的婚礼。金穗说，再摆个桃花宴，确实浪漫，还更上档次。稻花说，还蟠桃会呢，咱不铺张，就象征性弄几桌，把主要的亲戚和要好的朋友请来热闹热闹就行了。金穗说，是不是太寒酸了？稻花瞅着远处草坡上亲昵依偎的一对情侣说，寒酸不寒酸，看你怎么看，心里要是时时柔情蜜意激情四射，不办也觉得热闹，要是整天满脑子俗气十足，就是办上几百桌也是冷清。回头又说，两人真心相爱，又有共同的事业追求，就足够了，趁着婚礼打肿脸充胖子讲排场显阔气累不累？金穗问，也不要车队了？稻花说，不要，只要在咱果园桃花盛开的时候，你把镇婚庆公司的大花轿租了，让我从镇里坐到咱的果园就行。金穗说，一定让你坐大花轿，再请咱县最好的唢呐班。稻花说，不要最好，只要有那个意思就行。说完，一挺身，高了声说，欧阳欣同志，能不能按我说的做？金穗一愣，说，我得回家商量商量。稻花说，回家商量可以，但你现在就得答复我，你同意不同意？马上回答。说着拉开车门，不同意，我立马下车，再也不进你的门，5、4、3……金穗赶紧举起手说，我同意，但不代表家里。稻花说，家里工作你必须做通。金穗说，要是你爸妈不同意呢？稻花说，蟠桃宴都不想来，他们想干什么？那咱就又省了。

世上事往往就是这样，你置身其中，不仅会游刃有余创造性发挥，还不断有意想不到的结果出现。比如稻花在果园，事事以主人的姿态，别人也就把她当主人看。家庭中也是这样，不论你以一种什么身份进入一个家庭，你若总是以主人翁精神时时事事处处为这个家着想，这个家庭的人就把你当作亲人待，反之，处处给自己设防划界，你就是天天身在其中，也永远是个时刻让人生分的局外人。自进了农场，稻花在金穗爹娘跟前便闺女一样往老人家心里贴。就说稻花在医院侍奉金穗爹，单大小便就让金穗爹十分难为情，不能下床，更不能去厕所，在床上，金穗娘一个人又帮不到位，稻花伸手，金穗爹说啥也不让，总抬起好手按铃叫护士，可一见护士也像稻花样清纯，再急的大小便也硬憋回去了。别说大便两三天才有一次，就是小便也不正常，弄得金穗爹在床上翻来覆去，有时急了就骂金穗白养了，还有丢下他回家的三个闺女，一个个成了不亲不孝的白眼狼。稻花听了，先还是笑笑，后来就说话了，先为金穗三个姐打抱不平，嫁出去的闺女毕竟是客了，别说该来的来了，该掏的也都竭尽全力地掏了，不回去人家的一家老小咋办？再说金穗，作为儿子，这时候应该守在这里，可家里、果园里离不开他，一离开，损失就大了，医院里的一应开销以后用啥填

呢？我和金穗虽没举行婚礼，但也是儿媳了，有儿媳在跟前，
这又有啥不一样呢？既然这时候嫌闺女们没在身边，为啥这时
候不能把儿媳当闺女、当护士呢？既然不能把儿媳当闺女待，
那还要儿媳有啥用呢？不如让金穗打光棍算了，何苦这也防着
那也避着？是不是我做的没让您老满意呢？金穗娘听了赶紧说，
稻花乖孩子，你可别这样想，别看他发牢骚，其实心里美着呢，
你哪天私自访访，谁家能有这福气呢？转头又对金穗爹说，你
看咱稻花说得多好，你半个身子一时不听使唤了，难道说脑子
也不听使唤了？咱索性以后就靠上稻花了。金穗爹说，可、可、
可……稻花说，可啥可？就当俺家上辈子欠您的，老天爷派我来
给您当使唤丫头还债的。金穗娘笑笑说，看你这孩子说的。金穗
爹说，稻花啊，金穗能遇上你，这是他哪辈子修来的福呀！

　　尽管这样，金穗爹不是迫不得已，绝不让稻花伸手，不仅
在医院，就是现在稻花给他按摩完上肢开始活动下肢，还总是
问，你娘去送饭，你都回来了，她咋还不回来？稻花揉完脚趾
又移到脚踝处说，摘了那么多，客商还没拉完呢，是不是得有
人看着？金穗爹问，金穗呢？稻花答，开车送王老板去徐州了。
金穗爹又问，王老板没开车来？稻花说，开了，上午非得缠着
金穗补喜酒多喝了两杯，您说满满一大卡车桃子，不送他，能
放心吗？金穗爹说，这金穗也是自找麻烦，就不能想个点子把
补的喜酒往后推推？稻花说，他那个实心眼，两句好话一说，
衣服脱光了还给鞋不说，连袜子也脱了送人家。金穗爹说，那
你揉完膝盖就别再揉了，抓紧去果园把你娘替回来。

　　稻花听了暗自笑笑，知道公公的封建思想又作怪了，就说，这大胯根部更得揉，还有腰，都坐了一天了，麻木得血都不流动了，更别说神经，万一瘀了血结了块再化脓烂了就麻烦大了，您就不想快点站起来到果园里帮帮我和金穗？您就忍心看着我和金穗还有娘天天起五更睡半夜没有一点空闲？公公说，别说了，揉吧揉吧，想揉哪就揉哪，行了吧？我这是哪辈子作的孽啊，连累着你们替我受。稻花说，您应该高兴才是呢，要不是您突然得这病，您咋知道我们会这样待您呢？千言万语归到一句话，您要好好地配合锻炼，尽快康复起来。公公说，其实，我天天也没闲着，一直在按你说的练，练累了，就歇歇再练，有时练烦了，真想……可又一想，有你这样的好儿媳，我要是再不知好歹不尽快站起来，还能对得起谁呢？稻花说，这病本就让人身子懒，您能克服了懒坚持练，确实不容易，就是心生烦躁了也得坚持住，更不能有别的想法，金穗天天连做梦都在盼着您快点好起来。公公说，我知道。稻花说，我还有一个盼望。公公问，盼望啥？只要我能做得到。稻花说，盼望您把我当成亲闺女。公公说，你比亲闺女还亲呢。

　　稻花的手机又响起来。是在果园的婆婆打来的。

　　婆婆说，她们都在等你呢，你快来吧。稻花说，您告诉她们，别等了。婆婆道，她们说，还是你领着跳得好。稻花说，跟着音乐一样的，让她们先跳吧，我一会儿就到。

　　放下手机，稻花帮公公翻个身，开始揉臀部和腰。这时果园里传来《桃花源》的歌声来。

> 我熟悉的孤独
>
> 突然间跳起舞
>
> 说它知道
>
> 在心的深处有个国度
>
> 铺满花瓣的路
>
> 水晶房屋清澈微甜的湖
>
> 就算只是短暂经过都觉得幸福
>
> ……

　　稻花跟着哼起来，她的按摩也有了这歌的节奏。

　　果园舞场是稻花在结婚那天宣布设立的。当时从镇里请来的司仪喊完夫妻对拜，本来下一项就是送入洞房，可结婚典礼是设在果园里，两人的洞房又在家里的楼上，司仪就说下面请一对新人领舞《幸福天长地久》，也请光临的所有来宾把你们对新人最衷心的祝福随着音乐舞动起来。司仪喊完，《花好月圆》这首歌就响起来，来客先是一愣，随即就见村里在果园打工的年轻媳妇们都拥着金穗和稻花兴奋地跳起来。一曲才完，《龙凤呈祥》又开始了，来客中的年轻男女就加入了进去，等《牵手》《水晶》《甜蜜蜜》《知心爱人》《爱你365天》唱罢，《幸福天长地久》响起，所有的人要么跟着歌唱起来，要么随着节奏不停地笑着齐拍手。稻花爸笑着指着正跳舞的稻花对稻花妈说，你看咱稻花对自己的婚礼多会设计？你看他们多幸福？你还总是给她出难题。稻花妈也笑着说，我就是故意激激她，看她到底对自己的生活有多少信心。稻花爸说，你现在看出来了吧？稻花妈说，要是没看出来，她就是用八抬大轿请我，我都不来。两人正说着，又听音箱里响起《桃花源》，接着就是《心中的桃花源》《情醉桃花源》《桃花园里歌飘香》等歌曲联唱，歌声中，金穗和稻花还跳起了探戈和华尔兹，博得众人喝彩声不断。不知道的，还真以为是司仪的即兴发挥，其实是稻花跟司仪事先说好的。为了他们婚礼高潮时的纵情一舞，为了他们果园将来的兴盛，为了开启他们以后美好生活的新篇章，曾领着村里姐妹们夺得全县广场舞冠军的稻花利用晚饭后的时间在这里准备了半个多月。婚礼一结束，稻花就宣布，以后果园就是舞场，想跳的晚饭后就尽管来吧。

> 有一个地方是世外洞天
>
> 芳草萋萋溪水潺潺
>
> 桃花灼灼多么灿烂
>
> 粉红彩霞哦落满山
>
> 田舍青青袅袅炊烟
>
> 鸡犬相闻那就是桃花源
>
> 桃花源里有桃花酒
>
> 酒醉芳心润润红颜
>
> ……

随着不断传来的歌声，稻花又把公公的身子翻过来，按以往的程序把公公的整个左腿再活动活动，可公公说啥也不让动了。稻花停止了嘴里的哼唱问，咋又不让做了？公公用右手撑着坐起来目不转睛地看着稻花说，我、我、我。稻花停下手又问，您想干啥？公公说，我、我、我。稻花再问，您到底想干啥？公公说，我想上楼。稻花一惊，您想上楼？上楼干啥？

桃园里的歌又换成了《桃花园里歌飘香》：

　　那是谁的歌声带着磁场？
　　让我一听就听一个晚上，
　　歌中的姑娘啥模样？
　　……

公公说，你快给金穗打电话，问他回来没有，我想上楼。稻花问，您上楼干啥？公公答，你们跳舞选的这些歌不但好听还很有意义，我天天晚上都听不够，听着听着心就跑到咱桃园去了，有时还做梦，今天咱的桃园终于收获了，我现在特想看看咱桃园的夜景。

都说人老了就是老小孩，还真是不假。可真要满足公公的要求，背公公上楼，稻花还真没有底气，不答应吧，难得公公有这兴致，就给金穗打电话，一问才知，他乘的出租车还没出城，再快也得一小时，真要再过这么长时间，歌也没了，人也走完了，公公会不会因此不高兴呢？万一不高兴，病情是不是会加重呢？万一加重，桃园现在这么忙，谁又能去医院照顾他呢？想想以前跟金穗在一起，都是金穗背着她在桃园里疯跑，金穗一让她背，她要么撒娇要么二话不说撒腿就跑，万没想到公公现在要上楼，早知有今天，以前在桃园，说啥也得背着金穗练练。可时间不等人，稻花放下手机说，我推您去桃园。公公说，不如在楼上看得全。还真是老小孩了，不好再拖，稻花想想平常帮公公翻身也没用多大力气，真要把他背上楼也不是没有可能，就说，我背您。金穗爹说，你哪能背我？稻花问，我咋就不能背您呢？金穗爹说，你背不动，你再给你娘打电话。稻花说，不试哪能知道背不背得动？没等公公再说，稻花把公公的轮椅合上扛起来就噌噌上了楼，回来扯起公公的胳膊就背到了肩上。稻花掂了掂，感觉并不是很重，可金穗爹急了，稻花好孩子，你快放下我，快放下我。稻花说，爹，您放心，今晚，我一定要让您看到咱桃园的夜景。说着就小心翼翼上了楼梯。金穗爹高了声，以带有命令的口气说，好孩子，快把我放下！见稻花还是背着自己颤巍巍地往上爬，金穗爹又用近乎央求的语气说，好孩子，快放下我，我不看了还不行吗？偏偏稻花的拗劲儿上来了，不管金穗爹咋说，仍往楼上爬。金穗爹见咋说也不行，就右手死死地抓住了扶手，稻花不敢再往上，停下喘了口气说，爹，您是不是不相信我？金穗爹说，咋能不相信你呢？稻花说，既然相信我，就把手松开，再耽误，就是上去也看不成了。金穗爹就松了手，稻花一鼓作气上了楼。

等公公在轮椅上坐稳，稻花往外一看，天已经全黑了，百荷湖上的霓虹灯全开了，两道曲廊似两条游龙蜿蜒着直奔湖中心而去，好望角顶部的八道曲脊飞檐次第闪亮，人却不多。再看桃园，大门内侧的一大片空地上挤满了人，像在村里三月三庙会上看大戏，四盏太阳能路灯把舞场照得如同白昼。远远看去，舞场里跟着音乐起舞的男女旁若无人地尽情跳着。稻花还看见婆婆在旁边跟着不停地比画。金穗爹对稻花说，真像我梦中见的。稻花说，那可不是梦，那是真的。

　　这时舞场又换了歌。金穗爹听完前奏，说，这歌我知道，是蒋大为的《在那桃花盛开的地方》，年轻时就喜欢，还喜欢歌里唱的情景。说完，就跟着唱起来。金穗爹不仅唱，右手还跟着打拍子。稻花被公公吸引住了，可看着看着，稻花发现，公公左胳膊也跟着节奏动起来，这可是个好征兆，赶紧用手机拍了视频通过微信发给了金穗。

喜　鹊

　　刘哑巴的电动三轮车一启动，身旁老柳树上的喜鹊就叫起来，有一只还顺着出村的路鸣锣开道。

　　出了村的刘哑巴很不理解这只喜鹊的热情，本打算在岔路口往北，因为好奇，就跟着这只喜鹊拐向正东。走了一段，喜鹊见刘哑巴没跟上，就在空中盘旋，等刘哑巴走近了，又直向前飞，如此再三，刘哑巴瞅着不时回头的喜鹊心里道，我倒要看看你今天能把我引到哪里去，那里又有啥好事等着我。

　　刘哑巴并不是天生不会说话，而是因为小时候太会说，不论啥场合，都像树上的麻雀一样叽叽喳喳个没完没了，家里人烦了就常斥责他，谁又不把你当哑巴卖了，你就不能把嘴闭上？一而再再而三，刘哑巴的外号就在村里传开了。上小学时，他爹请老师给他起了个学名，叫刘子默，遗憾的是刘子默这个学名并没有让他把嘴闭上，相反，他却成了学校文艺宣传队的积极分子。因为喜欢唱，他的功课就渐渐落在了人后，高中一毕业就跟着他爹的建筑队学起了瓦工活。学起瓦工活的刘哑巴尽管每天再累也没忘了他的爱好，还买了套音响设备放在了自己住的东屋里，每天晚饭罢就关起门在屋里唱，一唱就是大半夜，不仅搅得全家人不得安生，连大半个村子也天天像地震一样，他爹一气就给砸了，这一砸，还真把他的学名刘子默砸成了名副其实。刘哑巴不但不唱了，话也很少了，你要是问他话，他不是点头就是摇头，不到不得不说，他还真不开口，就是开口，也是惜字如金，从此"刘哑巴"在村里就真的叫响了，别说"刘子默"没人叫，连乳名"幸福"也被人忘了。

喜鹊一直向前，刘哑巴紧紧相随。眼看到了一个丁字路口，刘哑巴激动起来，这丁字路的支撑是一条宽展展射向镇区的笔直大道，笔直大道的尽头就是惠你超市，他以前每次到了这超市门前，里面就有人叫住他，不用再去别处就能把三轮车装得满满的，有时一趟还拉不完，盈利自然赶得上以往三四天的收入。既然今天喜鹊带路，又好长时间没去了，肯定会有意想不到的惊喜。

眼看要到路口，刘哑巴习惯性地看看后视镜，路上只有一辆红白相间的全封闭电动三轮车，车顶上"向幸福出发"五个红色大字非常醒目，太阳反射过来的光还格外刺眼。刘哑巴回头打开了左转的闪烁灯心里就笑了，如今谁又不是向幸福出发呢？他的双排座客货两用阳光黄"座驾"上也有这几个红字，只是写在驾驶楼后上方。本来他想买辆前面有这几个字的，车在路上行，对面的看过来，不仅以为这辆车上的人是向幸福出发的，还会认为自己也是奔向幸福的，但又觉得太招摇，万一看见的人一味沉浸在对幸福的向往中，容易发生交通事故，斟酌再三，就选了后面带这几个字的。后面带这几个字，自己虽然看不到心里却知道，后车的人一抬头看见，也会认为前面的车正在向幸福出发，自己更是向着幸福前进，要是就此沉浸在幸福的喜悦中发生追尾，责任也不在他。尽管刘哑巴的逻辑让人觉得可笑，但后面有这几个字相对来说不显得招摇却是真的。在刘哑巴眼里，如今世上会招摇的确实太多了，就像稻穗弯下沉甸甸的腰显摆颗粒饱满，下了蛋的鸡高唱着"个个大"来炫耀自己的贡献……可喜鹊没拐弯，头也没回，直向前飞，刘哑巴就关闭了闪烁灯，把电门拧到最大追了上去。

才行百十米，东屯渐渐清晰入眼，刘哑巴便打开了车顶安装的红色扩音喇叭：收破烂，收破烂，谁有破烂快来卖。才喊了两遍，前面的喜鹊又在路北的一座新起的平房小院上空盘旋起来，刘哑巴停下车顺手关了喇叭好奇地定神一看，院门敞着，一位身穿没膝暗红格子套裙的白发妇女在院子地上躺着，他赶紧推开车门下了车，左右看看，路上没人，又目测一下小院与村子的距离有近百米，再看引他来的那只喜鹊，正站在屋脊上看着他，他立即明白了，原来喜鹊是让他救人的，可如今好人是易做的吗？我要是在这种情况下进了门，再让她的家里人看见能说得清吗？万一再被赖上了，那可真不值了，还是赶紧离开这是非地。

刘哑巴急转身上了车关上门狠狠地向那喜鹊瞪了一眼，以为你是给我报喜，原来是引我来惹麻烦，简直是只可恶的乌鸦！你难道真是只乌鸦吗？刘哑巴就仔细看，乌鸦是黑的尾巴短，这只却是尾巴长，无论从颜色或体型来看都是常年在这一带繁衍生息的灰喜鹊。好长时间没见过乌鸦了，这一只难道是混在喜鹊群里的乌鸦变种吗？在收回目光时，却看见那妇女慢慢扬起了脸，右胳膊缓缓抬起来向外努力伸，刘哑巴还隐隐约约听到她的呼叫：快救救我。多么熟悉的声音，多么熟悉的面孔，刘哑巴又噌地打开车门，三步并作两步冲进院子，抱起那妇女放到驾驶楼的后排座上，掉转车头就向镇卫生院冲去。

还不是上班时间，刘哑巴把那妇女扶进急诊室，值班的男高个医生问他，咋了？刘哑巴摇摇头，见男高个瞅着他，便说，突发的，请您快给看看吧。男高个又问，平时真一点迹象也没有？刘哑巴又摇摇头。男高个说，都老夫老妻了，天下真没有你这样的。刘哑巴笑笑说，您还是给看看吧。那妇女这时说话了，大夫，别怪他，他不知情，我胃疼得受不了。男高个问道，吃早饭没有？那妇女说，没。男高个说，那就先做检查吧。又转脸看着刘哑巴问，保障卡带了吗？刘哑巴转脸见那妇女摇摇头，也就跟着摇摇头。男高个向他翻了下眼皮说，你看你，带她来看病，咋就不把卡带来呢？见刘哑巴不答话，又问，叫啥名。刘哑巴脱口而出甄美菊，五十八岁。刘哑巴说完，偷偷瞥了眼甄美菊，甄美菊正愕然地盯着他。刘哑巴赶紧低下了头。

男高个没有注意到两人的神情，等桌上的打印机咔嗒嗒吐出几张纸，递给还低着头的刘哑巴说，先去交钱吧，交完钱就到上班时间了。

刘哑巴交钱时费了点小周折，身上带的钱不够不说，还大都是一元、五元小面额的硬币和钞票，他扯出拴在腰上已看不出颜色的布袋将钱全倒在窗口上，见一直晴朗朗笑眯眯的收费女眼镜脸上阴云突起，嘴角上还醒目地摆出不屑的嘲弄，就赶紧抓了放进布袋里，问，能微信转账吗？女眼镜说，能。才掏出手机，就被甄美菊抓了过去，说，我好了，不查了。刘哑巴说，不查咋能确诊呢？甄美菊说，我自己知道。说完把手机往刘哑巴手里一塞转身就朝外走。这时进出的人也多起来，刘哑巴不好再拉扯，就跟了出去，见甄美菊到了他的三轮车前还不停，就慌了，忙跑到车里插了钥匙就追，追上了就停下来，可甄美菊说，我没事了，你快忙你的去吧。刘哑巴说，我正好顺路把你带回家。甄美菊边走边说，又不远，我自己回。刘哑巴只好又追。

走走停停，停停又走。甄美菊见刘哑巴总是跟着她，猛地站住说，你这人咋还这样？刘哑巴说，你刚缓过来，要是路上再犯了咋办？甄美菊眼一竖，那也不麻烦你。说完又疾步向前，才走两步又突然停下，向刘哑巴一挥手，快。

正月才过，傍湖镇今天虽是逢集日，路上人却不多，人都被三段村二月二的庙会吸引走了，刘哑巴不再像以前穿街走巷那样躲闪，箭一样往前直冲。

出了镇区，刘哑巴回头瞅了满脸严肃的甄美菊一眼，心就扭成了一个疙瘩，又能出啥事呢？千万别是什么大事。这样默默祷告着，眼就瞟向了窗外，先是左右扫了一下，接着就抬头望向前方的天空，心里扭成一团的疙瘩就慢慢舒展开来。一只喜鹊平展着翅膀正和平鸽一样向前滑翔，是不是刚才的那只呢？无论是不是都是喜鹊，喜鹊是报喜的，尽管刚才让他惊心动魄，毕竟有惊无险，还让甄美菊这么多年来第一次坐上他的车靠他这么近。既然没什么大事要发生，甄美菊为啥这么心急呢？刘哑巴心又一缩，扭成的疙瘩又悬起来。

这一生，让刘哑巴没想到的是竟然与喜鹊紧紧连在了一起。说来话长，刘哑巴至今仍然清楚地记得，当他最初注意到这个长尾巴的动物，并对它表现出前所未有的好奇时，娘告诉他这是马嘎子，并且还教他"小马嘎，尾巴长，娶了媳妇，忘了娘"，他学会后也不问娘为啥小马嘎娶了媳妇忘了娘，就对娘说，他长大了不娶媳妇，一直跟娘过。当时他娘笑着说，还是俺幸福孝顺，就是再孝顺也得娶媳妇，还要给娘娶个漂亮媳妇，只是娶了媳妇别忘了娘就行。刘哑巴立即保证，就是娶了媳妇也不会忘了娘。

随着年龄的增长，刘哑巴知道了娘说的小马嘎叫喜鹊，喜鹊是给人间报喜的，从此就在心里喜欢上了喜鹊。一喜欢上了喜鹊，喜鹊好像知道了似的，总是给他带来惊喜。如果哪天喜鹊在他家门前的树上叫，他没多久就能见到甄美菊，每次一见到甄美菊，他就会兴奋得什么都忘了，围着甄美菊不停地说这说那。后来，他的歌声在村里消失，成了沉默寡言的刘子默，有好长时间，他没听到喜鹊的叫声。一直在心里锁定的漂亮媳妇甄美菊嫁到东屯的那天，他更没见到喜鹊的踪影，天还连着下了几日秋雨。从此，喜鹊成了他心中的吉祥物，每当出行，他都会有意识地抬头看看门前的树上有没有喜鹊，如果有，或者能"喳喳"地一连叫上几声，就断定本次出门必定顺风顺水，兴许还会遇到中了大奖一样的好事情，如果见不到听不到，他必定事事谨慎。可有时，他的判断也会出现相反的结果，由此带给他的烦恼会让他不高兴好多天，甚至还会怀疑喜鹊这种鸟类是不是放弃了自己的信仰不再忠于自己的职守，疑惑中又发现判断失误的次数也不是很多，那些身形矫健的喜鹊仍然成群结队或是单枪匹马地为人预示着喜庆传报着平安。可为什么会出现失误呢？刘哑巴有时候烦恼得无法自我开脱就去村西头。村西头住着个已老得不能出门的算卦瞎子，算卦瞎子会告诉他，不是喜鹊变了，是人浮躁的心智搅乱了人身形成的磁场。刘哑巴不明白，再问，算卦的又说，自己悟去。说完，再不开口。刘哑巴不好再问，就回去翻一直保留的高中物理课本，当他看到"通电的导线会使磁极发生偏转"时蓦然醒悟，带着强烈欲望的人不就是通了电的导体吗？欲望让原来的磁极发生了偏转，你还辨得清东西南北吗？连东西南北都辨不清，你又咋能对即将发生的事作出正确的判断呢？

刘哑巴驾驶着他的"向幸福出发"电动三轮车继续向前疾行。他的大脑在急速运转，我此时是不是带着欲望呢？是不是我现在的所有判断都会不准确呢？甄美菊可是在身边，作不出准确的判断，自己倒无所谓，千万别殃及甄美菊，她身边可是一大家子人呢。

刘哑巴收回自己的胡思乱想，转脸问甄美菊，啥事这么急？甄美菊答，炉子上烧着饭呢，这么长时间肯定烧煳锅了。刘哑巴一直悬着的心就慢慢放下了，说，煳就煳吧，大不了再买个新的。甄美菊说，我可没有你大方。刘哑巴一愣，说，既然到了医院就该好好检查一下，万一有个好歹。甄美菊说，大不了是个死，这日子不过也罢。刘哑巴不敢再继续上一个话题，就又问，你咋自己搬出来住了？甄美菊说，图清静。刘哑巴说，图啥清静，跟孩子们在一块多好？甄美菊哼一声不说话了。刘哑巴就想到了昨晚睡觉时看到的村微信群里传的一个视频。一个与甄美菊年纪相仿的妇女，一开始两个儿媳争着要，那妇女就跟两家商定一月一轮换。那妇女不管到谁家都不闲着，不是洗衣做饭就是屋里屋外清理打扫，地里农活更不用说。要是逢着大小月，轮着小月的就让再过一天，轮着大月的，另一家就提前来请，这一家说啥也不同意。那妇女见两个儿媳对自己那么亲热很高兴，可后来在一次两家拉扯争她时，她头一晕就倒下了，从医院出来后落下个半身不遂，别说做家务，连路都走不稳，两个儿媳便一反常态，不仅脸上的亲热没了，逢着大小月都提前往外撵。那妇女就拖着个残身子在两家来回走，谁都不让多住一天，当两个儿子为此打起来时，那妇女转身撞向了二儿子门前路上迎头开来的一辆白色轿车……当时看过，刘哑巴非常气愤，可又能咋样呢？也许，甄美菊就是因类似原因到村外自己住的吧？

过了镇南新建广场，向左一拐，甄美菊的小院已能隐隐约约看见。刘哑巴心里一个又一个问号冒出来。一个人远远地住在村外，以后要是再这样晕倒在院子里，又没人看见，那还有救？她两个儿子咋这样狠心呢，就不怕人家笑话吗？她以后的日子又咋样熬呢？十多年前，刘哑巴就听村里人说，甄美菊命苦，生养的两个儿子还没成人丈夫就没了。一次，他借着跟建筑队去东屯建房的机会，专门拐到甄美菊家去看她。刚到门前，就见她正吃力地从院中往屋里扛晒好的麦子，他二话没说，把自行车往路边一放就进去了，进了院扛了麦袋就随着甄美菊进了屋。甄美菊放下袋子转身看见他，先是一愣，继而夺了麦袋就往外赶他，他说，扛完就走，甄美菊脸一正说，你要是想让我死得快，你就别走。刘哑巴说，日子还长着呢，你不能这样苦自己。甄美菊说，这不是你管的事，快走。刘哑巴没办法，就走了，那天回到家，跟爹娘一说，爹只是不住地叹气，娘说这就是命，命谁也犟不过。

车还没在小院前停稳，甄美菊就冲进了院子，刘哑巴下了车也跟着跑进去。到了屋里，就看屋门西旁，一个熏烤得黢黑的小钢精锅静静地坐在炉子上面，甄美菊掀开锅盖，里面一点热气也没有，再一看炉门，就笑了，你看我这脑子，咋就没开炉门呢？刘哑巴也笑笑说，没事就好，现在打开不正好吗？忽然一想都这时候了甄美菊还没吃早饭，等做好吃完，中午饭也该准备了，就说，你也别开了，我去镇里给你买吧。甄美菊说，不用了，你快去忙你的。刘哑巴问，你现在胃里感觉咋样？甄美菊答，我这胃闹起来就是一阵子，像夏天的雷阵雨，过了就啥事没有了。刘哑巴说，刚才在医院，检查单子都开了，你应该好好查查。甄美菊说，我以前查过好多次，都没查出啥。刘哑巴说，哪天我带你到徐州的大医院查，查出治好就放心了。甄美菊说，那样的医院是好进的吗？一时半刻还死不了，你快去忙吧。刘哑巴说，日子还长着呢，可不能这样想。说完，又转着圈上上下下左左右右看看屋里。刘哑巴说，你这屋是新盖的吧？甄美菊说，年初六两个儿子找人帮着盖的，盖好我就搬过来了。刘哑巴说，就不能让潮气散了再搬？你这病可能是这段时间让潮气侵的。甄美菊说，不管这些了，能有个窝就行了，哪还有这么多讲究？你快去忙吧。

　　刘哑巴走出屋，见甄美菊二儿子两口子走进院来，本想招呼一声，可两人脸上挺严肃，就往边上一让，想等他们进屋自己再出院，可二军吃惊地瞅着他站定了，说，你个收破烂的进屋里干啥？刘哑巴说，我……二军又说，我啥我？甄美菊走上来正要解释，二军伸手一扯就把甄美菊扯到一边，又对着刘哑巴说，快滚，下次要是再让我看见，仔细你的皮。刘哑巴赶紧出门。

　　刘哑巴上了车，正要启动，就听院里传来二军的声音，都这么大年纪了，咋还啥都不懂？甄美菊说，我胃病又犯了，多亏他路过发现送到医院，不然……接着又听二军媳妇说，不然啥不然，这多情公子救林妹妹的巧事咋都让你碰上了？你不怕笑话，我们还得要脸呢。甄美菊说，小二军，你两口子要是嫌我死得慢，干脆这就治死我。二军媳妇说，谁嫌你死得慢？要想让你死，还跟大哥家一起给你盖这屋？新屋住着，清静日子过着，还不知足，又大清早让个收破烂的进屋来，难道真的是仙女思凡了？甄美菊高了声说，小二孩，你赶快把你媳妇领走，再不走，我就一头撞死。二军说，你也不要撵，我们问你句话就走。甄美菊说，有屁快放，放完赶紧滚。二军媳妇说，被抓了个现形，脾气还挺大。甄美菊说，老二家的，你要是不怕天雷打，你就乱说吧。二军媳妇说，你以为我不知道？我自进了你家的门就让村里人把耳朵灌满了，你们年轻时就有一腿，俺公公就是被你气死的。二军说，哪来的这么多屁话？二军媳妇说，不信，你哪天问问大嫂，她也知道。二军说，你要是再胡呲，仔细你的皮。二军媳妇又说，哟嗬，太阳是不是从西边出来了，这是谁给你的天胆，哄我帮你娘把屋盖上了是不是？二军说，我看你再说！二军媳妇说，我不但说，还要大声地说，我自打进了你家的门，不仅听说，还经常见那个收破烂的在咱家门口过来过去，我要不是烦这事，就是你再好话说一大车，也不同意让你帮着盖，你看这多好，才搬过来几天就把人引到屋里来了，说不定昨晚就来了。二军说，我看你的皮是真痒痒了。接着，刘哑巴就听到啪的一声，随后又听二军媳妇哎哟一个长叫，与此同时，又见引他来的那只喜鹊扑腾腾从屋顶上飞走了。

　　刘哑巴再没心情去收破烂，可再不离开，或者进院里劝架，战火肯定会烧到自己身上，就开着车向村里走。才走了几米远又停下来，这二军两口子一闹，甄美菊又会伤心到啥程度呢？万一再犯病了，那还了得？可又能咋样呢，你刘哑巴又是她什么人呢？

　　甄美菊娘家也是驿庙村的，还跟刘哑巴一个生产队，虽然住的距离有点远，可两家爹娘关系好，两家孩子自然能合得来，小时候不分你我，大了尽管男女有别，两人也分外亲，心里渐渐就有了百年好合的想法，这想法彼此一有，又都明里暗里往这方向奔，两家爹娘就看出来了，刘哑巴爹娘不但高兴，还找了媒人去甄家。一开始甄美菊爹思想太封建，说哑巴辈分低，一直叫着美菊姑，两人成亲不合适，媒人说，又不是一姓，如今新社会了，谁还讲究这些？成了姻缘就是亲上加亲，若因此生分，两家几辈子的交情那就没了。甄美菊爹仍是不同意，两人的事就这样搁着了。像是约好的，此后任谁给两人介绍对象，两人都不同意，如此一拖再拖，刘哑巴兄弟的对象定下了不说，还未婚先孕了，只能先办，兄弟一结婚，刘哑巴光棍汉的身份就格外突出了，甚至有些人暗地里叫他刘光棍。刘哑巴爹娘听到这叫法就急了，急也没用，刘哑巴见甄美菊一直没说成婆家，再有人给他介绍对象，他索性连面也不去见。刘哑巴连面也不去见的事在村里一传开，就有好心人去甄美菊家撮合，但甄美菊爹仍不同意，还说，天下没有嫁不出去的闺女。刘哑巴爹听到了甄美菊爹的话再也沉不住气，再加上刘哑巴弟弟生的孩子都上幼儿园小班了，就拉着刘哑巴的娘一起去了甄家。甄美菊爹见闺女跟他们那个亲，还有甄美菊娘，一见了刘哑巴娘，拉了手就抹泪，甄美菊爹就同意了，可同意是同意，要求也提出来了，并强调说，他就这一个独生女，又拖了这么长时间，必须把婚事办得让他脸面上好看，房子更得是全村最好的，明三暗五带走廊不说，还得把院子配房盖起来。刘哑巴爹一听那个高兴，就慷慨许诺说，明三暗五带走廊算啥房子？咱盖楼，院子就像北京的四合院。甄美菊爹说，好，房子盖好就选个日子把他们的事操办了。

话说到这就得兑现。按当时刘哑巴家景，做到是有可能的。刘哑巴爹带的建筑队在周边很有名气，刘哑巴在建筑队里不仅手艺好，有时活多，还单独带队出工，刘哑巴弟弟更让村里人羡慕，不仅把祖传的建筑手艺带进了徐州城，还成了建筑老板。可哪想到，刘哑巴弟弟的建筑老板还没当一年，跟他签过合同的开发商就裹钱跑了，全家所有的积蓄都拿出来也没够开工人的工资，刘哑巴爹那个气……但刘哑巴没学爹，他对找上门要工钱的人说，弟弟没能力还，我还，今年还不上，明年，明年不行，后年。转眼五年过去，钱是还清了，可甄美菊也嫁人了。

甄美菊嫁的是个矿工，刘哑巴听说后，虽说心里不是滋味，可从没埋怨过甄美菊，水往低处流，人往高处走，按月拿工资的矿工毕竟比他这个一直在周边村打游击出大力的瓦工强。谁知甄美菊的两个孩子才上中学，她丈夫在一次下井时碰上了瓦斯爆炸命没了，刘哑巴为甄美菊难过之后，就又有了想法，托人去说，甄美菊不同意，说两个孩子咋办？刘哑巴说一起带过来都养着，要不，他跟过去也行。甄美菊还是不同意。即使不同意，刘哑巴也认为自己从此责任重大，毕竟甄美菊跟自己好过，毕竟甄美菊领着两个孩子过日子艰难，就把平时挣的钱除了供养年纪大了的爹娘，都暗地里给了甄美菊。一开始，甄美菊不要，刘哑巴就说，就算我借给你的行不行？甄美菊说，那也不行。刘哑巴说，你要再坚持，我以后日子就没法过了，天天吃不香睡不着。甄美菊说，你这是咸吃萝卜淡操的哪份子闲心？刘哑巴说，反正这份闲心我操定了，谁让你跟我从小一起长大呢？谁让咱两家几辈子那样好呢？谁让你现在的难处总让我放不下呢？谁让我欠你……甄美菊打断说，那好吧，你给的我接着，等你结婚时，我再还你。刘哑巴笑笑说，好。

　　甄美菊大儿子初中毕业便不再继续上学，刘哑巴就让他跟着自己学瓦工手艺，后来又托人给说了媳妇，二儿子虽然在徐州上了个大专，可也没找到好工作，尽管年年出外打工，甄美菊也没见他挣了多少钱，却领了个媳妇回来，又是刘哑巴暗地里帮着把喜事办了。转眼几年过去，村里建房的少了，刘哑巴就解散了建筑队收起了破烂。甄美菊大儿子去了徐州打工，家里的责任田让人家承包了，甄美菊在两个儿媳家轮流过。刘哑巴每到东屯收破烂都会故意绕到她门口看看，见她有时手里领一个，有时怀里抱一个，就放心地悄悄离开了。哪想到今年春节前后左右邻居办喜事的太多，刘哑巴忙了这家忙那家，别说去东屯收破烂，就是集市也很少赶，更不知道甄美菊已住到了村外。

正想着，一个弓腰老头拦住说，今天没开市？刘哑巴见是曾当过生产队长的张弓腰，就停下说，老张哥好，这不是开着呢吗？老张说，你车上的喇叭咋没吆喝呢？刘哑巴笑笑说，忘开了，您有让我代卖的破烂吗？老张说，你来家看看吧。刘哑巴进了老张家，老张说，这段时间咋没见你来呢？是不是光在外村收把东屯忘了？刘哑巴说，哪能忘呢？老张说，没忘就好，甄美菊被儿子赶村外住去了。刘哑巴说，来时看见了，咋回事呢？老张说，孩子给看大了，人也老得不中用了，让人见了嫌弃呗。刘哑巴问，到底咋回事呢？老张说，本来大军让他娘在家住的，可二军媳妇不但不愿意让住她家，还不愿意让住大军家，大军就出钱给建了房，房刚建好，二军媳妇就把甄美菊的东西扔出来了。刘哑巴说，我咋听说是两家合盖的呢？老张说，大军向外是这样说的，二军帮忙时听他哥这样说，也就跟着说了，可二军媳妇得寸进尺，正跟甄美菊要钱呢。刘哑巴问，又为啥呢？老张说，昨晚甄美菊来家让我从中说说，二军媳妇硬说盖房的钱是甄美菊自己掏的，不然大军不会说是弟兄俩合资的，既然盖房的钱是甄美菊私攒的，等她百年之后老二家坚决不要，这房子又归老大，甄美菊就该拿出与盖房同样的钱来给老二家。刘哑巴说，原来是这样啊，也太不像话了。老张说，如今啥是像话啥又是不像话呢？有些人，心里除了钱啥也没有了，二军两口子刚才一定又去要了，还不知甄美菊咋应对呢。刘哑巴说，两口子正在那打架呢，我没敢进去劝。老张问，你都听二军两口子说了啥？刘哑巴说，只听二军对他娘说"问你句话就走"。老张问，二军问了句啥话？刘哑巴说，还没说出来，就吵起来，接着两口子又打起来了。老张又问，为啥打起来了？刘哑巴不好说原因，就说，我一个过路的，哪知道呢？老张说，你至今还单身，心里又不是没想法，应该有行动了。刘哑巴说，人家不同意，我又能咋办呢？老头说，她也是的，以前是因为孩子，如今孩子都成家了，又不要她了，她也该心里有你了，再说，这么多年，你对她的好，我们都看在眼里呢。刘哑巴说，不说这些了。老张说，仔细想想，这么多年你俩之所以没能在一起，都怨甄美菊像她娘家爹一样思想老封建，要是换成现在的年轻人，你们早在一起了。刘哑巴笑笑说，您也知道她娘家爹啊。老张也笑笑说，这东西屯，左右没隔几里地，谁又不知道谁呢？你以后再努努力，我趁便再帮你劝劝她，她肯定能回心转意。刘哑巴笑笑说，回转不回转，只要自己心里有，又经常能见到，也知足了，就不给人家添乱了，谢谢您了。

提了一捆烂纸箱出了老张家的门，刘哑巴又碰上了大军，问大军走这么急，到哪里去。大军说，我到村西头有点事，您一会儿到俺家里歇歇喝杯茶。刘哑巴说，好的，大军，你快去忙吧。

大军走过去，刘哑巴心就提起来了，肯定是甄美菊又犯病了，严重吗？要不要也回去看看呢，可去了又合适吗？老二家两口子肯定没离开，真要去了，又会是个啥结果呢？有大军在，还是不去吧。

刘哑巴开着车继续往前走，张弓腰的话从后面追上来，你车上的喇叭还没打开呢。刘哑巴向后伸出手摇摇，就打开了扩音喇叭：收破烂，收破烂，谁有破烂快来卖……

在东屯前前后后转了一圈，车上装得满满的，刘哑巴就直接去了镇里废品收购站。拿到卖废品的钱，就给大军打电话，可没人接，再打，一个女的声音传过来，刘哑巴一听是大军媳妇，就问，大军呢？大军媳妇说，我俩在镇医院给婆婆挂水呢，刚才不方便接。刘哑巴心又一提，问，你婆婆病得严重吗？大军媳妇说，老毛病了，又让老二两口子气犯了，您别担心，挂完水就能回家。

刘哑巴听着电话，眼又瞟向废品收购站的周围，周围没有树，空中也没有飞翔的喜鹊，当然不会听到喜鹊的叫声。真是奇怪了，甄美菊这次犯病，喜鹊咋就没告诉我呢？可能是喜鹊认为大军知道了就没必要告诉我了，就对着手机说，还是趁机会住院好好治治吧。大军媳妇说，婆婆不愿意，医生也说没啥大问题，您就别担心了。刘哑巴说，还需要我帮忙吗？大军媳妇说，不要了，二军刚出去，您千万别来，以后更别去东屯，他两口子已放出狠话，说见您一次，就揍一次。刘哑巴说，他们真是太不像话。大军媳妇说，婆婆刚才也告诉我们早上的事了，要不是您发现得及时，说不定现在会更严重。刘哑巴说，你婆婆这辈子不容易，你和大军一定要把她照顾好。大军媳妇说，您的话我记住了，您也一定要记住我刚才的话。

刘哑巴装好手机就上了车，出了废品收购站，本该向西，偏又拐向东，到了傍湖卫生院门口，犹豫了一下，就开了过去，开了过去，又停在了路边，从医院对门的超市出来就给大军打电话。大军说，刚才没腾出手来接您电话，您有啥事请说。刘哑巴说，你快到医院门口来一下。大军说，好。

刘哑巴把大军引到他的车前。超市的屋顶这时不知从哪里飞来一群喜鹊，刚一落在屋脊上就叫了起来。刘哑巴先是一惊，既而喜上心头，肯定马上又能见到甄美菊了。心里这样想着，又不好对大军说，就从车里提出香蕉、苹果和一箱纯奶递给大军说，我就不去医院了，你把这些拿过去。大军还像以往一样，也不说客气话，接了就转身，可转身时发现二军举拳正向刘哑巴背后冲过来，超市屋顶的喜鹊霎时呼啦一声全飞了。刘哑巴正纳闷喜鹊咋就突然飞走了时，不敢怠慢的大军赶紧把右手的奶腾到左手，一把把刘哑巴拉到身后。刘哑巴还没弄清是咋回事，就见大军瞪着二军说，你想干啥？二军说，哥你让开，我今天得揍死这个刘光棍、骚叫驴。大军说，你也不看看这是啥地方，闹腾起来，你就不怕丢人吗？二军说，我人早就让他这头老驴丢到家了。大军又眼一瞪，老二，你要是再不听话，别说我揍你。二军说，好哥，你英雄，天下再没有你这样的大英雄，他给咱死去的爹戴了这么多年绿帽子，你不嫌丢人，我嫌丢人。大军反手给了二军一巴掌，你给我滚。二军捂着脸说，好哥，我滚，你们爷儿俩好好聊、好好亲热。大军把手里东西往地上一放，就冲向二军，刘哑巴双手抱住大军说，医院里已有一个，你可千万别再乱来。大军任刘哑巴咋劝也不听，非要再揍二军不可，正僵持不下，甄美菊从医院出来了，走到跟前说，大军，你给我住手。转身又对二军说，你到我跟前来。二军一愣就走到甄美菊跟前，甄美菊抬手一巴掌，你刚才说啥？你媳妇不是个东西，你也跟着腌臜我？你的良心让狗吃了是不是？走，你们都跟我回家，转身又对刘哑巴说，你也去。刘哑巴心里十分懊恼，这喜鹊，今天咋总是这样对我呢？

到了家，甄美菊对大军说，你去把你弓腰大爷叫来，又对二军说，你打电话让你媳妇来。二军媳妇来后，见屋里坐着好多人，刘哑巴也在，就看了二军一眼，心里敲起了鼓。甄美菊说，我这辈子养了两个儿子，这几年是咋熬过来的，弓腰哥是个见证。见弓腰点点头，又说，我这辈子从来没做对不起你们弟兄俩的事，更对得起你们狠心扔下我的爹。转头又对刘哑巴说，要说我最该感谢的，就是你，是你帮着我熬过了这一生中最难的日子，说着，起身到床前拿了个本子，先让弓腰看，又让大军、二军看，最后又攥在手里看着刘哑巴说，这里面记的是你给我的每一笔钱，哪一天什么时候给的，花在了什么地方，我都记得清清楚楚，总计是五十一万一千三百一十四元，除此，你给俺这个家的帮助，不是每一个亲戚和有钱人都能做到的。

可我给了你什么回报？天地良心，我啥也没有，你也从没向我
要求过啥。又转头对着大军、二军说，如果你们不信，可以去
做鉴定，如果你们弟兄俩有啥不一样，任咋样骂我都行。如果
你们鉴定不出什么，这钱，你们是不是替我还给他？二军媳妇
腾地站起，又不是我们借的，就是都花在我们身上了，我们也
不会还，这么多钱，就凭二军的能耐，怎么能还得起呢？何况
又是他心甘情愿给的。甄美菊说，他心甘情愿给了就是让你们
侮辱我的吗？就是让你们不孝顺的吗？大军说，娘，您刚从医
院回来，就别再生气了，这钱我还。大军媳妇说，这钱我和大
军还。刘哑巴拿过本子翻了翻撕碎后对大军说，谁也不用还，
这些钱是我还债的，我欠你娘一座楼。停了停，刘哑巴又说，
如果我早建成一座楼，她就不会落到现在这样，这都是我的罪
过。甄美菊说，如果你真要这样想，这些钱也够了，从今以后，
你就不要再到这个村来了，孩子们都大了，都是要脸面的人。刘
哑巴说，好，我绝不会再踏进东屯一步，再踏进，二军你就砸断
我的腿，不过，你们弟兄俩要记住：你们的娘这辈子不容易，她
生养了你们，你们应该好好给她养老，说完起身就走。弓腰追
上来说，大妹子也不能把话说得这样绝情，刘兄弟就是不来见
你，他还得挣钱吃饭、养爹娘，你咋能不让他进这个村呢？

　　刘哑巴回到家时，天已黑了，简单吃了晚饭，问爹娘还去
不去广场，娘说，我和你爹今晚就不去了，你去吧，别待太久，
早回早睡，明天还得开车出门呢。

爹娘不去，刘哑巴就没再开三轮车。刘哑巴之所以买这种客货两用的车，就是为了方便爹娘出门风吹不着雨淋不到。年前镇里在新落成的体育广场举办农民文化艺术节，刘哑巴就用这辆三轮车天天晚上带着爹娘去看热闹，有时候白天有专场演出，刘哑巴连生意也不做了，总是早早到场，为爹娘占下最好的位置。有一次刘哑巴还登上了农民歌手专唱的舞台，他演唱的《酒干倘卖无》和《谁不说俺家乡好》，引得台下连连叫好，他爹娘更是高兴，过年时见了来拜年的亲戚还不住口地夸儿子歌唱得好。

刘哑巴自开始收破烂，又喜欢起了唱歌，但他不在村里唱，每天出门，在村与村的衔接路段跟着车载扩音喇叭唱，等收满车回转时就选一个僻静处放了伴奏自己对着田野唱，再后来听说邻镇广场晚上有K歌的，又专门赶过去花十块钱唱三首。今年年后镇里广场也有人摆了K歌的设备，他就天天晚上花十块钱去唱。爹娘去了他就唱老歌，《我的祖国》《英雄赞歌》《洪湖水浪打浪》《红星照我去战斗》《唱支山歌给党听》，还有《弹起我心爱的土琵琶》《在那桃花盛开的地方》《我们的生活充满阳光》《我们的明天比蜜甜》《沿着社会主义大道奔前方》，有时还唱爹娘喜欢的柳琴戏《唱面叶》选段和豫剧《朝阳沟》，等等；爹娘不去，他就唱《心雨》《窗外》《晚秋》《忘忧草》《涛声依旧》《故乡的云》，还有《男儿当自强》和拾荒歌手符凡迪演唱的《朋友别哭》，等等。每当他的歌声响起，身边就围拢来好多人，有时摆K歌摊子的见他的歌声引来这么多人就慷慨地说免他的费。

还有的人听说他是收破烂的就付钱让他唱，但他唱完总是掏出钱该给的给、该还的还。有时因为这，当天收破烂的盈利都花光还不够，可他高兴，高兴他的歌能让那么多人喜欢，有时还梦想着自己有一天也能像符凡迪一样唱红大江南北。

　　好在也就三五里，跟村里一群爱散步的说说笑笑就到了。广场上一如往日灯光璀璨，人山人海，彰显着吉祥如意的红灯笼成阵悬挂，呈示着和顺美好的多彩风车悠悠飞转。令人没想到的是，镇广场上 K 歌的设备移到了年前文化艺术节搭建的百姓大舞台上。舞台的天蓝色背景正中"我想 K 歌我就唱"几个字围成了个大圆弧，大圆弧下两支麦克风摆了个"V"字，V 字根部一边四个字，左边是"快乐你我"，右边是"激情飞扬"，八个字正好成一条线与大圆弧的底部相接。他看着舞台上红红的地毯，想到了中央电视台星光大道的演播大厅，如果他唱时，喜欢他歌的观众通过手机微信转发同样能让更多的人看到，距广场不远的甄美菊在家里也一定能听到。想到这，他快步走到跟前进行了预约。哪想到，他的出现引起了周围人的骚动，有人吹起长长的口哨，有人直呼"刘哑巴来一个"。当刘哑巴拿起麦克风，台下先是音乐休止符一样短暂一静，接着掌声经久不息，刘哑巴说了好多次谢谢，掌声才停止。有的观众手停住了，嘴上又喊起来，有的让他唱这，有的让他唱那，有的还因此与身边的人发生了争执，刘哑巴再次叫停后，说，今晚任谁点的都不唱，只唱祁隆的歌。

　　音乐一起，刘哑巴先唱了《今生遇见你》，接着又唱了《把

你放在心上》。当祁隆作词、作曲的《等你等了那么久》的前奏
响起，刘哑巴说，这是我今晚要唱的最后一首，为了表达我的
喜爱之情，将连唱三遍。说完，就深情地唱起来：

等你我等了那么久

花开花落不见你回头

多少个日夜想你泪儿流

望穿秋水盼你几多愁

想你我想了那么久

春去秋来燕来又飞走

日日夜夜守着你那份温柔

不知何时能和你相守

就这样默默想着你

就这样把你记心头

天上的云懒散地在游走

你可知道我的忧愁

就这样默默爱着你

海枯石烂我不放手

不管未来的路有多久

宁愿这样为你守候

宁愿这样为你守候

……

唱完第一遍，台下响起一阵雷鸣般的掌声。

唱第二遍时，台下有好几个年轻人跟着大声唱，围观的人越来越多。

唱第三遍时，他看到了舞台下面亮处站着的大军，接着又看到了大军的媳妇拎着甄美菊的胳膊。第一段唱完间隙，他发现甄美菊的脸上有水珠的反光射过来，可等唱完最后一段，他再没看到甄美菊，大军两口子也不见了。他站在舞台上借着扬起手向叫好的人致意之机四处寻，仍没看到，就想起了下午甄美菊的狠心话，眼泪禁不住夺眶而出。

刘哑巴走下舞台，挤出 K 歌的地方拐向回村的路时，头上忽然"嘎"一声，接着扑棱棱几声后便再也没了动静。他惊悸过后猛然想到了喜鹊，抬头看看，这是一段两旁树荫覆盖的路，不仅看不到喜鹊，更看不到喜鹊飞向了哪里。他立刻想到了甄美菊，是不是又犯病了？就赶紧掏出手机，没想到大军的电话来了，就问，你娘没犯病吧？大军说，没犯，我娘让我告诉你，以后再遛乡还到东屯来，顺便到家里坐坐。刘哑巴愣了愣说，你们就放心好好过吧。说完就挂了电话。

再抬头，浓密的树荫下像条长长的隧道，两头有灯光闪烁的地方，一头是西屯，一头是东屯，他不知道刚才的那只喜鹊，此时是在他家门前的树上，还是在甄美菊家的屋顶上守候着，只知道那越离越远、断断续续飘过来的是广场的歌声。

歌　声

　　听到他的歌声，我像是还在梦里。寻梦而去，他还在歌唱。

　　这歌声是从已过子时的龙兴镇广场传来。此时的广场，按往常周末延时的惯例，也早已熄灯两小时，尽管龙兴路上的零食摊点依然散客不断。我起身走到卧室的阳台，隔窗而立，看到漆黑的广场上，有一点银色弱光映着一张模糊的脸，可传来的歌声是那样清晰、浑厚、饱满而富有磁性。我不知道他正唱的这首歌今晚已唱了几遍，既像是表白，又像是深情倾诉，每一遍都把我深深吸引。歌声穿透夜空，像才升空的火箭，定点指向我的窗口，飞越龙兴路，然后没有任何商量余地地破窗而入。

　　最初，我像一个弱女子，在不速之客的强劲气场中，无招架之功，更无还手之力，相反，还沉浸在兴奋中，恣意汪洋，不能自已。甚至，还有一种久别重逢的激动。他的到来，让阴沉了多日的天空霎时云开雾散，皓月朗朗，让寂寞中每每凭栏遥想的我突然有了回眼前一亮次第花开的惊喜。

女儿已在身边睡着。我本来也应早早睡下，可自进入六月，我就像老家的人一样大忙起来，孩子功课复习越来越紧，每晚的辅导比我那时高考还紧张，再加上白天上班的劳累，虽然广场只隔着龙兴路，我却再也没进去转转，甚至不再继续以前的快手直播，尽管好多粉儿在微信中埋怨，有时还声讨我不商量便中断歌唱。

这是微山湖边唯一的一个省级最美乡村健身公园，因为地处两省三县四镇交界，占地百亩的体量还是显得有些小，每当晚饭过后，这里简直是年节里的大集市，摆摊小贩的吆喝此起彼伏，声声强劲，周边的龙兴路、文正路、三七路、南环路，还有主干岔出的数不清的小路停满了各种私家车，且不断地向远处延展。广场上所有成年区和儿童区的活动场地到处都是人，璀璨的灯光下黑压压一片数不胜数。广场舞、交际舞、旗袍秀、腰鼓等本应在广场大门入口的百姓大舞台附近集结，他们却礼貌地把黄金地段让给了来自四面八方的K歌男女，各自带着队伍和装备在偏东的足球场上错落摆开。单枪匹马直播的歌手们更会选地方，他们在广场中心地带的主通道旁间隔着一字排开，各占山头纵情展示，吸引过往散客驻足。初来乍到的他先是在乐乐的陪同下各处转转，后又在乐乐的催促下，从停靠在龙兴路旁的车上拿出装备，在车旁的路灯下摆开，广场灯一闭，他便挪到了集古留国风情、汉文化格调为一体的龙兴书房正门前，面向广场南空旷的田野向直播间的粉丝不停致意。我庆幸自己的住处与书房比邻，庆幸他的演唱让我尽收眼底。后来，我曾毫不客气地质问乐乐，为啥不事先告诉我。乐乐说，他不让告诉你，他想用歌声把你再一次吸引。当然这是后话。

过渡曲之后，歌声又起，他才唱了一句，直播现场叫好声陡起，还有划破夜空的口哨直冲云霄，又立刻变成耀眼的金钩向我扑来，我的心来不及奔向楼梯，一个腾跃，直接从六层的阳台飞了出处，在耳边的山呼海啸中享受着飞翔的快乐，可我还没落地，就又被人提了上去。

乐乐在微信语音通话里问，你在哪？我反问，你在哪？乐乐答，我在广场。我说，我在家。乐乐说，你简直太不像话，这么美妙的时刻，你能在家里吗？你难道就听不到歌唱吗？我说，你更不像话，深更半夜，不在家守着孩子，还以为是十六岁的花季疯癫着绽放无所顾忌。乐乐说，不论我多大，都要像十六岁的花季疯癫着无所顾忌地绽放，你抓紧给我出来。我说，我不能去，孩子睡了。乐乐说，正因为睡了才更要来，我碗筷一推就出来了，这样的歌你怎能错过？歌唱的人你更不要再错过。我说，你又开始说疯话了。乐乐说，废话少说，你快来，再不来，我让他到你楼下唱去。我说，我相信你啥都能干出来。乐乐说，这就对了，快来吧，声声唱，抓耳挠心，我就不信拽不来你。我说，这么晚了，咋都还不回去休息？乐乐说，他今天特地赶来，准备参加镇里明天举行的百年大庆联欢。我问，是镇里请他来的吗？乐乐答，不是，是他听我说后，自愿向镇里报名的。我说，既然这样，没必要这么卖力。乐乐说，越是自愿越要精彩呈现，他说，他要唱出自己的心声，向家乡人致敬，向心爱的人问候，你说你能错过吗？肯定是坚决不能错过，如果可能，我盼望着你们像当年在学校，再来个金童玉女的完美组合。我说，你再胡说，我删了你。乐乐笑笑说，你删了我更好，我就更有理由带着他一起到家里拜访你。

　　我和乐乐是同学，谁要问是啥同学，我可以自豪地告诉他，没有几个能像我和她一样的同学。我们家都在龙兴镇区，说白了就是龙兴村，我在村南，她在村北。上幼儿园时，我们就是同桌，手牵着手在镇里上完高中，又一起拖着拉杆箱到省城上大学，大学毕业后，一起在省城找工作，一起在一家企业上班，后来又一起回乡创业、嫁人，可以说是铁杆的闺密。如此的缘分，在偌大的世界也许只有我们这一对活宝具有。其实，这缘分不是天定，准确地说，是乐乐一贯的强势成就了我们。

　　说起她的强势，还有一个小插曲儿。提起这个小插曲儿，还得从她的家说起。她兄妹四个，父母在生她前已有了两个丫头，在当时计划生育相当严的情况下，躲东躲西一心想要个儿子，第三胎偏又生了她，她爹气得随手扯起就要扔了，可她娘不忍，好说歹劝才把她留下，满月起名丢丢，满月时将她送到了家住驿庙的大姨家代养，等她弟弟面世，交了大额的罚款，她才被领回家。上幼儿园报名时，幼儿园老师问她叫啥，她妈说王丢丢，她一反往日的乖顺说，我不叫王丢丢，也不叫王留留，就叫王乐乐吧，快乐的乐，说完还用坚定的眼神瞅着她妈。我当时刚报过名还没走开，看着她的穿着不是太好，褪了色的粉红色连衣裙不仅肥大，右边的肩上还有块红色的补丁，再看她的脸，虽然瘦，但洗得很干净，特别是她那双眼，像我一样双眼叠皮不仅大，还亮，我就一直看着她，也许是看得久了，等她报完名发现，就对幼儿园老师说，我跟她坐一起吧，幼儿园老师就向我们两家家长笑笑便同意了。从此，我们一起在幼儿园唱歌跳舞，放学了一起牵着手出门，然后各自回家。也是从那时起，我们私下里有了约定，在她的提议下，我们上学时谁来得早就在幼儿园门口等着另一个，然后一起牵着手进去。自从老师教唱了《我们的祖国是花园》这首歌，乐乐又决定，谁要是想喊谁，不直接叫名字，而是唱起这首歌。上小学后，乐乐把暗号换成了《我和我的祖国》，得到我的同意后，她还学着老师在课堂上的样子说，当你唱着这首歌，再举着面五星红旗，你就是我的祖国，无论何时我都会全身心地爱着你、护着你。我听后没有笑她郑重其事的样子，相反还像她一样说，我也是。当然，上课的时候，我们不会随便唱。想想那时，每逢星期天，我只要听到她在门外唱这首歌，无论当时在家做什么，都赶紧丢下跑出去。有时，我一个人在家没人陪伴，也会曲里拐弯穿过好几条纵横的巷子到她家门前唱起来，往往开头一句还没唱完，她已从院里飞了出来。后来有了手机，本可以不必这样了，可她还是不商量地在我们的手机里把对方的来电铃声设置成了这首歌。

也许是常唱这首歌的缘故，我们在音乐方面表现出极高的天分，每逢有文艺活动，老师都把我俩叫出来，当然不是总唱这首歌。龙兴中学六年，我们是校园里无人不知的"姊妹花"，到了大学，我们又成了那届文艺活动中的"铿锵玫瑰"。追逐表白的帅哥当然不少，可我们都有自己的初恋，遗憾的是双双回家后，我没有乐乐的命好，在镇农贸市场开服装店的父母一百万的彩礼吓跑了当时家贫如乐乐且工作收入又不能自保的他。尽管我心中不舍，但在音信全无两年后，我在乐乐长年累月的声讨以及父母的催逼下，与一个同样做服装生意的南方人结了婚。哪知女儿才满一岁，这位来自南方小镇的天杀的却没了踪影。转眼女儿已上了小学二年级，父母在我的埋怨声中再没有了言语，我就自己在邻村一家做玻璃瓶生意的私企找了份电脑前接手订单的工作，与女儿相依为命。乐乐看到我的可怜，再没了往常声声严厉的责怪，晚上时常到家里坐坐，确实走不开，就在手机里和我聊聊。镇里广场一建成，她几乎天天邀我出来转转，我大都以辅导孩子为由婉拒。每当打发女儿睡下，我就听到乐乐在广场的歌声，有时中间过渡曲时，她还微信叫我下楼，我装没看见，只是顺着她的歌声远远看着她，有时也随着她的节奏跟着哼唱。但大多的时候都在羡慕她的生活，白天在自家开的公司里吃五喝六，晚上饭一罢就到广场来，先是在舞台上瞅机会来一曲，不过瘾，又自己买了个带话筒的音箱找个人多的地方唱，最近又武装起来玩起了快手直播。

　　每逢周末，禁不住她电话叫、微信喊、到家里拽，我也会带着女儿去给她捧个场，在她的直播里点个赞，在人围多的时候带头鼓鼓掌。她兴奋时也让我唱，可我从不。不过在家里，当女儿完成作业后，我会关好门窗在自备的音响中自己唱，有时女儿睡了，我也会跑到卫生间关起门来在全民K歌里唱，唱中学时每逢"六一""七一"或国庆与他同台演唱的《我和我的祖国》，唱着唱着，就回到了曾经的教室里，想他在课间总是坐在自己的座位上久久地看着我，想他每周出黑板报时，总是把我被选中的文章放在最醒目的位置，再用心地配上他创作的插图，想每每乐乐发现奥妙，故意说图文并茂珠联璧合时我内心洋溢的甜蜜……想着想着就泪流满面了，我顾不得擦，又唱《长相依》《朋友别哭》《等你等了这么久》，现在又把《可可托海的牧羊人》反复唱，直唱到子时已过，月上西窗，还有时东方已白，到了打发女儿去学校的时候。

　　乐乐的微信又来了，你到底下不下楼？我看看，没有理她。

　　记得年初，乐乐告诉我，他有消息了，本打算年前回家的，因为疫情政府提倡就地过年就没回来。见我没接话，又说，我是在一个粉丝的直播间里看到他的，就想办法加上了他的微信，因为是网名，他不知道是我，后来我告诉了他，他说很高兴在离开家乡这么多年又这么远的地方能遇到我，他说他现在三亚的一家公司做主管，工作很忙，有时候闲了，晚上也喜欢去歌唱。我问他都唱些什么歌，他说，常唱中学时喜欢唱的歌，还有《山谷里的思念》等现在的流行歌。我问他会唱可可托海吗？他说那是他现在的最爱。我问他成家了没有，他说一直一个人生活。我听到这，恨恨地说了声，活该，都是你自作的。他就不再说话。乐乐说到这停了停又问我，你说他活该不活该？我没有理，起身去了卫生间，可到了卫生间，我说不清是什么原因，眼泪是止不住地流，不知过了多长时间，先是听到乐乐的呼唤，接着是女儿，我不好再耽搁，匆匆洗了脸，又做了掩饰才出来。没想到的是，在这期间，乐乐用我的手机加了他的微信。我看到了他的问候，可我没回应，而是直接把他删除。乐乐不解地看着我，我装没看见，转脸对女儿说，该睡觉了，拽着女儿就去了卧室，到了门前，又回头对乐乐说，你也该回去了。乐乐腾地站起，指着我说，你个闷头鸟、拗头筋，哪天我非捉了你、宰了你、煺了你、煮了你、吃了你不可。

从那天，乐乐有个把月没再联系我。我就对自己说，不联系正好，难得的清静。可有天我正在床上沉睡着，蒙眬中听到《我和我的祖国》这首歌就腾地坐起，赶紧跑到阳台打开窗，楼下静寂一片，只有龙兴路上的路灯还一盏盏孤零零地亮着。我回到床上再也睡不着，划拉一会儿手机仍没有睡意，就在乐乐的微信里留言说，乐乐，我想你了。哪想到，很快乐乐就回复了，我也想你，你等着，我这就过去。我立即后悔了，赶紧回了“你别来”就关了手机，想想不好就又改了振动模式。

像是发生了七八级的大地震，手机亢奋地把整个房间震得东摇西晃。不用问是乐乐，我无法忍受，就赶紧取消了振动，

《我和我的祖国》响亮地唱起，我又沉醉其中，一如既往随着节奏浮想联翩。一曲终了，又唱起来，我还是没接，刚唱完，乐乐微信就机关枪一样嘟嘟嘟地来了，你要是再不下楼，我就真带着他到你楼下唱去。我不好再沉默，说，你要来，我就打110，告你个深夜骚扰民宅。乐乐回复说，算你狠，可你再狠，也狠不过我，我领着他到你家做客去。我说，对不起，任你敲得地动山摇，我也不会给你们开门的。乐乐说，别自作多情了，我是不会敲你家门的，我让你家邻居叫你，说你家来客人了，还是外省高风险区来的，政府明天肯定会派人上你家的门，让你全家做了核酸检测还得去定点隔离。我关了手机，回到卧室躺下，摆出任你三十六计也不上你当的架势。可没多时，广场上又响起了歌声，好熟悉，不仅他，还有我，马上断定，这是我们在高三毕业茶话会上唱的。当时，在乐乐的提议下，全班同学一致要求，我和他一起演唱了这首歌。茶话会后，乐乐不知通过什么渠道做了我和他演唱这首歌的光盘，每人一份，说是为了不能忘却的纪念。

从没听乐乐说过保存这张光盘的事，我也早就忘了。我的那份本是像对待自己生命一样一直珍惜着的，可南方人走后连日记本都不见了，婚姻的一地鸡毛，让我哪还有心再寻找它们的下落？与其寻找，不如彻底地忘记。肯定是他一直保存着的。这一定是死乐乐出的主意。歌声让我想起了曾经的芳华，像冬眠了一个长长世纪的我，整个身子开始复苏、伸展、振作、亢奋。

　　手机再次开启，微信一打开，没想到有这么多留言葡萄一样一嘟噜一嘟噜地冒出来。首先是以前直播间的粉丝，概括起来只有一个意思，在你的世界里可以没有我，但在我的世界里不能没有你，你可以忽略我，可我不能忘记你的歌声看不到你的存在。老俗套，肯定又是乐乐鼓动的，即使明明知道这是乐乐惯用的伎俩，心里还是感到暖，心一暖，不争气的泪又毛毛雨样下起来。下了没多长时间，手机又嘟一声，赶紧抹了把脸，心里恨恨地说，死乐乐，天天净出鬼点子赚我的眼泪，哪天我一定要让你全部还回来。

　　可不是乐乐，是一个叫曾经的要加微信好友。这大半夜的，又是哪位睡不着？就想先到曾经的朋友圈里逛逛，看看是个什么人物，可曾经的朋友圈里一片空白，我立刻意识到肯定又是乐乐，之前听乐乐说过，她有好几个手机号码，每个手机号码都开了微信，有的面向客户，有的面向公司职员，有的面向家人，有的面向朋友，有的面向网上歌手，还有一个是专门面向我。她以前好用这种方式以新朋友的面目要求加我，以便让故意不理她的我再继续中断的话题。我不知道这个曾经是她哪一个手机号码，或者又是新开的。可无论是哪一种，我今晚就是要忽略你，看你又会怎么样。

　　放下手机，再次躺下准备睡觉，可外面的歌声依然倔强地透进来，这应该是我和他合唱的第三遍播放。我蒙上被子，歌声还是钻进了耳朵。我的心开始有点软。记得当时唱时，他还绅士一样在我面前做了个请的动作，我当时感觉脸腾地红了还热度挺高，心里却是爽的，至于爽到啥程度，反正比我们最初同台演唱这首歌时还激烈。伴奏是乐乐播放的，我和他一起唱完，全班同学的掌声持续了好长时间，后来乐乐告诉我，掌声比两个世纪都长。我知道她好对我夸张一些事，就故意问她为什么这么长。她说，不仅是你们的组合美轮美奂，歌声美妙动听，更主要的是同学们真诚地祝福你们俩能好合千年万年。我一巴掌劈过去，她一闪，又跑到我的耳朵边问，你见过红富士吗？我当然见过，茶话会前，我还把妈妈午饭后让我带到学校的一个红富士给了她一半，怎能忘记？一定是她个狼心狗肺的给忘了，就说，茶话会前，咱们还吃呢。她不接我的话，却说，绅士邀请你时，你激动得脸比红富士都红，歌唱完，你又陶醉得脸比熟透的柿子还软，只差"鸳鸯被里成双夜"了。我猛然醒悟，脸更红了，又被她绕进去了，那还得了？立即伸出巴掌准备狠狠地扇她的贱嘴，可她兔子一样跑远了，我就恨恨地说，你个死乐乐，让我逮住，我不但扇，还要撕了你的嘴。乐乐却远远地笑着说，嘴上狠，心里一定美极了。

我不再理会乐乐的取闹，我确实是心里美极了，可不是因为乐乐的话，而是后来的事。先是那天灯课后，他送给了我一个毕业纪念日记本，扉页上写着"无论此后海角天涯，我心永远。岁月不老，我们不散"。再就是乐乐送的光盘。当乐乐把光盘给我时，我不光心里美，还感动得想掉泪，便发誓，今后乐乐需要我做什么，哪怕赴汤蹈火在所不辞，决不会像平时只把吃的穿的用的给她。回到家，我把日记本和光盘一起压在了床头下，为此还特地缠着妈给买了个微型光碟播放机。

手机又强劲地嘟了一声，我赶紧打开，是那个曾经再次要求加为好友。我不能再拒绝，就点了接受。谁知道，才点了接受，曾经就回复了句"谢谢你再次接纳"。我问你是谁？曾经说，我是你的曾经，你是我的以往和将来。我说，别给我绕，直接说，你是谁，不然我这就删了你。曾经说，我是你的同学。我紧跟一句，你到底是谁？曾经说，谢谢你的珍藏，让我今晚再次听到你的歌声，你现在一定也在听吧？我一愣，你到底是谁？再啰唆，我就真删了。曾经说，毕竟同学几年，不至于这样吧？

一定是死乐乐，以往就是这样。我问，你是死乐乐吧？这么晚了，你咋不让我睡个好觉呢？曾经说，对不起，我不是乐乐。我问，你到底是谁？这个时间，就是同学也不至于这样吧？曾经说，我知道你睡不着。我一惊，你咋知道？曾经说，你正在听播放着的这首歌。我问，这又跟你有啥关系？曾经说，这是我们共同的珍藏、共同的拥有、共同的纪念、共同的美好。我说，谢谢你，这毕竟已成往事。曾经说，有时候，往事也可以重来。我立即警觉，这是他吗？既然是他，应该用真姓名，也许是被我删过，就用了这个网名，更可能是乐乐的主意。我又问，你到底是谁？既然声称同学，同学应该直言不讳。曾经说，我是朱硕果。

我一听，不再废话，直接删除。

　　朱硕果就是他，从他悄无声息离开的那一刻，他就不再是我心中的那个白马王子，而是必须立马清除的梦魇。我曾发誓，永远不再提他的名字，也只愿他离我更远点、更远点、更远点。如果有可能，他就生活在另一个星球上吧，永远别让我再看见。

　　想当年，尽管他的家境比乐乐小时候还差，我对他还是那样的一往情深。记得填高考志愿时，我和他，还有乐乐的那个他，每一个志愿填的学校都一样，可事与愿违，我和乐乐录取的是第一志愿，他们俩却去了另一个城市。这也罢了，好在不远，隔段时间，我们就聚一次，要么我们去他们的城市，要么他们来我们学校，不需要玫瑰，不需要如今世俗中有情男女所显摆的所有时尚。每当放假，我们更是形影不离，及至我们大学毕业在外闯荡两年后响应政府号召回乡创业，我们都认为自己是这个世界上最浪漫、最快乐、最幸福的人。万没想到，我的幸福是短暂的。虽然他也曾向我海誓山盟，可没想到正式谈婚论嫁时，我妈随口的一百万成了他离开我的理由，还一句屁话没有，瞬间蒸发。如今想想都生气，何况当时？

　　乐乐那时正沉浸在准备喜宴的甜蜜中，听说了我的事，便和她对象一起来劝我，说他的家境不好，一时拿不出这么多钱。我说，我妈只是顺口一说，他就没影了，你说他念我的一点情意了吗？我的情意又是他一百万能买到的吗？乐乐听后笑笑说，你对他的情意是重如泰山价值连城的，说完还回头对她对象说，听到没，我对你的情意也一样，哪天你也得补给我一百万，转脸又对我说，你也别太伤心，他也许是一时脑子进水了没转过来，说不定哪天你蓦然回首，他又站在了你身后。

乐乐度完蜜月从云南回来，见他还没有音信，便也生气了，你朱硕果还算个男人吗？难道这么多年的感情你一个转身就能画上句号吗？你若真在乎，如今天地这么大，你能离开，为什么不把尤可欣也带走呢？回头又对随在她身后的老公说，要是我妈当时也跟你要一百万，你是学朱硕果还是带我私奔？她老公说当然不能学朱硕果。她听了却一个横眉，立即手戳着老公的额头说，你们男人，个个都是心口不一的货。我不想再看乐乐他们打情骂俏，就对乐乐说，你们忙去吧，他不值得我跟他私奔。乐乐见不好再继续，起身说，你多珍重，既然不值得，就千万别再折腾自己。谁说不是呢？可心里还是耿耿难忘。

有段时间，我还真想借外出打工的名义去找找他，可我和乐乐之所以选择回乡，就是考虑家里都离不开。乐乐姐姐都外嫁，弟弟也安家在别的城市，照她自己的话说，小时候最不被爹妈疼的，长大了却偏偏放不下爹妈。我是独生女，当然更得顾家，更何况爸妈的店越来越需要自己，就打消了离家的念头。转眼春去春又来，他仍没有消息，就跟紧邻的小南方成了亲，两家店合成了一家，爸妈也不再像以往那样忙，乐乐有时闲了也到店里来，看到小南方将店铺里里外外打理得井井有条，生意也做得顺风顺水，就悄悄对我说，这不也很好吗？我瞅瞅乐乐，没有接话，我心里知道，一直没有忘记他，有时魔怔了，每天眼前都是他的影子。一个人独坐时，我总是抚摸着他送的日记本，默诵着扉页上的字，有次喊小南方吃午饭，还差点叫出他的名字，还有一次真把名字叫错了，小南方问朱硕果是谁？我说是昨天的一个客户，暗自庆幸，小南方来得晚，不知道我们的事。

日子如流水一天天过去，女儿一出生，我的魔怔没了，可小南方开始犯魔怔了，有一天还对我说现在生意不好做了，想回南方去。我一听生气了，说，你回南方去，我们娘儿俩咋办？他说，一起回。我又问，我爸妈呢？他说，只要愿意，也可以一起走。我又紧跟一句说，爸妈要是不愿意呢？他顿了顿说，把所有的资产都留给他们，我们每年定期来看他们。我生气了，他们老了咋办？不能动了咋办？他也上了气，我又没说不养他们，你生的哪门子气？然后我一句他一句，越说气越大。我妈知道后，把我狠狠地数落了一顿。这是我们婚后第一次吵架，当然也是最后一次。此后他就像个闷葫芦，问一句答一句，不问，便不再像以前本地话、普通话、南方话混杂着说个没完。女儿刚会挪步，他就没了音信。这前后街的人都说我留不住男人，我一生气对爸妈说，店你们看着吧，我跟女儿单过，就来到了现在的住处，隔三岔五，也去爸妈那里看看，有时候长时间不去，妈会带着吃的喝的用的到我这里，来了又总是说，还说人家忘恩负义，亲爸妈在眼前，你又看过我们几次？真是白疼了。我一听就烦，但也只是心里烦而已，我告诉自己，再不能跟爸妈顶嘴，要不然，这个世界上就没有亲人了。

这期间，陪我最多的就是乐乐。乐乐来了里里外外看看，说些吃喝用的家常话，一触及我的婚姻，她就沉默，有一次她说都怨你。我一愣，问，咋都怨我呢？乐乐也一愣，接着猛地起身，说得赶紧回家，再没了话。她再来，我重续上次的话题，她不接，被逼到不得不说时，她就笑笑说，要是不怨你，别人咋那样说你呢？我无语，她也无语，不能再继续，她又扯故回家。等再来，我不好旧事重提，她更不再说，只说广场建起来了，不能总闷在家里。再后来，她就拉我到广场去转悠，还让我在大舞台上亮亮嗓子，说嗓子一亮，心中的烦恼就全没了，从此开始新的生活。我问她，我新的生活在哪里？没等她回答，我又说，我现在不是已开始新的生活了吗？我没听她的，要是她再劝，我转身就回。

　　乐乐不死心，就组织高中同学会，我一想到他就来气，一口回绝，后禁不住乐乐再三劝，我松了口，心想说不定同学会上能见到他，我一定瞅机会问问他，这几年都躲到哪里去了。可去了，他不在，隐约中听说一直没联系上，就淡了再参加的心。没想到的是，今晚他就在跟前，一路之隔，我却不想去见他。如果他真对家乡有感情，为啥这么多年都不回呢？难道真的是来参加明天的演唱活动吗？

　　广场的歌声还在响，我无心再听下去，不知啥时候，迷迷糊糊睡着了。醒来一看时间，赶紧一骨碌爬起，拽起还没睡醒的女儿，催促她赶紧穿衣服，洗漱完毕，下了楼，在路边的摊上打发了女儿的肚子就往学校赶，看着女儿进了校门，便骑着电动车去上班。尽管还不到上班时间，可今天不想再回家，更不想再听到他的歌声，好在学校有午餐。又跟爸打了下午放学接孩子的电话，这样就完全有理由一整天不回家了。

匆匆赶到上班的地方，老板一愣，来这么早，我笑笑说，早不好吗？老板说，好是好，可昨天忘了告诉你，上午镇里有活动，你离广场近，就代表咱公司去参加吧。我收住笑说，能不能换别人去？老板又一愣，算出工还能看热闹，多好的事，公司定下了，就你去，到演出时，自拍张你在现场的照片传回来，让我们也分享一下中国共产党成立百年大庆的壮观景象。我明白这是老板平常对安排外出人员查岗的办法，不好再反驳，只能遵命。

去往广场的路上，乐乐打来电话问上午来不来广场，我说上班，说完就挂了。她又打过来说，听说每个公司都派代表参加，没派你？我说没，说完又挂了。

演出开始后，我才到场，远远地见乐乐在后台背对着我正与他说着什么。我找了个僻静处，自拍了张照片传到公司群里，就戴上墨镜和口罩看起来。

多年没看过镇里的演出了，没想到这次百年大庆搞得这样隆重，宽展的大舞台周围都是红红的喜庆，台前台后都是举着小尺寸党旗的人，舞台背景的主画面就是蓝天白云下飘扬的一面鲜红的党旗，背景幕布的左上角金黄色行楷醒目地书写着这次演出活动的主题"永远跟党走 奋进新时代"，正中间是字号相对较大的白色镶了红边的黑体字"龙兴镇庆祝中国共产党成立一百周年文艺联欢"，下面的绿草地上是数不清的洁白的和平

鸽，有的振翅欲飞，有的亲昵相偎，有的正回旋在联欢标题的
两边……更没想到是节目竟如此精彩，有歌，有舞，还有经典
戏曲选段，听说还都是镇农民文化理事会自己组织的，业余彩
排，倾情奉献，在凡事钱开路的今天，确实值得点赞。轮到他
出场时，演出已过半，本想离开，见身后人山人海，就打消了
念头，心想，我索性看看他这几年又长了多少本事。音乐一起，
上来了十多个跳舞的，尽管化了装，还是认出里面有乐乐，我
知道这是乐乐的荷之韵舞蹈队，很明显是给他伴舞的，怪不得
昨晚折腾大半夜，肯定是他们在进行歌、舞合成排练。看起来，
这场演出，他们是有备而来。

> 我和我的祖国
> 一刻也不能分割
> 无论我走到哪里
> 都流出一首赞歌
> ……

　　尽管是熟悉的歌曲，夜晚还听了不止一遍，我还是像其他
观众一样被震撼了。台下掌声久久不息。唱完歌，他就走了。
　　乐乐电话告诉我，昨晚播放的我和他的演唱，就是他从我
珍藏的光盘里翻录的。我问乐乐，他的那张光盘呢？乐乐答，
他说他一直带在身边，他认为播放你珍藏的更有意义。我愣了
愣又问乐乐，我的那张光盘小南方走前就找不到了，他又从哪

里弄到的？乐乐说，小南方走之前，把你收藏的光盘和日记本拿给了我，说，他不想再过老婆的心不在自己身上的日子。我一听气就上来了，声嘶力竭地问，你为啥现在才告诉我？乐乐答，你别问我，自己想去。说完就挂了。

后记｜在歌声中深情叙事

睡意蒙眬中，脑里突然冒出这部小说集的后记题目，眼前霎时一亮。

顿时呼啸的风，裹挟着如困兽般被禁锢多日的涛声，汹涌而出。隐约中，还有行军进行曲的昂扬和激越，一如我每次开始的纵情抒写。我感谢这个夏日的早晨，尽管窗外的天空阴云层层，我的心依然灿烂千阳，百鸟鸣唱，明丽如昨。

也因此，我万分感谢灵感的频频惠顾，让我的创作淙淙如溪叮咚如泉；感谢生命的如此厚爱、生活的如此馈赠，即使炎炎如炽，仍荷风轻扬荷香四溢；感谢诸多的文朋诗友和亲邻家人们一如既往的关注激励；更感谢我自己，能在人心浮躁的当下，摒弃众多世俗，在文学的天空下与文学结缘、跟创作持续做伴，如苦行僧般，在乡村一隅不停地守望，书山孤灯，焚膏继晷，以求心中的文学圣火不断地凤凰更生灵光涅槃。

在我致力的文字中，小说文本叙事是我的最爱，更是我内心深处最本真的坚守、最苦心经营的文学大厦。在坚守中，我用小说叙事去发现、去思考、去摄取，去践行我一直匠心秉持的"宽阔、深厚、细致和准确"的小说创作艺术追求，我希望我的小说叙事不仅有形、有声、有色、有迹，有别人没有的味道，还希望我的文字有相对更顽强的生命力；在经营中，我用小说叙事关注乡村拥抱时代，我用小说叙事愉悦读者心灵，浪漫读者文学情怀，让文学丰饶人心，与生命风雨兼程，我希望我的建构能让文学之炬擎得更高一点更亮一点。或者，让我的小说叙事有歌声缭绕，或沉郁，或昂扬，或低吟浅唱风花雪月，或铁马秋风江河滚滚，或飞沙走石雷霆万钧。当然，这只是我一个乡村野老的童真梦呓。

在歌声中深情叙事，不是我的哗众取宠之语，也不是我有播放着歌曲进行创作的习惯，更不是我的一种边唱边写的特异功能。说白了，这是我文学创作的一种尝试，甚至说是一种创作追求，让创作按照它既定的节奏或旋律一路跃马扬鞭纵横驰骋，让小说文本按照我的编程肆意狂歌，成就一曲多声部集聚的音乐交响，让我守望的乡村在交响中提振志气。纵是呓语，我也尝试；纵是屡败，我也屡败屡战，且歌且舞；纵是此生就此无为，也"老夫喜发少年狂"，也会"左牵黄，右擎苍""竹杖芒鞋""一蓑烟雨任平生"。

其实，我是个乐盲，没有经过系统的乐理训练，更不懂歌唱技巧，嗓音也不敢恭维，可我喜欢歌唱。这缘自我的少年时代，就像我在散文《放声歌唱》里写的那样，那时的我对电影歌曲有一种说不清道不明的热爱，每有电影在村里放映，里面的歌曲就成了我电影故事之外特别涉猎的对象，像《地道战》中的《地道战》、《上甘岭》中的《我的祖国》、《英雄儿女》中的《英雄战歌》、《闪闪的红星》中的《红星照我去战斗》和《铁道游击队》中的《弹起我心爱的土琵琶》，等等，每当夜幕降临，我与玩伴除了游戏就是随心所欲地歌唱。尤其是工作以后，那时年轻的我，在距家三四里外的一个村子做住校教师，不忙的时候，晚上就请懂乐理的同事教唱。学会了，我们就一起唱，唱《红日》中的《谁不说俺家乡好》，唱《搭错车》中的《酒干倘卖无》，唱《柳堡的故事》中的《九九艳阳天》，唱《甜蜜的事业》中的《我们的生活充满阳光》《我们的明天比蜜甜》，我们还唱起当时流行的《我的中国心》《十五的月亮》《在那桃花盛开的地方》和《年轻的朋友来相会》，还有《北国之春》《莫斯科郊外的晚上》，等等。我们有时也把一些歌有选择地教给自己班里的学生，于是我们晚上唱了白天也唱，歌声响彻校园，在我们任教的村子回荡……歌唱让我们对自己的事业更加热爱，歌唱让我们对未来生活更加向往，歌唱让我们年轻的心更加年轻，歌唱让我们昂扬的青春更加昂扬。及至夏秋两季大忙放假时，每当我和弟弟妹妹收工回家，一起走在自家承包的地里，路上就会触景生情地唱起《走在乡间的小路上》，每当唱起，我不知道我的歌声会不会穿过暮色渐浓的田野，惊动临近芦荡里的苇喳喳和村边树梢上的喜鹊巢、屋檐下的麻雀窝中的鸟儿飞到村东的谷场上，融入石碌轧场的欢快吱嘎、脱粒机隆隆的繁忙声里，更不知道在歌唱得忘乎所以时，我的歌声会不会被骤然擦肩的手扶拖拉机或机动三轮车立即掩下，但最起码可以让我暂时忘掉疲惫。也许就是从那时起，我的歌唱一直伴随着我的生活，高兴了唱，伤感了唱，有时听到别人唱也情不自禁地悄悄跟着哼唱，尽管我的哼唱没有目的，有时还走了音跑了调，可我能沉浸在自己的深情里，用歌唱去触摸每一个音符，用歌唱去诠释我对歌曲的理解，用歌唱去表达我当时的心情或一直苦苦追寻的理想。走上小说创作之路后，我的第一篇小说《谷场歌声》就用了《月亮走，我也走》这首歌，遗憾的是这个短篇一直捂在我的电脑里，尽管每次读来，都能读出当时的心境和味道，也会不知不觉哼起这首歌，可我知道这篇小说至多算是一种释放、一种寄托和一次习作，虽然在这篇小说中引用了歌曲，可其中的引用却是无意识的。而我真正有意识地引用是2010年发表在《中国作家》（文学版）第3期中的短篇小说《笛子王传奇》。也就是从这篇小说起，我的自觉意识不断加强，每当在小说叙事中引用歌曲，或者说每遇到喜欢的歌曲，我在学唱的同时也自觉地进行创作尝试，一旦确定引用，我会在创作之前重温这首歌曲，有时一连几天我都反复地听、反复地唱，直听、唱到键盘欲罢不能、亢奋不止，方告一段落。这期间，我会关门闭窗让手机暂停服务，更不允许家人贸然敲门或推开。不过，歌声还在，那是在心里，在我的小说叙事里。冷置后再作修改前，我还会听这首歌，直到满意为止。如此，我不仅会哼唱不少歌曲、偶尔写起歌词请人谱曲并制成视频，还在兼职的百姓大舞台上无师自通地当起了编导，引来周边民间艺人更多的集聚目光，继而让这部小说集中的乡村广场原型成了镇域的欢乐岛和男女老幼的动感地带，于是就有了诸多篇什在这部薄薄的书中集结。尽管在我的小说叙事中有着这样那样的遗憾，可毕竟丰富了我的生活，高雅了我的兴致，坚定了我的人生信仰，充盈了我的文学梦想，拓展了我的小说叙事的又一种可能，让走向边缘的文学重新有了地域性的冬之恋、春之声、夏之舞、秋之韵。

在小说创作上默默耕耘成果丰厚、在文友中一直颇负盛名的杨洪军兄，是我的文学挚友，听说我的这部书即将出版，不弃我的浅薄，欣然丢开大都市的重要工作和手头重大题材的签约创作为我作序，就此向他表示衷心的感谢。更感谢所有关心支持我创作的文友亲朋和未曾谋面的热心读者。但愿这部处处充满歌声的小说能带去我的问候与祝福。

2021 年 7 月 27 日